楼 | 适 | 夷 | 译 | 文 | 集

LOUSHIYI YIWENJI

楼适夷译文集

谁之罪

〔俄〕赫尔岑——著

楼适夷——译

中国文史出版社

序　言

——适夷先生与鲁迅

在上世纪九十年代中期，适夷先生九十岁的时候，人民文学出版社出版了他几十年写下的散文集，又获得了中国作家协会中外文学交流委员会颁发的文学翻译领域含金量极高的"彩虹翻译奖"。这是对他一生为中国新文学运动做出的杰出贡献给予的表彰和肯定。当老夫人拿来奖牌给我看时，适夷先生挥挥手，不以为然地说："算了算了，都是浮名。"

我觉得适夷先生是当之无愧的。

上世纪二十年代中期，适夷先生还不满二十岁，便投身于中国新文学运动，从他发表第一篇小说到发表最后一篇散文，笔耕不辍七十余年。仅凭这一点就足以令人钦佩了。

五四运动之后，中国社会面貌激变的伟大革命的年代，以鲁迅为代表的一批受过西方先进文化影响的青年作家们，以诗歌、小说等文艺作品，掀起批判封建主义儒家文化传统和道德观念，讴歌自由、平等、民主思想的狂飙运动。适夷先生在上海结识了郭沫若、成仿吾、郁达夫等创造社浪漫派先驱，开始了诗歌创作。在五卅运动中，他接受了马克思主义，参加了共青团、共产党，一面从事地下革命活动，一面办刊物，写下了大量小说、剧本、评论，还从世界语翻译外国文学作品，成为左翼文学团体"太阳社"的重要成员。

由于革命活动暴露身份，招致国民党特务的追捕。1929年秋，他不得已逃亡日本留学。在那里他一面学习苏俄文学，一面学习日语，还写了许多报告文学在国内发表。1931年回国即参加了"左联"，同鲁迅先生接触也多起来，在左联会议上、在鲁迅先生家中、在内山书店，领受先生亲炙。他利用各种条件创办报纸、杂志，以散文、小说的形式揭露国民党反动派的白色恐怖，号召人们起来抗争，同时他又大量翻译了外国文艺作品和马列主义文艺理论。苏联是世界上第一个无产阶级取得政权的国家，那是国内理想主义革命者们无上向往的国度。他们怀着极大的热情讴歌苏维埃人民政权，介绍苏俄的文学艺术。但当时国内俄语力量薄弱，鲁迅提倡转译，即从日、英文版本翻译。适夷先生的翻译作品大都是从日文翻译的，如阿·托尔斯泰的《但顿之死》《彼得大帝》，柯罗连科的《童年的伴侣》《叶赛宁诗抄》，列夫·托尔斯泰的《高加索的俘虏》《恶魔的诱惑》，赫尔岑的《谁之罪》。他翻译最多的是高尔基的作品，如《强果尔河畔》、《老板》、《华莲加·奥莱淑华》、《面包房里》以及《契诃夫高尔基通信抄》、《高尔基文艺书简》等。此外，他还翻译了许多别的国家的作家作品，如奥地利作家茨威格的《黄金乡的发现》《玛丽安白的悲歌》，英国作家维代尔女士的《穷儿苦狗记》，以及日本作家林房雄、志贺直哉、小林多喜二等人的作品。一次，和我聊天，他说解放前，他光翻译小说就出版过四十多本。鲁迅先生赞赏适夷先生的翻译文笔，说他的翻译作品没有翻译腔。适夷先生曾说翻译文学作品，最好要有写小说的基础，至少也要学习优秀作家的语言，像写中国小说一样翻译外国文学作品，才能打动读者。

其实，适夷先生的翻译工作只是他利用零敲碎打的工夫完成的，他的主要精力都投在革命事业上，因此，老早就被国民党特务盯上了。1933年秋，他在完成地下党交给的任务，筹备世界反帝国主义战争委员会远东反战大会期间，因叛徒指认，遭到国民党特务绑架，被捕后押解到南京监狱。他在狱中坚贞不屈，拒绝"自新""自首"，被反动派视作冥顽不化，判了两个无期徒刑。由于他是在内山书店附近被捕的，鲁迅先生很快就得到消息，又经过内线得知没有变节屈服的实情，便把消息传给友人，信中一口一个"适兄"地称他："适兄忽患大病……""适兄尚存……""经过拷问，不屈，已判无期徒刑"，对适夷先生极为关切。同时还动员社会上的名士柳亚子、蔡元培和英国的马莱爵士向国民党政府抗议，施展营救。那时正有一位美国友人伊罗生，要编选当代中国作家的短篇小说集《草鞋脚》，请鲁迅推荐，提出一个作家只选一篇，而鲁迅先生独为适夷先生选了两篇(《盐场》和《死》)，可见对他尤为关怀和爱护。

适夷先生为了利用狱中漫长的岁月，学习马列主义文艺理论，通过堂弟同鲁迅先生取得联系，列了一个很长的书单，向鲁迅先生索要，有普列汉诺夫的《艺术论》《艺术与社会生活》，梅林的《文学评论》，还有《苏俄文艺政策》等中日译本，很快就得到了满足。他根本没有去想鲁迅先生那么忙，为他找书要花费多大精力，甚至还需向国外订购。适夷先生当时是二十八九岁的青年，而鲁迅先生已是五十开外的年纪了。后来，他每当想到这一点，心中便充满感激，又为自己的冒失感到内疚。

有了鲁迅先生的关怀，先生在狱中可说是因祸得福了，以前从事隐蔽的地下工作，时刻警惕特务追踪、抓捕，四处躲藏，居无定所，很难安心学习、写作，如今有了时间，又有鲁迅先生送来的这么多书，竟有了"富翁"的感觉。鲁迅先生说，写不出，就翻译。身陷囹圄，自然没法写作，他就此踏实下来翻译了好几本书，高尔基的《在人间》《文学的修养》，法国斐烈普的中篇小说《蒙派乃思的葡萄》，日本作家志贺直哉的短篇小说集《篝火》等，都是在狱中翻译，后又通过秘密渠道将译稿送到上海，交给鲁迅和友人联络出版的。

那时，适夷先生心中还有着一团忧虑。本来他年迈的母亲和一家人是靠他养活的，入狱后断了收入，家中原本就不稳定的生活，会更加艰难，虽有亲戚友人接济，但养家之事他责无旁贷。能有出版收入，可使家人糊口，也尽人子之责。当时翻译家黄源正在翻译高尔基的《在人间》，可当他在鲁迅的案头上看见适夷先生的《在人间》译稿时，便毅然撤下自己在《中学生》杂志上发表了一半的稿件，换上了适夷先生的译稿。那时《译文》杂志被查封，鲁迅先生正为出版为难。而在此之前，黄源与适夷先生并无深交。后来适夷先生一直念念不忘，谈到狱中的日子，总是感慨地说：鲁迅先生待我恩重如山，黄源活我全家！

新中国成立后，国家培养了大批外语人才，已无须转译，适夷先生便专注翻译日本文学作品，他翻译了日本著名作家志贺直哉、井上靖的作品，为中日文化交流做出了贡献。

同时他担任文学出版社负责人，也以鲁迅精神关怀爱护作者。当年羸弱书生朱生豪，在抗战时期不愿为敌伪政权服务，回到浙江老家，贫病交加中发奋翻译《莎士比亚戏剧全集》，呕心沥血，却在即将全部完成时，困顿病殁。适夷先生在新中国成立之初，就出版了他的（当时也是中国第一部）《莎士比亚戏剧全集》，当一笔厚重的稿酬交到朱生豪妻子手中时，她竟感动得号啕大哭。

五十年代，适夷先生邀请当时身在边陲云南的阿拉伯语翻译家纳训来北京，翻译了《一千零一夜》，这部为国内读者打开了阿拉伯世界的名著，至今仍为人们爱读。

六十年代，他邀请上海的丰子恺翻译了世界上第一部长篇小说《源氏物语》；发挥了旧文人周作人、钱稻孙的特长，翻译了当时年轻翻译家们无法承担的日本古典杰作《浮世澡堂》和《近松门左卫门选集》等，丰富了我国的外国文学宝库。

八十年代初，他年事已高，虽然离开了工作岗位，仍然向读者介绍好书。他得知"文革"中含冤弃世的好友傅雷留下大量与海外儿子的通信，便鼓励傅聪、傅敏整理后，亲自向出版社推荐，并写下序言。这本带着先生序言的《傅雷家书》一版再版，长年畅销不衰，尤其在青年人中影响巨大。他说就是要让人们"看看傅雷是怎么教育孩子的！"这样的事情太多了。

改革开放后，各种思潮涌现，八九十年代，社会上流行一股攻击鲁迅的风潮，我不免心怀杞人之忧，就跟适夷先生说了，他却淡然地答道："这不稀奇，很正常的。鲁迅从发表文章那天起，就受人攻击，一直到他死都骂声不断。这些，他根本不介意。鲁迅的真正的价值，时间越久会越加显著。"

这真是一句名言，一下使我心头豁然开朗了。

在适夷先生这套译文集即将出版之际，再次感谢中国文史出版社付出的极大热情和辛勤劳动。我们相信通过"楼适夷译文集"的出版，读者不但能感受到先贤译者的精神境界，还能欣赏到风格与现今略有不同、蕴藉深厚的语言的魅力。

董学昌

2020 年春

目录

前　篇

1．退役将军和新任教师

　　有一天傍晚，亚历克绥·亚勃拉摩维奇正立在阳台上。他刚睡了两个钟头午觉，还没有完全清醒，懒洋洋地张开两眼，连连打着呵欠。仆人走进来回事，因为亚历克绥·亚勃拉摩维奇连正眼也没有瞧他，做下人的自然不敢打扰老爷的清兴。这样过了两三分钟，终于亚历克绥·亚勃拉摩维奇问道：

　　"你有什么事？"

　　"刚才老爷睡觉的时候，莫斯科来了一位先生，就是大夫给请来的……"

　　"啊？"（在这儿应该用疑问号还是惊叹号，情况不大明了。）

　　"我已经领他到您辞掉的那位德国人住过的屋子里去了。"

　　"啊！"

　　"他说等您醒来就来通报。"

　　"叫他到这儿来。"

于是，亚历克绥·亚勃拉摩维奇的面色显得更加威武和庄严了。过了几分钟，那个穿着哥萨克服装的青年仆人又走进来报告说：

"先生来了。"

亚历克绥·亚勃拉摩维奇沉默了一下，然后很威风地向仆人盯了一眼，说道：

"你这浑蛋，嘴里衔着什么啦？说话支支吾吾，叫人听不懂。"可是，他不等仆人重说，就又说："叫先生到这边来。"自己立刻坐下了。

一个二十三四岁的、文弱的、发色很淡、脸容憔悴的青年，穿着一件紧小的黑燕尾服，又拘束又慌张地登场了。

"先生，您好！"将军并不站起来，好意地微笑着说道，"我的大夫非常称赞您；我希望咱们能够相处得很好。喂，华西加！（将军这么说着，吹了一下口哨）你怎么不把椅子端来？你当先生不坐椅子吗？哼，到什么时候才能把你这个木头脑袋训练得像个人呢！我要拜托先生，我有一个孩子，长得也还不坏，有点儿聪明，我打算叫他进陆军学校。法文程度已经可以跟我对谈，德文还不会讲，能够看懂罢了。因为从前那位德国先生老是喝酒，不大管孩子的功课，我自己也不对，老叫他帮助管理家务。刚才你待过的那间屋子，就是他住的；我已经把他撵走了。我对您说老实话，我不想叫孩子当什么博士、哲学家。但是，先生，我也不想每年白白花掉二千五百卢布的束脩。现在的情形，您也知道，文法、算术在军队里也都是省不了的……喂，华西加，叫米哈伊洛·亚历克绥维奇来！"

这期间，那青年沉默着，红着脸，拧着手帕，想说些什么，但是血冲到头上，耳管嗡嗡作响，他甚至没有完全听清将军的话，只是感到将军全部的话有一种倒抚海象毛似的感触。将军讲完之后，他说道：

"既然当了令郎的教师，我就要凭着良心和名誉，尽力来教……当然，我只能够尽我的力量……希望可以不辜负您的……阁下的信托。"

亚历克绥·亚勃拉摩维奇半路打断了他的话：

"我的好先生，我绝不做过分的要求。最重要的一点，是要能够在随便闲谈之间引起学生的兴趣，这个你明白吧？不过，你是学校出身吗？"

"是的，我是学士。"

"学士是什么？是新的官衔吗？"

"是学位。"

"令尊令堂都健康吗？"

"是，托福。"

"是神甫吗？"

"父亲是县里的医师。"

"那么，你是医科出身吗？"

"物理数学科。"

"懂拉丁文吗？"

"懂的。"

"这是一种没有什么用处的文字，固然，当医生在病人面前说他明天要挺腿儿的时候，是不能缺少拉丁文的；对于我们，可有什么用呢？您说对吗？"

要是米哈伊洛·亚历克绥维奇（就是那个米夏）这时候不到来，

5

这一场有关教学的谈话，还不知要继续到什么时候。米夏今年十三岁，是个红脸腮，胖个儿，被太阳晒得黑黑的精神饱满的孩子，身上穿着一件三四个月以前已经欠宽的上褂，有着一副住在乡间的一般富地主少爷的共有的模样。

"这一位是你的新先生。"父亲说。

米夏行了一个礼。

"听先生的话，好好用功；只要对你有好处，我是不怕花钱的。"

教师站起身来，恭敬地向米夏回了礼，抓起他的手，又亲切又和善地说，他要尽一切力量使功课容易被学会，引起学生读书的兴趣。

"从前我们家住着一个法国女人，这孩子跟她学了一些东西。"亚历克绥·亚勃拉摩维奇说，"神甫也教过他的书，这位神甫是神学校出身，现在在本村司教。怎么样，先生，考他一下吧。"

教师局促不安起来，想了好久题目，最后才说道：

"那么我问你一个问题，文法是什么？"

米夏向旁边看了一眼，挖挖鼻孔说：

"是俄文文法吗？"

"随便什么，总之是一般的文法。"

"我还没有学过这个呀。"

"神甫教你的是什么？"父亲严厉地问。

"爸爸，俄文文法我们只学到副动词，教理问答讲到圣礼。"

"好，你领先生去看看书房……对不起，还没有请教大号？"

"我叫德米特里。"教师红着脸回答。

"父名是？"

"亚科夫列维奇。"

"呵，德米特里·亚科夫列维奇，长途旅行，肚子一定饿了，先请用一点儿东西好吗，顺便喝一杯伏特加吧？"

"我不喝酒，平时只喝一点儿水就行了。"

"装模作样！"亚历克绥·亚勃拉摩维奇心里想，经过长时间的有关教学谈话之后，他实在非常吃力了，便走到起坐室太太那儿去。葛拉斐拉·黎伏芙娜躺在柔软的土耳其式的长椅上。她身上披着一件大衫，这是她顶喜欢的衣服，因为别的衣服穿在身上都是紧凑凑的。十五年十足幸福的结婚生活，对于她的身体，真是大有好处。她在乡间的太太们当中，已成了鹤立鸡群。她被亚历克绥沉重的脚步声惊醒过来，抬起惺忪的倦脸，好久好久带着没有睡醒的样子。好像出生以来第一次睡过了头，出惊地叫道："啊哟哟，我睡着了吗？真奇怪！"亚历克绥开始向她报告，为了米夏的教育，他已经尽了多大的力量。葛拉斐拉·黎伏芙娜听了十分满意，一边听，一边喝完了半瓶格瓦斯。她每天在喝茶以前先喝格瓦斯。

德米特里·亚科夫列维奇谒见过将军之后，还不曾渡过难关。他带着几分兴奋默默地坐在书房里，仆人又进来请他去用茶点。这位学士先生，从来没有跟贵妇人同过席，他对于太太小姐之类抱着一种本能的尊敬。在他看来，女人的头上好像罩着一道神光。从前，他只是在林荫道上见到华服盛装傲气凌人的女人，要不然，便是在莫斯科戏院舞台上。在舞台上，不管怎样丑陋的配角，他都当作仙子和女神。现在，人家要带他去见将军夫人了；而且除了夫人之外，也许还有别的女子。米夏已经对他说过，自己有一个姊姊，家里有一位法国女人，还有一位名叫柳波尼加的姑娘也住在一起。德米特

7

里·亚科夫列维奇很想知道米夏的姊姊是多大年纪，几次想开口问，可是害怕脸红，终于没有问出来。

"怎么啦？走吧！"米夏说。他有一种娇养孩子共有的习气，对外人是分外殷勤温和的。学士先生虽然站起来，却不知道支起身子的是不是自己的腿，手心里捏一把冷汗，做了最大的努力，带着马上要昏倒的神态，走进起坐室。在门边，他对料理茶炊后走出来的女仆恭敬地鞠躬行礼。

"葛拉霞！"亚历克绥说，"我给你介绍，这位就是我们米夏的新先生。"

学士先生连忙行礼。

"欢迎您。"葛拉斐拉·黎伏芙娜说，一面眨眨眼睛，脸上忸怩作态，这在以前曾给她添上一些妖媚。"我们米夏早该有一位好先生。我真不知道应该怎样谢谢绥敏·伊凡纳契，替我们找来了您这样的好先生。好吧，先生，不要客气……请随便坐。"

"我一直坐得够了。"德米特里嘴里含糊着说，自己也不知道说了什么。

"对啦，在马车上是不能立的。"将军说了句俏皮话。

这一句话把学士先生窘住了，他诚惶诚恐地端了一把椅子，差点儿在一旁坐了个空。他感到最大的难事临到头上，再也抬不起眼睛来。也许，这屋子里有好些女人，要是跟她们对面，就不得不行一个礼，可是怎样办呢？对啦，应该在没有就座之前先行礼的吧。

"我跟你说过，"将军小声地说，"像一位小姑娘一样。"

"多么清苦，真值得同情。"葛拉斐拉·黎伏芙娜咬着自己的厚嘴唇，说道。

葛拉斐拉·黎伏芙娜第一眼便中意了这位青年。这自然有许多理由：第一，德米特里有一对大的碧眼，很引起她的兴趣；第二，葛拉斐拉·黎伏芙娜除了丈夫、仆人、车夫、老医师之外，很少看见别的男子，特别是年轻的懂得风趣的男子，而且等会儿我们就会知道，她从来就欢喜做幻想；第三，凡是中年妇人一看见青年男子，总是有点儿动心的，正如男子一看见姑娘也会动心一样。这是一种近似同情的母性的感情——把一个不知世故、遇事局促的无依无靠的人放在自己保护之下，加以温存体贴的感情。将军夫人觉得这第三种感情对自己最为适当。但我们却不是那样想，至于我们怎样想，现在无须在这儿说明……葛拉斐拉·黎伏芙娜亲自把茶杯移到学士先生面前，德米特里一口喝下去，烫痛了舌头和上颚，但他发挥古代英雄穆齐·斯加伏拉①的勇气，忍住了疼痛。这对他很有益处，转移了他的注意力，神经渐渐地镇定起来，甚至他的目光也一点儿一点儿抬起来了。葛拉斐拉·黎伏芙娜坐在沙发上，她的面前是桌子，桌子上耸立着一把印度纪念塔式的大茶炊。将军不知是要尝尝跟她面对面的乐趣，还是不愿在茶炊上照见自己的脸，就在她的正对面，泰然地躺在祖上传下来的一把靠背椅上。在这椅子的后面，站着一个十岁光景的姑娘，样子呆头呆脑，她从父亲的背后偷偷地望着先生。学士先生的勇敢的气概，使小姑娘完全愣住了！米夏也坐上了这张食桌，他的面前放着一钵子酸牛奶、一大块黑面包。桌毯上很精致地绘着雅罗斯拉夫尔城的风景，四只角上是四头熊。一只长毛

---

　　① 斯加伏拉（Scaevola），拉丁语：左臂。罗马传说中的英雄卡斯·穆齐，他为了拯救祖国，潜入伊特罗西人军营刺探敌情，被捕后朴赛那国王要将他烧死，卡斯·穆齐故意把左手臂放到燃烧的供物台上，表示对拷问及死刑的蔑视，因此得了"斯加伏拉"的诨名。

猎狗在桌毯底下探出头来，挂下来的桌毯边，恰巧掩在它的脑袋上，使它增添了一些埃及狮子的样子。那条狗的浮肿的双眼瞪住了学士先生。窗边，一把靠背椅上，坐着一位神色和气、满脸皱纹的瘦小的老婆子，手里正编着袜子。她的眉毛向下耷拉着，薄薄的嘴唇已经失去红润。德米特里知道这就是那位法国女人。门口的一旁，站着一个仆人，正给将军装烟斗。他旁边是一个穿花洋纱衫镶着麻布袖子的女仆，唯唯诺诺地侍候着老爷太太吃茶点。这屋子里还有一个人，不过这人正伏在绣花架子上，德米特里没有看清，这便是被好心的将军收养着的一位身世可怜的姑娘。谈话好久进行得很不顺利，不过这期间要是有跟决堤一般泛滥的谈话，那对于学士先生非但不需要，而且会感到十分难受了。

一个穷苦青年的生活和一个富地主家庭的生活，这样碰在一起，实在是一种奇怪的因缘。假使不碰在一起，也许双方都可以永远相安无事。但事实并不如此。一个有教养的、温文规矩、勤勤恳恳的青年，投进了亚历克绥·亚勃拉摩维奇夫妇的富裕生活中，是多么不调和，正如一只小鸟飞进了笼子。对于他，一切都变化了。而且可以看到，这种变化，对于一位完全不知世故的毫无经验的青年，不能不发生一种影响。

但是，这些到底是什么人呢？——享受着幸福的结婚生活，万事顺心如意的将军夫妇，以及为了使米夏进陆军学校而改造他的头脑特地被请来的家庭教师。

在这里，我暂且放下叙述故事的笔，因为从十分可靠的史料中，先来叙一叙几位主人公过去的经历，大概也不算多余。那么，我们立刻来谈吧。

2. 将军的传记

亚历克绥·亚勃拉摩维奇·纳格洛夫，是得过勋章的退了役的陆军少将，一位又胖又高的人。自从长牙以来没有害过一次病，对于格夫兰的名著《人类生命的继续》正是最好和最充分的反证。他的摄生跟格夫兰书上所写的每一页正好相反，可是他却永远健康，永远红光满面。他所实行的唯一的摄生法，就是从来不用脑过度而妨害消化。大概就因为实行了这个方法，所以对于其他一切的摄生之道，便可以不加理会。他性子急躁，说话粗鲁，处事冷酷无情，但本性上却不是一个凶恶的人。再看他并非完全隐藏在赘肉中的轮廓分明的脸、浓黑的眉毛、闪闪发光的眼睛，等等，又使人觉得这个人并没有被生活压得喘不过气来。他从大自然和住在姊姊家里的法国女子那儿受了教育，十四岁进了骑兵联队，从娇纵儿女的母亲那里得到金钱，在青年时代颇过了一些荒唐的生活。1812 年的战争终了之后，纳格洛夫升任上校。当上校的肩章钉上肩头的时候，他对军队的生活已经开始厌倦，对于军职有点儿感到讨厌了。继续服务了一个时候，"自觉健康大损，已不能继续军职"，辞退了现役。退役的时候又晋级为少将的头衔。军队生活留给他的就只有在吃饭的时候常常要碰着小菜的胡子，和逢时逢节特地披挂起来的军装。

当这位退役将军住在 1812 年大火之后全部复兴的莫斯科的时候，接连过着一种无穷无尽的单调空虚而无聊的日子。凡是他能做或想做的事，什么也没有。他乘马车跑相识的人家赶来赶去打牌，在俱乐部里吃饭，出现在戏园子的前排，参加跳舞会，亲自管理两辆拴着骏马的马车，尽心照顾着马匹，而且无昼无夜地把着车夫的手教赶车，还亲自教练马夫驭马的技术……这样过了一年半，最后车夫已经完全学会坐在车台上拉缰的本领，马夫也学会了骑在马上抓握马口边的口缰。

纳格洛夫又感到无聊了。他决定到乡间去管理领地。他以为要防止领地的衰败，必须亲自出马。他的经营方法是很简单的，那便是整天大骂执事和管理人，要不然，便是肩起猎枪去打野兔。他完全不习惯于任何一种实际的事务，并不知道什么是必须做的事情，忙碌着一些琐琐碎碎的工作，就十分满意了。执事和管理人，从他们的地位看来，对于这位老爷的行径也颇为满意。至于农民的意见，却不知道，因为农民什么也没有说。

约莫过了两个月光景，老爷屋子的窗口上，出现了一张美丽的女子的脸蛋，起初眼里含着泪水，后来泪水没有了，碧蓝的眼睛显得越发美了。正在这时候，对于村务丝毫不管的管理人，跑到将军跟前报告说，叶美利加·巴尔巴西的农舍已经十分破烂，请求行行善心给他一点儿木料。亚历克绥·亚勃拉摩维奇对于树木是这样地宝贵，就是要一点儿木料做自己的棺材，大概也不大舍得去砍。可是这一回，将军却特别和气，允许巴尔巴西砍木料造农舍，虽然他还特别警告了管理人："喂，当心点儿，不许多砍我一棵木头，多砍一棵就好比砍我的肋骨呀。"管理人连忙向后台阶跑去，告诉叶美利加的女儿阿符图切娅，说事情很顺利。他称阿符图切娅作"干妈"，害得这乡下姑娘连耳根都红透了。不过姑娘的心地是单纯的，想到父亲可以有新房子，已经非常高兴了。根据我们知道的材料，不大明白将军怎样把这碧眼的姑娘弄到手里，他们是怎样碰在一起的。

我想这是因为他所得到的胜利非常简单的缘故。

虽然如此，纳格洛夫对于村中的生活还是厌倦起来了。他相信经营上的缺点已经完全消灭，而且更重要的是，今后的经营方针已经完全确定，所以自己不在场也不妨事了，于是他又打算到莫斯科去。这一回，他的行李加多了：碧眼美人、奶妈和吃奶的孩子，他们乘坐一辆特别的四轮马车。一到莫斯科，他把她们安顿在面对院子的屋子里。亚历克绥·亚勃拉摩维奇喜欢婴儿，也喜爱碧眼的杜涅和奶妈——这是他的情思绵绵的时代啊！这期间，奶妈的奶开始坏了，不断地呕吐。医生说这种奶已不能再吃。将军对她非常怜惜："这样好的奶妈，不容易雇到的，身体又好，心地又正直，做事又勤恳，不料奶变坏了……真是不幸哪！"他给奶妈二十卢布和一块头布，送她回到丈夫那儿去休养。医生劝他养一条羊代替奶妈，他照办了。羊很健壮，亚历克绥·亚勃拉摩维奇也十分爱护，亲手拿黑面包给它吃，抚摸它。不过这回不管如何爱它，奶水却没有变坏。

将军的生活方式，跟初到莫斯科来的时候一样，这样又过了约莫两年。但是不能再过下去了。一个人没有一定的工作，总是耐不住的。动物认为它的整个工作就是生存，而人只有在得到工作的机会时，他才认为生活是有意义的。纳格洛夫从白天的十二点到晚上的十二点在外边到处乱跑，这是一天天地苦于生活的无聊。现在他也不想到乡间去，好久地害着忧郁症，比以前更频繁地对仆人施着父亲遗传下来的鞭刑。同时，住在面向院子的屋里的时候也更加少了。

有一天，他回到家里来，样子是从来没有过的高兴，好像非常忙碌，时而皱起眉头，时而微笑，在屋子里踱来踱去踱了好半天，突然像下了决心的样子，站停下来。似乎内心的纠葛已经解决了。内心的纠葛一经解决，将军便吹口哨。躺在邻室椅子上的仆人一听到这口哨的声音，吃惊地跳起来，向门口正相反的方向闯去，好容易才找到了门。"一天到晚睡觉，这狗子!"将军骂了他一声，但那已不像平常那样，有父亲遗传的鞭子闪电似的袭来，那种响雷一样的声音，只不过这样说道："喂，你去对米西加说，明天一早，天亮以前到德国人马车匠那里去，叫那个马车匠八点钟来见我，不得有误。"亚历克绥·亚勃拉摩维奇好像肩头卸下了一副重担，这天晚上就睡得很熟。

第二天早上八点钟，德国人马车匠来了。到十点钟，已经一切都谈好，定造一辆四人座的厢式马车，车身是深褐色的，饰上金色的纹章，座席铺上大红呢、大红边，还装一个三叠式的正式的车夫座，——都详细地指点到了。定造一辆四人座的厢式马车，不消说是表示将军已有结婚的意思。不多久，这意思表示得更明白。

定造马车之后，他又叫执事来，夹七夹八地跟他谈了很久（这种夹七夹八的谈话在纳格洛夫说来却认作是一种很大的光荣，因为它表现着一种人们称作良心的东西），他说十分感谢他的忠实的服务，因此想给他适当的赏赐。执事不知道将军的葫芦里卖的什么药，诚惶诚恐地鞠了一躬，说了这样的话："老爷怎么对我们说这样的话呢，是我们应该感谢老爷的，老爷是我们的父母，我们是老爷的儿女呀。"纳格洛夫已经厌倦了这幕喜剧，便单刀直入地对执事说道——他要把杜涅给执事做媳妇。这执事是一个心眼儿机灵的聪明人，他对老爷这意外的恩宠虽然大吃一惊，但立刻在心里估量好拒纳的利害，接受了老爷的恩典，请求从此以后，永赖荫庇，亲了一亲将军的手。这位被强迫的新郎完全明白了事件的原委，但是硬把杜涅撅在自己头上，绝非什么侮辱，自己是老爷的第一个近身人，最明白老爷的脾气；而且娶这么一位漂亮太太也不算坏。总之，新郎是完全满意了。

杜涅听说叫她嫁人，骇得哭起来了，有说不出的悲伤，但是想想回到乡下父亲那儿去，或是当执事的妻子，结果还是拣了第二条路。她想到自己过去的那些同伴，会怎样地把自己当作笑料，不禁战栗起来；忆起自己威风得令的时候，同伴们都轻声地称她为"半边太太"。

一星期之后，两人举行了婚礼。第二天早上，新夫妇捧着点心上将军处请安。纳格洛夫很高兴，给了新夫妇一百卢布的赏钱，回头对一个正在旁边的厨子说："笨驴，你好好儿记着吧，我喜欢罚人，也喜欢赏赐人，做事勤恳的人，会得到好的报酬。"厨子回答道："是，老爷。"不过他的脸上却明明表示着："你这个傻鬼，我每次买菜都挣你的钱，你骗不了我呀!"

这晚上，执事办了酒席，一连两昼夜，全宅都发出伏特加的气味，对于这一点，执事是毫不吝啬的。可是对于可怜的杜涅，这却是悲苦的日子，一张小小的床，连女孩子也跟她一起搬到仆房里。杜涅的简单而质朴的心，刻意地爱着女儿。她只害怕亚历克绥·亚勃拉摩维奇，府中上下人等，大家都害怕她，虽然她对谁也没有危害。自从她遭受了不得不屈居女仆室的命运以后，她把爱的要求和生的欲望全部放到孩子的身上。她的朴素的、永远被束缚的心是善良的。她是个懦弱顺从的女子，无论受了怎样的侮辱都不会生气。但是一件事使她无法忍耐，那便是纳格洛夫对孩子也厌倦了，很残忍地对待她。于是她便提高声音说话，不是恐怖而是愤怒得发抖。

这时候，她极其轻视纳格洛夫。纳格洛夫好像也感到自己的亏心，胡乱骂了她一顿，把门砰地一碰，走出去了。当眠床要被搬出去的时候，杜涅把房门紧紧闭上，跪在圣像面前，一边抽抽咽咽地哭着，一边抓起女儿的小手画了十字，"做祷告吧!"她说，"做祷告吧，小宝贝，以后我们要到外边去，两个人一同受苦。圣母啊，保佑这个无罪的孩子……唉，我是一个多么愚笨的女人，我只当这宝贝孩子大起来一定会穿绸缎，坐马车。那时候我要从门缝里看你，我的天使，我所以要藏起来，就是为了怕你笑话妈妈是个乡下女人……从此以后，你再不能过幸福的日子，他们一定会叫你给新太太当洗衣妇，一天到晚两手泡在胰子水里……唉，天哟，这孩子在你的跟前，到底犯过什么罪呢?"杜涅号啕大哭，倒在地板上，心痛欲碎。小孩子受了惊吓，两手抓住母亲号哭着，好像完全解事的眼睛直盯住母亲的脸……一小时之后，小床搬到仆室里了。

亚历克绥·亚勃拉摩维奇叫来执事，吩咐要孩子管他叫"爸爸"。但是，那位被挑中的幸运女郎究竟是谁呢?在莫斯科，住着人类中的一种特别种族，我们说的，是一种中等贵族的公馆。那儿的居民在社会上完全不露脸，在这儿那儿的冷街僻巷里，整几代地朴素地度着生活。他们的主要特征是千篇一律的生活方式，和对于一切新事物的内心的痛恨。这些公馆都处在庭院的深处，屋柱歪歪斜斜，门廊下脏得一塌糊涂，但他们却自以为是我们俄国国民生活的代表。因为他们认为"格瓦斯是跟空气一样的不能缺少"，而且乘雪橇的时候，也必须跟乘厢式马车旅行一样，身边带上两个跟班，再加一年到头用从奔萨和辛比尔斯克来的东西充食粮。在这样的一个公馆中，住着一位名叫玛芙拉·伊林契娜的伯爵小姐。她曾经卷进贵族社交界的旋涡，是一位出色的美人儿，颠倒过不少的男人。在宫廷里出入的时候，康捷米尔①曾向她献过殷勤，他在她的纪念册上，写了一些押韵的情歌，即所谓"脚韵颂歌"，其中一节，以一句"弥纳华女神"②作结。步原韵的下一节，以一句"醒余目之莹莹"作结。但是她生性冷淡，而且以自己的美貌傲人，一次次拒绝了人家的求婚，等待着理想的意中人。这期间她的父亲死了，管理公有家产的兄弟，在十年之间几乎把全部家产都花光了。首都的生活程度越来越高，必须过一种比较清淡的生活。当伯爵小姐明白自己的困难情况时，已经快到三十岁了。她一下子发现了两件可怕的事实：第一件是财产没有了，第二件是青春过去了。于是她急着出嫁，可是经过几次大胆的尝试，一次也没有成功。结果，她胸中怀抱了深深的怨恨，移居到莫斯科来。据她自己说，是厌倦了上流社会的喧哗生活，特地来找清静的。

刚到莫斯科的时候，大家对她爱如珍宝，认为拜访这位伯爵小姐是社交界的一种特殊荣幸，但是她的毒舌和难堪的傲慢，渐渐使人们和她疏远了。这位被一切人遗弃了的老小姐，变得更容易发怒，而且更憎恨人了。于是在自己的周围吸引了一批半似热心教徒半似流浪人的老婆子，搜罗一些东家长西家短的秽闻琐事，诅咒着这个世风日下的时代，认为自己永远保持童贞是无上的美质。她的那个把家产花光了的伯爵兄弟，为了恢复身份地位，决心实行在当时是非常勇敢的行动——跟一位商人的女儿结了婚。整整的四年中间，每天责备妻子出身卑微，把妻子的陪嫁，连最后一个戈比都花光了。

---

① 安济赫·康捷米尔（1708—1744），俄罗斯讽刺作家，著名的外交家。
② 罗马神话中司文艺与科学的女神。

结果，把妻子赶走，自己就醉死了。一年之后，他的妻子跟着死了，身后留下一个五岁的小女孩儿，一点儿家产也没有。玛芙拉·伊林契娜收养了这个女孩儿。她这样做究竟是什么意思，我们很难说。为了家庭的名誉吗？同情孩子吗？还是对兄弟的憎恨？然而不管怎么样，这女孩儿的生活过得并不怎么好，她完全失去了这样年龄的孩子们的一切欢乐，只不过被吓唬着，战战兢兢地缩作一团。老小姐的自私自利心是可怕的，它刻意要对遗留在自己冷却的心中未经扰乱的部分实行报复。这位小伯爵小姐毫无欢乐地过着忧苦的日子，不幸的是这位姑娘具备一种受了外部的压迫反而会发展起来的性格。当她开始自觉的时候，她发现自己心中有两种强烈的感情：一种是希望得到外表上的满足的迫切要求，一种是对姑母的生活方式的强烈的憎恶，这两种感情的发生是可以原谅的。

玛芙拉·伊林契娜不但不许年幼的侄女有丝毫的欢乐，而且对于女孩子自己所找到的一些娱乐和天真的乐趣也严厉禁止。她认为这位青年姑娘的生活，只是为了她躺在床上的时候，给她念书，其余的时间，也必须两脚不停地听姑母使唤。她想要耗尽这女孩儿的青春，使她的身心疲惫不堪，作为抚养的代价。但是说到抚养，她其实并没有真的做到，只不过借了抚养的名义，一天到晚唠唠叨叨地责骂她罢了。

时间过去了，小伯爵小姐已经二十三岁，是正当的出阁的时候了。她深深感到生活的枯寂和单调，一心一意只希望离开这个地狱一般的姑母家。她以为到坟墓里去也比在这儿好些，她拼命地喝醋，希望能够害肺病，可是没有效果。她也想进修道院去，但是没有足够的决心。这期间她的思想突然转了方向，无意中在姑母的衣橱里找到了一些旧法国小说，告诉她除了死和修道院之外，人生还有更好的安慰。她不再想到死，开始幻想生小胡子跟卷发的活人的嘴脸。无数小说的场面，日日夜夜折磨着她，她给自己编造许多故事，情节是这样的：一个男子带她出走，被人追上了："这个人不许人爱的。"手枪响了……"你永远是我的！"男子执着枪说……一切的梦，一切的思想和幻象，都集中在这个问题上，造成了无穷无尽的变化。可是，这位可怜的姑娘，每天早晨怯生生地张开眼睛来，知道谁也不能带她出走，也没有人来对她说："你永远是我的。"便觉得胸头一阵忧郁，眼泪落在枕头上。她带着一种绝望的神情依照姑母的吩咐，喝了乳汁，以后又明白没有人关心她的身体，更加感到绝望了。在这样的心理状态中，仅仅喝点儿乳汁，是不容易治疗的。相反地，只是更容易引起感伤情绪和兴奋状态。她忽然对仆人殷勤起来，把马夫的肮脏的孩子紧紧地抱在胸口。姑娘们经过这样的时期，不是马上出阁，便是吸起鼻烟，爱上猫狗，成了非男非女的中性人物。幸而年轻的伯爵小姐走的是第一条路。她长得很美，而且正在这个时期，就惊动了我们的主人公：她全身上下最动人的一对水汪汪的眼睛和高耸的胸脯，完全把纳格洛夫俘虏住了。

将军在旧升天节①第一次遇见了她，她的一生的命运也就决定了。将军恢复了他在骑兵时代的心情，开始用尽一切手段，寻觅见到青年伯爵小姐的机会。在教堂门口整整地等了几小时之后，终于看见一辆古色斑斓的马车，被几匹瘦得有气无力的高脚马拖着到来，两个跟班扶下一位披着头巾、样子像老鸦的老伯爵小姐，挡住了像重瓣蔷薇般的青年伯爵小姐下车，他便有些局促不安了。将军在莫

---

① 复活节后第十四天，称为升天节。

斯科有位表姊……一个人要是有住在莫斯科的生活相当优裕的表姊妹，而且本身又有相当的地位和财产，大抵总可以跟心目中的姑娘结婚，只要她还没有对象的话。将军将自己的心事告诉了表姊，表姊跟同胞姊姊一样表示了同情。可怜的姑娘两个月整整陷身在忧苦的深渊中，突然，从天外飞来一般，来了说媒的人。

将军的表姊马上派马车去接一位九品官的夫人，九品官夫人来了。表姊不愿让别人偷听，连用人也赶出了邻近的屋子。过了一个钟头，九品官夫人满脸通红，从表姊的屋子里走出来，再在女仆室里把事情简单地一说，便匆匆出去了。

第二天早晨九点光景，表姊说九品官夫人不守时间，有点儿发脾气了。但是九品官夫人是打算十一点钟来的，这时当然还没有来，好容易久待的客人到来了。除了九品官夫人之外，还有一位戴头巾的贵妇。总之，事情是异常迅速，而且井然有序地进行了。伯爵小姐家方面，慢慢地发生了重大的变化：窗子上摘下了粗布做的窗帷，叫人拿去洗涤。门锁涂了格瓦斯（代替醋）用砖粉摩擦。门廊间里四个仆人在缝马的皮缰，卸下冬天用的双重窗框，那儿发出很浓的皮革味。一向被人遗弃的玛芙拉·伊林契娜，有了一位有钱将军来向自己的侄女求婚，得意得不得了。但是故意摆出架子，不肯轻易露出许诺的口气。

有一天早晨，老伯爵小姐吩咐侄女，今天打扮得好看点儿，大襟比平常打开得宽松点儿，而且亲自给她从头到脚检查过。

"姑妈，您叫我打扮是为了什么事？有客人来吗？"

"好孩子，你不要管啦。"姑母回答她，但口气比平常和善亲切多了。

侄女穿着的那件洋纱衫，似乎立刻会被她奔流在血管里的热火燃烧起来了。她做着种种的猜测。可是，对于自己的猜测总不敢十分相信，但也不敢断定绝不可信……她闷得要死，想跑到门外边去透透空气。在门廊间，仆人们告诉她：今天有一位将军要来，这将军是向她求婚来的……这时候，一辆厢式马车突然开进来了。

"派拉西加，我要死了，我要死了!"青年伯爵小姐说。

"不，不会的，小姐，哪有人家来求婚，您便会死的道理？况且是那么出色的新姑爷……我常常在说，咱们的小姐将来一定嫁给一位将军的……您不信去问问别人。"

要把这位可怜的姑娘在相亲时的感觉一一描写出来，恐怕任何作家都办不到。

当她的神志稍微有点儿恢复的时候，第一点使她惊异的，是将军的燕尾服装束。她以为他一定是穿着军装挂着肩章来的。但纳格洛夫虽然没有穿军装，依然博得了她的欢心。他虽然年近四十，因为身体健康，看起来还非常年轻，而且生性虽然不善辞令，却有一种军人的特别是服务于骑兵队的军官们所共有的豪放性情。这一天特别剪成时式的出色的须子，又大大补偿她在他身上所发现的其他一切缺点。婚约成立了。

相亲之后一星期，玛芙拉·伊林契娜伯爵小姐的亲友都跑来贺喜。许多大家以为早已去世的人们，各从自己的黑暗的小屋里走出来。这些人在自己的小屋里，已经跟死亡战斗了三十年，直到现在还没有屈服。他们三十年来随便做着自己喜欢的事，积蓄了钱财，身体却很虚弱，害着中风哮喘，害着重听的毛病。玛芙拉对任何人都这样说："这回的事情，我自己和你们一样感到惊奇。我真是做梦也没有想到，我们的姑娘这样早就要出嫁，真正还是一个小孩子。不过，一切都是上帝的意旨。新郎是一位切实可靠的人，一定会当自己女儿一样照顾她，实在这孩子还是一点儿世故也不懂。至于新郎的将军头衔和财产，那倒不是重大的事情，世界上为金钱受苦的人也很不少。我自己所受的高尚教育，得到了怎样美好的收获，是不消说的了（说到这里，她拿手帕拭着眼泪）。实在地，教育的力量真是太大了！父亲——祝他冥福——那么荒唐，母亲又是商人的女儿，这样一个姑娘能够长成现在这副模样，谁会料想得到呢？您真想不到呢，她当着将军的面仅仅说了两三句话，我在旁边怂恿她的时候，她，我的小宝贝，只是说：'只消姑妈心里如意，我是无有不可的……'""在这种世风日下的时代，这样的姑娘实在少有。"玛芙拉·伊林契娜的亲友们异口同声地说。之后，又是东家长西家短，开始谈论别人家的秽闻跟丑史。

此后又过了几天，军装外边披上骠骑兵大氅的纳格洛夫将军，跟穿着花纱做成、饰着绫带的婚礼服装的新太太葛拉斐拉·黎伏芙娜·纳格洛娃，并坐在六匹黑马驾驶的四人座厢式马车里，驶进装饰得花团锦簇的公馆。圣歌队的合唱、正式的傧相、酒杯、音乐、黄金、灯火、香水，欢迎着年轻的夫人。全公馆上下人等站在门廊里看新郎新妇，连那位执事太太也在内。她的丈夫是上院的总管，把书房卧房都布置好了。这样富丽的生活，伯爵小姐从来不曾亲近过，但现在，这一切都属于她了，连将军都是她的了。这年轻的太太从小脚趾尖到头上最长的头发尖为止，都充满了幸福，她的梦想总算实现了。

结婚几星期之后的某日，像开了花的仙人掌一般变美了的葛拉斐拉·黎伏芙娜，穿着一件镶大花边的白色宽衣，正在倒早茶，丈夫穿着一件绣金线的便衣，嘴里衔一只挺大的琥珀烟斗，躺在睡椅上，正想着圣灵节那天定一辆怎样的马车，黄色的还是蓝色的？黄色的很好，但是蓝色也不坏……葛拉斐拉·黎伏芙娜也一心一意地在想着什么，她忘记了喝茶，脑袋若有所思地低下来，托在一只手心上。她有时脸上泛起一阵红晕，有时明显地表现出不安的心情。终于做丈夫的见到她那不平常的神情，说道：

"葛拉西尼加，你不大高兴，哪儿不舒服吧？"

"不，没有什么不舒服。"她回答道。这时候，她开始抬起脸来，目光像求救似的望着丈夫。

"你要什么我都替你办到，你有什么心事吗？"

葛拉斐拉·黎伏芙娜站起身来走到丈夫身边，拥抱着他，用悲剧女伶似的声音说道：

"亚历克绥，你答应我，你一定得接受我的请求。"

亚历克绥惊讶起来：

"你说你说，什么事啊？"他回答道。

"不，不行，亚历克绥，你一定得接受我的请求，你对你母亲的坟墓发一个誓。"

丈夫从嘴里拿下了烟斗，更吃惊地望着她的脸：

"葛拉西尼加，你不喜欢说话绕弯儿，我是军人，只要是可能的事，我一定做到。好啦，直说吧。"

"我一切事情都明白了，亚历克绥。我原谅你。我知道你有一个女孩子，由于不正当恋爱而私生的女孩子……我懂得一个青年时代的男子怎样缺乏经验，怎样满腔热情（柳波尼加这时候还只有三岁……）

亚历克绥，我见过了，这孩子的确是你的，她的鼻子跟你一样，后脑勺也非常相像……啊，我喜欢那个孩子！把她给我做女儿吧，放在我身边，让我教养她……你要答应我，不许责备告诉我的人，不许刁难他。亲爱的，我会爱护你的女儿。所以，你定得答应我的请求。"眼泪跟小溪一样倾泻在将军的便衣上。

　　将军完全愣住，狼狈得不得了。糊里糊涂中间，就答应了太太的强迫的要求，而且对母亲的坟墓、父亲的亡灵、他们的未来孩子的幸福，以及两人的爱情发了誓，绝不取消刚才的诺言，而且绝不追究她怎样知道事情的原委。一度降落到仆人地位的女孩子，又升格当小姐了。小小的床又重新搬进主人的屋子里。本来不许管爸爸叫爸爸的柳波尼加，现在又禁止她管妈妈叫妈妈了，她们要她把杜涅当作奶妈。葛拉斐拉·黎伏芙娜亲自到铁匠桥街的铺子里买来童装，把柳波尼加打扮得跟洋娃娃一般，紧紧地抱在自己的胸口，流着眼泪说："你是一个可怜的孤儿。"她对孩子说："没有爸爸，也没有妈妈，所以我来当你的妈妈……你的爸爸到那边去了！"她指指天说。"爸爸是长翅膀的呀。"孩子口齿不清地说。葛拉斐拉·黎伏芙娜的眼泪又流了出来，不禁喊道："啊，简直天真得跟天使一般！"但其实这是一句很简单的话：原来他们屋子的天花板上，依照从前流行的式样，挂吊灯的黑色铁钩处，用丝带结着一个张开翅膀和两腿的爱神像。

　　杜涅是到达幸福的绝巅了，她把葛拉斐拉·黎伏芙娜当作天使。在她的感觉的心中，丝毫没有不纯洁的念头。她甚至对于不准管自己的女儿叫女儿，也一点儿不生气。她看见女儿穿着花边的衣服，看见她过着豪华的生活，只不过说了这样的话："我的柳波尼加怎么会长得这样好看啊。她似乎再不能穿别的衣服了，她会变为一个美人儿的呀！"杜涅走遍各处的修道院，为自己所生的那位漂亮小姐祈福。

有许多人认为这位过去的伯爵小姐是一位女英雄。但我觉得她这种举动实在是太轻率了，至少这跟她仅仅知道对方是一个男人、一位将军，便委身嫁他一般太缺少考虑。她之所以这样做，原因很显然，那就是罗曼蒂克的亢奋，总偏爱世界上的悲剧场面，自我牺牲，以及高尚行为。做一个公正的判断，还不得不补充一句，那就是葛拉斐拉·黎伏芙娜在这件事上并不曾费一点儿心机，也没有一点儿虚荣心，她为什么要收养柳波尼加，连她自己也不明白。她只是喜欢这件事的使人感动的一面。

亚历克绥·亚勃拉摩维奇当场虽然答应了她们的要求，立刻便明白这孩子一定会落在一个奇怪的地位上，但在那时候，他简直想也不曾想，自己的赞同到底是一件好事还是坏事，不……真的，他所做的事情究竟是好还是坏？一定有许多人赞成，也一定有许多人反对。凡是以进步为人生最高目的的人，不管将来的结果如何，就会赞成葛拉斐拉·黎伏芙娜。凡是以幸福和富足为人生最高目的的人，不管这是怎样的幸福和富足，也不管它将要求怎样的代价，就会反对她。要是柳波尼加养在仆人的屋子里，后来即使知道自己的出身，但因她的理解力受有限制，她的心灵永远模模糊糊像在梦中，就不会因此而发生什么事情，而且亚历克绥·亚勃拉摩维奇也必然会听从自己良心的指使，还她一个自由之身，也许还会多给她一些陪嫁。在她自己狭窄的理解范围内，她会感到非常幸福，她会嫁到第三级小买卖人那里去①，头上包着绸头巾，一天到晚喝着花茶，给

① 俄国在沙皇时代，商人按资本多少分成等级。第三级商人资本最少。

25

那买卖人养许多孩子，有时到纳格洛夫公馆来做客，看见昔时的同伴很羡慕地望着自己，她便十分满意。她可能这样地活到一百岁，死了以后，会有整百辆的街头马车排着长长的队伍送她上华格尼可夫斯基墓地去。可是客厅里长大的柳波尼加，便完全变了另外的一种人，不管教养得多么愚蠢，总能有机会受到教育，这是一种特殊的教养，跟仆室里的人的粗浅的理解完全不同。而且她一定会理解自己这尴尬可笑的地位。在主人屋子里等着她的是侮辱、眼泪和悲哀，但同时也促进她心智的进一步的成长，而且跟这一起，她也许会渐渐地成熟起来。正因为有这些缘由，所以年轻的将军夫人所做的到底是好事还是坏事，只好让读者自己去判断了。

亚历克绥·亚勃拉摩维奇的结婚生活，轻快得像在油上一般地滑过去。每当贵人们驾车闲游的时候，必然会出现他的一辆四匹马驾驶的漂亮的轻便马车，这马车上坐着一对浸沉在幸福中的夫妇。每年五月一日在索珂里尼基，以及基督升天节在宫廷花园中，圣灵节在帕莱思年池里都可以看到他们的俪影。而在其余的日子，几乎每天可以在特佛尔林荫道上看见他们。冬天，他们出席各种宴会，请人家吃饭，在戏园子里定好包厢看戏。但是在莫斯科闲游，不久就觉得单调枯燥，今年跟去年一样，来年又和今年差不多。去年碰见一个穿着华丽大褂的肥胖商人，带着黑牙齿的珠光宝气的太太散步，今年一定又会碰到这一对夫妇，不过今年商人的大褂稍微旧了一点儿，胡子的白茎稍微多了几根，而太太的牙齿是更加黑了——然而还是要遇见他们。还有去年碰见的那个生着大胡子、穿着漂亮呢外套的绅士，今年大概又会碰到，不过比去年稍微瘦着一点儿。还有一个身上发烟草气味的患风湿症的人，叫人扶着散步，今年大概又是一样……要想不碰见这些人，除非守在自己的屋子里不出来。

亚历克绥·亚勃拉摩维奇是一个颇能忍耐的人，但一个人的忍耐力总是有限度的，究竟他不能把这样的生活继续到十年以上，他和葛拉霞都感到厌倦了。在这十年中，他们生了一儿一女。两个人不是一天天地，而是一小时一小时地感到沉闷起来。他们已经不想打扮自己，一天到晚躲在家里。而且不知怎样也不知为什么，据我的想象，大概是只希望过一种安静的生活，他们下了到乡间去居住的决心。这件事，从将军跟德米特里·亚科夫列维奇大谈教育论那天算起，大约在四年之前。

3. 德米特里·亚科夫列维奇的身世

一个青年穷措大的传记，当然不及仆从如云的亚历克绥·亚勃拉摩维奇的传记来得引人入胜。我们必须从奢华的四人座的厢式马车的世界移身到明天的面包也得担心的世界，从莫斯科移到僻远的省城。就是在这省城之中，也不能停留在那住着贵族、常常有马车经过的唯一铺石的大街，而要走进一条破破烂烂的、车马和行人几乎在任何时候都难得经过的冷街。

在那儿，有一所黝黑的、歪歪斜斜的三扇窗的小屋——乡下医师克鲁采弗尔斯基的小屋。这住房夹在同样黝黑的歪歪斜斜的许多小屋之间，很寒酸地立着。所有这些小屋马上会倒塌下来，翻造成新屋，那时将没有一个人会想起原来的旧屋。但是在这些屋子里面生活照样进行，热情照样沸腾，一代一代递传下去。不过这些人的生活跟澳洲野人的生活一样，是完全没人知道的，好像他们在人类中是被置之化外，不承认其存在的。但是现在所说的一所住房，正是我们所要找寻的。在这里一位和气正直的老人和他的太太，已经度过了约莫三十年。他生活在跟各种艰难困苦做不屈不挠的斗争中。不错，他在这斗争中获得相当的胜利，因为既没有饿死，也没有绝望到自杀。但他所以获得胜利，究竟不是一件容易的事。还只有五十来岁的年纪，他已经满头白发，满脸皱纹，身体瘦弱，但他却是生来健康而富于精力。使他身体衰弱，使他变得过早显出老相的，绝不是狂风暴雨的激荡的热情，或是剧烈的生活的变动，而是与贫穷进行的无穷无尽的、沉重的、琐碎的、痛苦的挣扎，对于明天生活的忧虑，极度贫困和操心的生活。处身在社会生活这样卑微的环境中，人的精神在接连不断的烦恼中就会颓唐萎缩，忘记了他还可以自由自在地飞，永远永远地趴伏在地面上，连抬起眼睛望一望太阳也不想了。

克鲁采弗尔斯基医师一生在无人知道的战场上继续不断地创造英勇的战绩，而他所得到的报酬——只不过是当天迫切需要的面包，至于明天是不是能够得到，就不可知了。他是莫斯科大学的官费生，毕业以后当了医生，还没有任职之前，跟一个德国药剂师的闺女结婚。她的陪嫁，除了善良的献身的心灵和依照德国人的习惯毕生不移的爱情而外，就是发着玫瑰油气味的五六件衣服。中了恋爱狂的学生，没有想到自己还没有谈恋爱和享受家庭幸福的权利，没有想到要获得这种权利，跟法国的选举权一般必须有一种资格。

结婚几天之后，他被任为远征军的联队军医。他过了八年流动的生活，到第九年，疲倦起来，开始呈请给他一个固定的岗位。有一个挨到了他，于是，克鲁采弗尔斯基带着妻儿，从俄罗斯的这一边搬到那一边，定居在省治所在的 NN 市。起初，他多少有几个主顾。省城的显宦和地主们总是尽可能请德国医生看病的，幸而附近地段（除了一个钟表匠之外）没有一个德国人。那时候，他买进这所有三扇窗子的住房。这是克鲁采弗尔斯基一生中最幸福的时期。他的太太马格丽坦·卡洛芙娜也给了他一件意想不到的礼物：她用一戈比两戈比积起来的钱，买了花标布，到约可夫（救世主的兄弟）节日为止，每晚上把那只旧长沙发跟靠背椅重新缝过。花标布是出色的上等货，缝在长沙发上的是绘着亚伯拉罕把亚罕和伊迟马三次罚落地上，沙拉威吓着他们的画①，缝在靠背椅上的，右半边只有亚伯拉罕、亚罕、伊迟马和沙拉的腿子，左半边只有这四个人的头。不过这幸福的时期过得并不久。

在这城市附近辖有领地的一位富地主，请来了一位家庭医师，这医生将克鲁采弗尔斯基的主顾全部兜揽去了。那位年轻的医师，对于妇科病独具心得，女病人个个相信他。他对一切病症都用水蛭医治，而且口若悬河地解释着说，不但一切的病都是炎症，而且生命这个东西，也不外乎是物质的燃烧。谈起克鲁采弗尔斯基时，他口口声声地称赞。总之一句话，他完全成了一个红人。全城的女人都给他缝十字布的枕头，缝烟荷包，送他种种的土产以及意想不到的礼物，而且尽力忘掉原来的医师。不过买卖人跟教士们确实还是相信克鲁采弗尔斯基的。但是买卖人是绝不害病的；托上天保佑，他们永远很健康，偶尔有点儿不舒服，就喜欢自己治疗，洗一个澡，在身上涂些松节油、柏油、蚁酒之类一切胡七乱八的东西，这样地过几天，不是痊愈，便是寿终正寝。无论结果如何，都没有克鲁采

① 这是《圣经》上的故事。

弗尔斯基的事。不过人一死却总算在他的账上，那位青年医师，每次对他的女主顾们这样说："真可笑，亚科夫·伊凡诺维奇本是精通医道的，为什么不给他一瓶蒸馏水加上十滴鸦片汁，或是用四十五只水蛭让它们在尾尻骨上吸一吸？要是这样一治，那个人就不会死的。"因为他的话里夹进几个拉丁文，所以连省长太太也完全相信那个人本来可以不死的了。这样一来，克鲁采弗尔斯基就渐渐只能靠一点儿薪俸过日子。薪俸大概有四百卢布，不过他有五个孩子，生活自然越来越苦。亚科夫·伊凡诺维奇不知道要怎样过下去才好，猩红热给他打开了一条血路，五个孩子中的三个，一个挨一个死了，剩下一个顶大的女儿和一个顶小的男孩儿。这男孩儿好像因为生得分外单薄，反而从死亡和疾病中漏了网。他养下来不足月，活着也只是一个名目，瘦弱而神经质，他也有不害病的时候，但是没有一天真正健康的日子。这孩子没出娘胎就已开始倒霉。当马格丽坦·卡洛芙娜肚子里怀他的时候，他们家里发生了一件大祸事。

有一个地主的马夫被鞭子抽死，克鲁采弗尔斯基不肯在因病身故的证明书上签字，大受省长老爷的仇视。①

亚科夫·伊凡诺维奇虽然陷入穷困的绝境，却跟一个热情的英雄一般，以舍生取义的悲壮的气概，接受严厉的打击——幸而那打击在他的头上消散了。在这经常以泪洗面的不安时期中，米佳出生了——他成了关于马夫尸体事件唯一的惩罚。这孩子是马格丽坦·卡洛芙娜的小宝贝，身体越是虚弱，母亲抚养得越是当心，她好像把自己的力量分给了这孩子，母爱增长了他的精力，把他从死神手中夺了回来。母亲以为这孩子是他们夫妇之间的唯一的支柱，唯一

---

① 此处曾被书刊检查机关删去。——作者

的希望和唯一的安慰。那么，他的大姊怎样了呢？当她十七岁的时候，NN 城里驻扎着一个步兵联队，在这联队开拔的时候，医师的女儿也跟着一个少尉走了。后来从基辅来了一封信告罪，为双亲祝福，并且告诉他们，她已经跟少尉结婚了。再过了一年，从基希涅夫又来了一封信，报告被丈夫遗弃，带了一个孩子，过着半饥半饱的日子。做父亲的寄了二十五个卢布去，从此就没有她的消息。

米佳长大了，进了中学，功课很好，永远是羞涩、温和而沉静，连校长都看中了他。而这校长认为喜欢孩子，对自己的职务是不完全适当的。父亲打定主意等米佳中学毕业就送他到省衙门去工作。有一个在省衙门里当书记的，他的孩子的慢性瘰疬，是克鲁采弗尔斯基免费医好的，他答应从旁助力。不料米佳突然找到了另外的出路。有一位爱好文艺的三级文官，从乡下到莫斯科去，路过 NN 市。对于三级文官之类经过当地消息特别灵通的中学校长，连忙去拜访，请他务必光临祖国教育的苗床和果园，做一度参观。三级文官本来不想去，但他最喜欢人家郑重而诚意地欢迎。校长穿着制服，握着佩剑的柄，仔细地对三级文官解释，门廊为什么这样潮湿，楼梯为什么这样弯曲（这种事情本来同三级文官没有什么关系）。学生们排列着整齐的队伍，头发光洁领带笔挺的教师们若有深忧地走来走去，不住地向学生们和看门人眨眼睛。这看门人是全校最镇定的。物理教师提议请大人看一看用风动机扑死兔子的实验和来顿瓶杀鸽子的实验，三级文官要他们怜惜动物的生命。校长十分感动，向全体教师和学生望了一望，好像说："凡是大人物都心肠仁慈。"这以后，鸽子和兔子在看门人的箱中活了几时，最后终于被那位残忍的教师，为了满足全体市民的好奇心，把它们做了学术上的牺牲。以后走出一个学生来，法文教师向他发问："你对于大人光临我们的科学园地，有什么话要说的吗？"这学生立刻用带着几分教会腔的法文开始说道："我们这些贫苦的孩子，多么感激大人的光临参观！"

正当他们用不正确的发音进行谈话的时候，从旁闲看的三级文官①，忽然发现米佳这病弱而文质彬彬的模样，便把他叫到身边，说了两三句话，抚爱了一番。校长便说这个学生成绩很好，希望能够升入大学，可是他的父亲没有力量让他到莫斯科去求学等等。三级文官毕竟是一位三级文官，他对米佳说，如果他的父母可以答应，一两个月之后，便派自己的执事人来，带他到莫斯科去，在自己公馆里拨一间屋子，让他和执事的孩子住在一起。校长连忙差文书去请亚科夫·伊凡诺维奇来。亚科夫·伊凡诺维奇在三级文官已经上了旅行马车的时候赶到，见了面，老医师感动得像孩子一样地哭着；用期期艾艾、断断续续的话再三道谢。三级文官指着马车旁边帮着套马的一个阔肩膀汉子说："这是我的执事，我叫他来接你的孩子。"说完，现出充满慈爱的微笑，去了。

一个月之后，挂着响铃的旅行马车从克鲁采弗尔斯基的门口开出去，车上坐着裹在母亲缝制的被头中的米佳和三级文官的执事。执事只穿一件呢外套，因为他在路上喝了酒，暖和了身体。人生的命运就是这样决定的。假使三级文官不经过 NN 市，米佳便会进省衙门去，因此我们的故事也写不出来了。而且米佳在省衙门里将渐渐变成一个老资格的事务员，虽然不知道能够拿到多少薪俸，至少也可以供养年老的父母，让亚科夫·伊凡诺维奇和马格丽坦·卡洛芙娜过几天舒服日子。但是米佳出发后，父母的生活上发生了重大

_____

① 此处曾被书刊检查机关删去。——作者

的变化，两个人孤单单地留下来，家庭中笼罩着比以前更加寂寞的哀愁气氛。三级文官的执事，并不是神经脆弱的人，但在老医师夫妇跟儿子分别的时候，也差不多掉下泪来。贫穷的父亲在离别儿子的时候跟有钱的父亲不同，他对儿子说："好，你去吧，去挣自己的面包吧，我对你再不能有什么帮助，你应该去开辟自己的路，而且要常常记着我们！"但是，他们是否还能够重新相见，儿子是否可以靠自己活下去……这一切还覆盖在漆黑而沉重的帷幔下。

父亲想多给儿子一点儿路费，但是没有可能。他从手边仅有的八十卢布之中，究竟应该分多少给他，几乎翻来覆去计算了十来次，觉得全部给了他还太少。做母亲的在一个小得可怜的包裹上不住地滴着眼泪，她连自己顶顶需要的东西都放在里头了，但是知道实在还不够，同时也明白再要放点儿东西进去，是无法办到的了……这是世间不大为人所知的小市民的生活场面，也是他们尽量瞒着别人的场面，然而这是痛彻肝肠的悲痛场面！不过，他们这样地躲避别人耳目，倒也是一桩美德呢！

年轻的克鲁采弗尔斯基经过四年成了学士，并无特出的才能，也没有分外灵敏的头脑，但他爱好学问，认真用功，完全配得上所获得的学位。看他那和蔼的面目，我们可以想到，他不像会过一种愉快的德国式的生活，例如虽然稍微拘束一点儿，却很勤恳地做着教师之类的工作，一到家里，虽然也稍微拘束一点儿，但是经过了二十年，丈夫还是醉心于自己的妻子，还是文静得很，说一句双关话脸会红起来那种安静、高尚而又幸福的生活。这是住在德国乡下的宗法式的小城里的生活，是神甫小屋里的生活，也是当神学校里的先生的生活，这种生活纯正，合乎伦理，除了自己周围的人们，

33

别人不会知道……可是我们能过这样的生活吗？我以为绝对不能。这样的环境对于我们的心灵是不适宜的。这种酒里掺水式的生活不能餍足我们的欲望。我们的心灵，要比这种生活高得多，或是低得多，而且无论高低，总是要宽阔得多。克鲁采弗尔斯基成了学士之后开始想在大学里服务，以后又想当私人教师——但这两种尝试都失败了。他从父亲身上遗传了不论什么工作都要去碰碰运气的习性……

克鲁采弗尔斯基在铜鼓喇叭声中得了学士衔走出学校的大门以后，过了几个月，有一天，他收到一封老父的信，信里报告母亲害病，而且字里行间流露出生活的苦况。他晓得父亲的脾气，知道父亲流露出这种口吻，一定是有了特别的困难。他已经花光了钱，现在只剩下一条路：有一个处处照顾他的哲学教授，对他怀着诚意的同情。他用坦白、尊敬而动人的笔调给这教授写了一封信，开口向他借一百五十卢布。教授立刻给了他一封很客气的回信，口气非常动人，但是钱没有送来，信末这位博学之士又附了一行，以极柔和的口吻，责备克鲁采弗尔斯基最近不到他家里去吃饭。这封信使青年克鲁采弗尔斯基惊骇了。他是那么不懂得人的价值，或者说得正确点儿，不懂得金钱的价值！他非常忧闷，随手把那善良教授寄来的措辞客气的信放在桌上，在屋子里来回踱了几趟，完全沉浸在悲哀中了。他倒在床上，眼泪慢慢地从脸腮上向下滚，眼前很鲜明地映出家中陋室的景象：母亲受着疾病的磨难，瘦弱不堪，也许快要死了。旁边是他的父亲，悲伤地、垂头丧气地坐着。病人在盼望着什么，但是因为不愿增添丈夫的悲哀，故意掩饰着，而父亲却很明白她的心，只是恐怕这个希望会变成绝望，自己也就装作不明白的……

读者诸君，如果你是一个有钱的人，或者至少是一个生活安定的人，你就应该深深感谢上天，为我们所得到的遗产喊声万岁，为祖传的和正当获得的财产喊声万岁。

正当这位学士痛苦不堪的这一刹那间，房门忽然推开，走进一个人来，一眼便看出不是个住在首都的人——他举手掀起一顶大舌头黑圆帽。这大舌头在这中年汉子的赭红的、健康而光鲜的脸上映出一个阴影，他的脸色表现出乐天主义的平静与和气。他穿一件褐色的带衣领的旧呢外套，这种衣领现在已经没有人戴了。他的手里拿一根竹手杖，正如刚才说过的一样，完全是一副外省人的样子。

"您就是这儿大学的学士克鲁采弗尔斯基先生吗?"

"是的。"德米特里·亚科夫列维奇答道，"您有什么贵干?"

"啊，学士先生，请让我坐下来。我比您年纪大了，又走了许多路。"

这样说着，他在挂着燕尾便服的椅子上坐下，不料这椅子只能受得住没有人穿的空燕尾服的重量，却受不住穿呢外套的人。克鲁采弗尔斯基感到很不好意思，连忙请他坐到床上，自己端来了另外一把（也是最后一把）椅子。

"我是……"来客用着极缓慢的声调开口道，"我是 NN 市医务局局长，医学博士克鲁波夫，到这儿来找您，是为了……"

这位医务局长是一位井井有条的人，说到这儿把话打住，从衣袋里拿出一只大鼻烟壶来，放在自己面前，以后又拿出一块红色的手帕放在鼻烟壶旁边，以后又拿出一块白色的手帕，揩一揩额上的汗，然后嗅了一点儿鼻烟，这样说下去了：

"昨天我到安东·弗尔齐南特维奇家去……他是我的同班同学……不，错了，他比我早一年毕业……对啦，早一年，确实如此……不过，我们还是同学，大家是很要好的。我托他介绍一个好先生到我们省城去当家庭教师，条件是如此如此，希望是这般这般。这样，安东·弗尔齐南特维奇就把您的地址告诉了我，他很称赞您，所以，假使您答应去当家庭教师，现在我们就可以当场订立契约。"

安东·弗尔齐南特维奇的确是一位爱护青年的教授，他是真心喜爱德米特里的，只不过像我们上面所讲的不肯把自己的钱拿出来冒险罢了，但是给他推荐的热心却一向是有的。

臃肿的医师克鲁波夫，对于克鲁采弗尔斯基不啻是上天的使者。他老实对他讲了自己的境况，最后说自己不可能随意挑选职位，非立刻找到职业不可。克鲁波夫从衣袋里拿出一个又像是钱包又像是文件夹的东西，从弯曲的剪刀、刺血针、探针中间拿出一封信来读道："大体每年二千卢布左右，不过绝对不会超过二千五百。因为隔壁从瑞士请来一位法国人，一年也只有三千卢布。一间专用的屋子，有早茶，一个用人代洗衣服，一概照向例。吃饭跟主人同桌。"

克鲁采弗尔斯基并不提出任何的要求，只红着脸问了束脩和功课的情形，而且老实说，跑到别人家里和陌生人住在一起，他心里实在怕得要命。克鲁波夫大为感动，劝他不要怕纳格洛夫一家人……"您又不是给他的孩子去施洗礼，只不过教一个男孩子念念书。男女主人只在吃饭的时候碰一次面。那将军绝不会在钱上叫您委屈，这一点，我可以保证的。太太一天到晚只会睡觉，就是做梦也不会对您有一言半语。请您相信我的话，纳格洛夫这一家确实不坏……当然跟一般地主的家庭比起来，也不一定特别好。"总之，交易是成功了。克鲁采弗尔斯基以每年二千五百卢布的报酬受人雇佣。

克鲁波夫医师在外省生活中完全变了一个懒人，但人毕竟还是人。他几次尝到了痛苦的经验，知道一切美丽的幻想，一切豪语，最后仍不过是幻想，是豪语。于是他终于在 NN 市永远定居下来，渐渐地学会了抑扬顿挫地讲话，衣袋里放两块手帕：一块红的，一块白的。在世界上，再没有比外省生活更葬送人的了。但克鲁波夫还没有完全死亡，他的眼里还发射着光芒。见了这纯洁优秀的青年，克鲁波夫的心头涌起了种种的回忆。他想起自己和安东·弗尔齐南特维奇两人梦想医术大改革，步行到格廷根去……想着想着，不禁做了苦笑。当交易谈妥的时候，他的头脑中掠过一道思想："我把这样的青年人拉进半草原地带的地主的愚蠢生活中去，难道是一件美事吗？"他甚至想要自己送一点儿钱给他，叫他不要离开莫斯科。假如在十五年之前，他一定会这样做，但现在，他这年老的手要打开钱包实在是天大的难事。"这也是命里注定的！"克鲁波夫这样想着，安慰了自己。从古以来被人类反复说着的这句话，会在这时候从他的嘴里说出来，实在使人奇怪。拿破仑说命运是一个没有意思的字——大概正因此，它对于人类才有这样大的安慰。

"那么，我们的事情就算决定了。"最后，克鲁波夫沉默了一下，说道，"我五天后动身，顶好咱们同马车去。"

4. 庄园生活

从古以来，大家都知道，一个人无论到拉普兰或赛内加里耶，不管什么地方，都会很快地习惯那儿的气候与风土。所以克鲁采弗尔斯基之渐渐习惯纳格洛夫家的生活，也是毫不足奇的。

　　这一家人的生活方式、见解和趣味，开头虽然使他觉得惊骇，但是后来他即使不能和这种生活相融洽，却也渐渐地视作当然的事了。最奇怪的一点是，纳格洛夫家并没有什么特别不同的地方，但对于一个富于朝气的青年总是感到格格不入，非常局促。在各方面，有一股无穷无尽的空虚气氛笼罩着可敬的亚历克绥·亚勃拉摩维奇的家庭。这些人为什么从床上起来，为什么活动，为什么生活……要回答这些问题，都是很困难的。但是并无回答这些问题的必要。这班幸运的人只因为既已出世，所以就活下去了，只因为不想死，就继续活下去。在这儿，有什么目的，有什么存心呢？要加以什么研究，那全然是德国哲学的影响！

　　将军在早晨七点钟起来，马上衔着一只樱木大烟斗，在大厅里出现。要是走进一个不认识的人，因为他那样深思熟虑地在抽烟，一定以为他头脑中盘旋着头等重要的计划和想象，哪里知道盘旋着的只是烟雾，而且不是在头脑当中，仅仅在头脑四周。他深思熟虑地继续抽烟，约莫有一个钟头光景。这期间将军在大厅里慢条斯理地走来走去，不时在窗边站下来，凝望窗外，眨眨眼睛，脑门上打起皱纹，做出不高兴的神色，甚至还露出了叹息。但是，这跟开始时的深思模样一般，在别人眼里只是假象罢了。这期间，执事必须同仆人一起站在门口，抽完了烟，亚历克绥·亚勃拉摩维奇便面对执事，从他手里接过报告，开始骂他。这也不是一言半语的骂法，而是把所有骂得出的话劈头劈脑扔过去，到末了一定加上这样的话："好，我知道你，我会把你们这些强盗骗子管教好，叫你看看颜色。把你的儿子送到军队里去，叫你自己去管鸡鸭！"这好比每天实行冷水淋浴一般是一种精神健康法，他用这种方法作为使人们害怕他服从他的一种手段，或者只是作为一种家长式的习惯——总之，每天继续着这一套，从不厌倦，实在令人佩服。执事默然而忍耐地听着老爷的骂声，他心里明白：默默听骂声正如打小麦、大麦、干草、麦秸一样，是他职务上附带的重大义务。

"呸，你这强盗坯！"将军骂道，"像你这种家伙，碎尸万段还不够！"

"老爷，请你原谅。"执事心平气和地回答，斜着一对狡黠的眼睛，从下面仰望着老爷。

这样的对话一直继续到孩子们来请早安。将军向孩子伸过手去，与他们握手。一个瘦小的法国妇人，跟孩子们一同出来，缩着身子，默不出声，行一个彭巴杜式的敬礼①。然后报告早茶已经备好了，亚历克绥·亚勃拉摩维奇便向起坐室走去。在那儿，葛拉斐拉·黎伏芙娜已经面对茶炊等待他的来临。谈话总是从葛拉斐拉·黎伏芙娜诉说身体不舒服，晚上睡得不好开头。她右边的太阳穴里，觉得莫名其妙的剧痛，后来移到后脑勺，移到头顶心，使她晚上睡不着觉。亚历克绥·亚勃拉摩维奇毫不关心地听着太太的健康情况公报，这也许因为他是全人类中最确实知道她在夜里是从来不睡觉的，也许是因为他明明见到这种慢性病对于太太的身体反而有益——究竟如何，任凭者无从得知的。倒是法国妇人爱丽莎·奥古思托芙娜大为惊慌，同情葛拉斐拉的痛苦，说自己从前的主人 R 公爵夫人，还有一位本来她可以到那儿去的 M 伯爵夫人，都有这种毛病，她们说这是一种"神经性痉挛"，用这些话安慰着她。

---

① 彭巴杜夫人是法国路易十五最宠爱的情妇，当时住在凡尔赛宫。

早茶吃到一半，厨子来了，主人夫妇便开始点菜单，明明昨天的菜吃得一点儿不剩，却骂他昨天的菜做得不能入口。厨子不单每天得听老爷的骂声，同时还得听太太的埋怨，在这点上，比之单听老爷骂声的执事，地位又高了一级。

喝过早茶，亚历克绥·亚勃拉摩维奇便到园子里去。他在乡下住了好几年，可是对于农业的门径还是很外行，常常把事情搞得毫无头绪。他顶喜欢有条有理，顶喜欢人家表现出绝对服从的神气。最大胆的偷盗几乎公然在他的面前进行，但大抵他是不觉得的。即使他发现了，他也永远处理不好，结果还是被瞒过去。一村的真正首长跟衣食父母的他，常常这样说："偷盗可以，欺诈也可以，但我不能容忍的是死不要脸。"这就是他的家长式的名誉观。

葛拉斐拉·黎伏芙娜除了特殊情形，从不步行出外，当然，只有连接着阳台的老园子算是例外。这园子虽然尽让它荒芜，反而显得出色。此外，就是去采香蕈，她也经常是坐马车的。采香蕈是这样进行的：第一天晚上命令村里的长老，召集一队带篮子小笼的男女孩子。葛拉斐拉·黎伏芙娜带法国女人一道向林中的小径走去。后面是一群光着脚的、衣衫褴褛的半饥半饱的孩子，由管鸡鸭的老婆子和地主的少爷、小姐率领着，像一群蝗虫似的，向着黄牛肝菌、香蕈、苹茸、香蘑、白蘑及其他的菌类扑去。摘到特别大的香蕈，或是特别小巧的，管鸡鸭的老婆子便拿去给太太看。太太欣赏之后，又向深处走去。回到家里，葛拉斐拉·黎伏芙娜总是抱怨累死了，为了恢复气力，便吃一点儿昨天夜饭剩下来的羔羊肉、光喂牛奶长大的小牛肉、喂胡桃的火鸡肉，以及像这一类的轻软而美味的食品，然后在午餐以前睡上一觉。

这期间将军已经喝够了酒，随便弄一点儿闲食吃吃，再喝了一会儿，然后到园子里散步去了。在这种时候，他特别喜欢穿过园子，去收拾一下暖房，和园丁的女人问东说西。这女人差不多一辈子分不清梨子和苹果，但这种缺点也并不使她那动人的容貌有什么损害。这期间，那就是饭前的一点半钟内，法国女人便给孩子们上课。她教他们一点儿什么，那是识不透的秘密。做父母的既对这点非常满意，谁还有权利来过问他们的家事呢？

吃一顿饭整整花两个钟头。每一道菜，凡是吃惯西菜的人，吃了都会胀破肚子。油腻，油腻，油腻，还有刚刚烧软的卷心菜、洋葱头跟腌香蕈，这类东西跟大量麦谛拉酒和葡萄酒一起，送进亚历克绥·亚勃拉摩维奇的皮球似的肚子里，送进葛拉斐拉·黎伏芙娜的脂肪丰满的肚子里，和法国女人爱丽莎·奥古思托芙娜的皮包骨头、满是皱皮的肚子里去消化。顺便说一说，喝麦谛拉酒的时候，爱丽莎·奥古思托芙娜决不向将军示弱（这儿应该注意，在 19 世纪以前，也就是在 18 世纪之中，雇佣的妇人在餐桌上是没有喝酒的权利的），她说在自己洛桑纳的老家有葡萄园，她在家里是以家酿的麦谛拉酒代替格瓦斯的。可见在家里的时候，已经喝麦谛拉酒上了瘾。

吃过饭，将军嘴里说要睡半小时的中觉，就躺在私室的睡椅上，每次照例比预定多睡一些时候。葛拉斐拉·黎伏芙娜跟法国女人一道退入起坐室里。法国女人唠叨地嚼着舌。葛拉斐拉·黎伏芙娜一边听着她无穷无尽的谈话，一边便迷迷糊糊睡着了。有时她想听听新鲜的话头，便打发人去找村里牧师的太太来。这太太一来，总是拘拘束束的，对什么都怕，好像一个不惯社交的人，谈起话来没头没脑。葛拉斐拉·黎伏芙娜同她在一处待了几个钟点，后来用法文对法国女人说："唉，真是一个笨蛋，叫人受不了！"的确，这位牧师太太真是一个没有办法的笨蛋。

以后吃茶点。再以后，快到十点钟的时候，吃夜饭。

吃过夜饭，全家人开始张大嘴打起哈欠来。葛拉斐拉·黎伏芙娜认为到了乡下，就得依照乡下生活方式，那便是早早上床睡觉。于是大家分散了。一到十一点钟，从马房到屋顶的小房间全家打起鼾声。

有时候邻近地方有人来拜访，是纳格洛夫的同宗，或是一直住在省城、一心一意希望早点儿把女儿出嫁的老伯母之类的人。这种客人来的时候，生活程序一刹那间完全改善，但客人一走，立刻又照旧了。当然，除了所有这些事务之外，还有许多不知怎样过去才好的时间，特别是多雨的秋季、长夜漫漫的冬季，更不知怎样打发才好。在这样的时候填补空隙，那法国女人就得绞尽脑汁。

这法国女人为什么有这许多话讲，这儿先来说一说。她在已经崩天的叶卡捷琳娜女皇统治的末叶，是法国戏班子里的服装管理人。她是跟戏班子来的，她丈夫是挂二牌的名角儿，可怜他受不住彼得堡的气候，特别他是一个有太太的男人，太太又是戏班子的女职员，他因为过于热心地保护他的太太，被一个骑兵队中士从二层楼的窗口抛到街道上。当他被人抛出的时候，大概对于潮湿的空气没有充分的准备，因为他从此开始咳嗽，咳嗽了两个月的样子，就此突然不咳了——这原因很简单，因为他死了。爱丽莎·奥古思托芙娜正当最需要丈夫的时候，那就是说，在三十岁前后变了寡妇……她大哭了一番，开头给一个害痛风的病人当看护，以后给一个身材很高的鳏夫的女儿当家庭教师，从那儿又移到一家公爵夫人的府上，此后的经历就不必细说了。我们只消说，她善于十分完满地凑合主人的家庭习惯，很快地获得信任，成为一家中不可缺少的人物，可以同她商量公开的事，也可以同她商量秘密的事，而且不论在什么动作中，总是显出自己是一个被保护者，一个地位卑微的人，处处谦让，并且抑制自己的欲望。总之，对于她，别人家里的楼梯不会嫌陡，别人的面包也绝不嫌味苦。她一天到晚编着毛线袜，大声地哗笑，一点儿心事没有地哼着调调儿。对于女仆房跟寝室里所发生的琐屑事件，永远有她牵连在内，她从不在头脑中想到自己处境的可怜。而且在无聊的时候，她就讲各种故事，安慰别人。这时，亚历克绥·亚勃拉摩维奇一定一个人拥着纸牌起卦，葛拉斐拉·黎伏芙娜什么也不做，坐在长沙发里。爱丽莎·奥古思托芙娜对于自己恩人们（她对于自己当家庭教师家的主人，一概是这样称呼的）的历险记和逸事，知道得非常多，她讲的时候又加油加酱地增添了许多。而且每个故事中都有自己出场，担任重要的角色——不管是好角色还是坏角色。亚历克绥·亚勃拉摩维奇比太太更起劲地爱听这家庭教师的世故谈，满心高兴地哈哈大笑，以为她不单是一个家庭教师，还是家里的活宝。

就这样一天接一天地时间过去了。有时候记起了大节日、斋戒节、冬至、夏至、命名日、诞生日，葛拉斐拉·黎伏芙娜便惊惶地说："啊，我的天哪，后天不就是圣诞节吗，我当这几天还刚刚下雪呢！"

但是那位被好心的纳格洛夫夫妇收养的可怜的姑娘柳波尼加，在我们刚才所讲的故事中处在什么地位呢？我们完全把她忘了。对于这事情，她的过错要比我们大，因为她在这个家长制的家族中，永远是沉默的。无论什么事，她都不参加在内。因之全家老小都过得顺顺调调，只有她一个合不上拍子。这姑娘有许多奇怪的地方，在她充满生气的脸上，同时表现着喜怒哀乐不形于色的无情的冷漠。她对于所有的人冷漠到这种程度，连葛拉斐拉·黎伏芙娜本人有时候都感到过于难受，因此把她称作"冷若冰霜的英国女子"，虽然将军夫人所自负的安达罗西耶人的脾气①，也是很可疑的。她的脸像父亲，只有深蓝色的眼睛是从杜涅那儿承受来的。但这相同的地方又包含着无限的矛盾，那两张脸就足够拉斐德②写一本辞藻华丽的新书的资料：将军的威严的轮廓，虽照样地传给了女儿，但柳波尼加的脸，却显然有自己的特点。看了她的脸，立刻会明白纳格洛夫有很好的才能，但被生活所压抑，为生活所窒息了。她的脸是亚历克绥·亚勃拉摩维奇的脸的说明。谁要看了她的脸，就会跟将军言归于好。但她究竟为什么永远在那里冥想？为什么不大高兴？为什么欢喜一个人坐在自己的屋子里？这有许多原因，有内部的及外部的原因，我们以下就开始来讲。

她在将军家庭中地位之不受人家羡慕，并不由于大家要赶走她或束缚她，而是因为这家人充满了偏见，丧失了只有思想进步的人才有的那种体贴关心，这些人不自觉地对她取一种粗暴的态度。无论是将军或他的夫人都不了解柳波尼加在府中所处的奇妙地位，反而毫无必要地触动她脆弱的心弦，加深了她的痛苦。纳格洛夫那种严厉而略带傲慢的性质，常常毫无目的地给她很大的侮辱。到后来，虽有明显的目的，却全然不了解自己说的话，对于比管理人之流心

---

① 安达罗西耶是西班牙南部一省名，濒临大西洋及地中海。
② 拉斐德（1741—1801），瑞士作家。

灵脆弱万分的女儿，将有怎样强烈的影响，而且也不了解对于有权住在自己家里，同时又行善留在家里的这位似小姐而非小姐的无依无靠的姑娘，应该采取多么留心的态度。像纳格洛夫这种人，要他这样温存体贴自然是办不到的。他从未想到这个小姑娘会听了他的话生气，而且也想不到这姑娘是会生气的。亚历克绥·亚勃拉摩维奇为了要柳波尼加对葛拉斐拉·黎伏芙娜更加亲热，常常反复地向她说，她一辈子要为葛拉斐拉祷告上帝，她应当感谢葛拉斐拉给了她幸福。因为没有葛拉斐拉，她就只好不当小姐而当婢女。而且将军在极小的地方，总使她感觉到虽然他们把她跟自己的孩子同样养育，但是中间有很大的差别。柳波尼加一到十七岁，纳格洛夫便开始在独身男子中物色适于做她夫婿的人物。陪审官从城里拿来了案卷，或听到人家讲到邻近的小地主，亚历克绥·亚勃拉摩维奇便在可怜的柳波尼加面前说这样的话："那位陪审官要是向柳波尼加求婚，多么好呢。真的，如果那样可太好了，这对于我是很合适的，他跟她又有什么不相配呢？她到底不能嫁给伯爵去的呀。"

葛拉斐拉·黎伏芙娜使柳波尼加苦闷也不弱于将军，有时候，发挥她那种任性的溺爱，硬叫她吃饱，无时无候给她吃蜜饯之类的东西。但可怜的姑娘总是忍耐着。葛拉斐拉·黎伏芙娜对新相识的太太们总要介绍柳波尼加，而且每次添上一句："这姑娘是一个孤儿，跟我们自己的孩子同样养大的。"这以后便是窃窃私语……柳波尼加猜到她所说的话，先是脸色灰白，随后因为害羞过度，脸上发烧了。特别是乡下太太们，听罢秘密的说明以后，便用轻蔑的目光凝视着她的脸，同时暧昧地微笑起来。在这种时候，尤其使柳波尼加难过。但到了最近，葛拉斐拉·黎伏芙娜对孤儿的态度有些改变了。她的头脑中开始出现了一个念头，这个念头以后发展起来，会使柳波尼加更其难受。即使说癫痫头儿子自己好，但是她看到自己的黎莎，胖胖的身段，绯红的脸颊，虽然很像母亲，却总有些蠢气，将来一定会被柳波尼加的美貌压倒。原来柳波尼加不单长得美丽，而且她那副含嗔不语的神情，确有一种使人不能不垂爱的丰姿。将军夫人想到这点，终于也赞成了亚历克绥·亚勃拉摩维奇的意见，只要有一个好一点儿的书记官或是陪审官，就早一点儿将她嫁掉。柳波尼加对于这种情况，岂有不明之理。除此以外，四周的人们，也都使她难受。

她对待连她的"奶妈"也在其内的女仆们的态度也非常不自然，女仆们将她看作暴发户。这班人习惯了贵族社会中的想法，只把来历分明的黎莎当作小姐，同时她们知道柳波尼加是一个又老实又不拘细节的姑娘，决不在太太跟前说她们的坏话，因此反而瞧她不起，遇到生气的时候，便大声地说："乡下姑娘不管怎样打扮，总是一个乡下姑娘，任你怎样神气活现，总不够贵族气派。"对这种闲言闲语，放达观些去想想，当然是不足计较的，但我试问一声，一个人蒙受了这许多卑鄙龌龊的称号和侮辱，能够不放在心上吗？

住在省城里的将军的一位姑母，常常带三个女儿来做客，那时候，柳波尼加就更加受罪了。这老婆子是有点儿疯疯癫癫的伪君子，打着一肚子的坏主意，一点儿也不想想这可怜姑娘的地位，处处只是触着她的创痛。"啊哟哟，这究竟是什么道理？"她摇着脑袋对葛拉斐拉说。"把她打扮得这么讲究？我倒要问你。太太，你好像把她当我的女儿一样看待了！葛拉斐拉·黎伏芙娜，你为什么要待她这样好？她的亲伯母玛尔陵西加，不是在我那儿喂鸡吗，是我的女奴隶呀。这，这到底为什么？哼，连那个老作孽亚历克绥在体面人面前也不害臊！"这样的恶骂之后，接着一定祈祷上帝，饶恕她的侄儿使柳波尼加出生的罪恶。这姑母的女儿中，其中最大的一个已经对人说她二十九岁说了两三年，这三个内地姑娘要是不用宗法式的单纯口吻说话，一定每一句话都要使柳波尼加感到自己地位的卑微，使她感到她们故意卖弄风骚。在这种地方，柳波尼加无论怎样深刻地伤了她的心也决不在人面前表现出来。说得更明白点儿，便是她周围那些人，要不对他们明白表示，仔细说明，是不会留意不会理解的。但当她一个人走进自己屋子里，她就悲伤地痛哭起来……她受不了那种侮辱。对于落在这种地位中的姑娘，实在也难怪的。葛拉斐拉·黎伏芙娜看柳波尼加可怜，但也没有想到保护她，或是向姑母表示不满的意思。遇到这种时候，她总是请柳波尼加吃双份蜜饯，算是安慰她了。等到后来姑母要走了，还要无数次地重复说好姑母不要忘记我们，特别恭敬地送她出去。以后，对法国女人诉说：看见姑母太太实在受不了，姑母太太一来，总是弄得神经不安，左边太阳穴痛得难受。这太阳穴的疼痛，又一定移到后脑勺里去。

不消说，柳波尼加的教育情形也和别的事情一般。除了法国妇人爱丽莎·奥古思托芙娜以外，再没有别的先生教育她，而爱丽莎·奥古思托芙娜是只给孩子们教法文文法的。但这位老师完全不知道法文正字法的诀窍，连头发都花白了，还是写出不通的法文来。虽然她说以前在某公爵夫人家里，还帮她两个儿子做进大学的准备。在这儿，她就只教文法，别的什么也不干。

纳格洛夫家里稍微有几本书，但将军自己是一本都没有的，倒是葛拉斐拉·黎伏芙娜有点儿藏书。在起坐室里有一口橱，上半格放着一套从未用过的漂亮茶具，下半格放的是书。其中五十册是法国小说，一部分是很久很久以前给伯爵小姐玛芙拉·伊林契娜连消遣带教育的。此外是葛拉斐拉·黎伏芙娜嫁来的那年买的。那时候，她是见什么买什么，譬如丈夫的水烟袋、柏林式的文件包、装金锁的漂亮的狗颈圈……跟这些东西一起，她买了十四册最流行的书。这十四册中有两三本是英文书，也跟着搬到乡间来了，虽然说不但在将军家里，就是在附近四平方里之内，也找不出一个识英文的人。她买这几本书，只是爱它那伦敦式的装帧，这装帧实在漂亮。

葛拉斐拉·黎伏芙娜自然喜欢柳波尼加念书，而且还鼓励她，说自己也是顶喜欢念书的，可惜忙着家事和孩子的教育，弄得没有念书的工夫。柳波尼加很高兴地拼命念书，但是她对于读书并没有特殊的嗜好，她并没有养成非读书不可的习惯。她觉得书里所写的，都是一些没有意思的话，连瓦尔德·司各特①都常常使柳波尼加厌倦起来。不过环绕着青年姑娘的杂乱的环境，绝没有妨碍她的成长，完全相反，她所处身的庸俗环境，却有一种促进她猛速成长的力量。那么，怎样的成长呢？那是女子内心中的一个秘密。

凡是青年女子，起初总能适应她周围的生活，一到十四五岁便显出妩媚来，说话渐多，看见走过身边的军官便会投媚眼，留心使女们偷不偷茶叶白糖之类，准备做一个好主妇、好母亲，要不然，便完全相反，她们以极度轻快的心情脱出了周围污浊的生活，以内心的崇高战胜外界的污秽，以某种启示来理解生活，获得一种保守自己、祝福自己的情操。像这样的成长，在男人身上是几乎见不到的。我们的弟兄在中学、大学、弹子房及其他多少带教育性的机构

---

① 瓦尔德·司各特（1771—1832），英国著名作家。

中用功学习，在三十五六岁以前，不会得到发展和知识，那时候头发脱落，精力与热情也衰退了。可是女人们青春长驻，永远保持着饱满新鲜的情绪，跑在前面。

那是柳波尼加十二岁时候的事，有一次，纳格洛夫大大发挥父亲的权力，说了很粗暴的话。其中有几句，在几小时之间，给了她一番大大的教训。它给她一个推动，使她从此以后不再停止了。她的生着黑卷发的小头脑，从十二岁起开始了活动。在她头脑中觉醒的问题，并非大问题，只不过是个人的问题。正因此反而使她可以将自己的思考集中在这上面，周围外界的事情，完全不引起她的注意，她只是这样那样地思索着、幻想着，她幻想减轻自己心头的重荷，又想知道自己的幻想是什么东西。这样地五年过去了，一个姑娘成长时期的五年，那是一个很长的时间。柳波尼加胸头深深怀着像火焰般的热情，沉溺在深思中，在这五年之间，开始感觉而且理解到幸福的人直到走进坟墓还不知道的事情，她时常害怕自己的思想，谴责自己的成长，但是不能停止内心的活动。她找不到一个人可以表达她所关心的、涌集在胸头的事物。终于这些事物在内心中藏不住了，她想到青年女子常用的方法，便是将自己的所思所感，开始写在纸上。这便是日记之类的东西。为了使你们更能熟悉她，现在就从她的日记中摘一点儿看看。

　　昨夜在窗前坐了好久。夜晚气候和煦，园庭景色宜人……我不知何故又悲伤起来了，好像心坎深处涌起了乌云。我禁不住哭了，哭得很厉害……我虽然有父母，但是我却成了一个孤儿，在这茫茫大地上，我是一个孤独的人。

我想到我一无所爱，心中不禁悚然，这是可怕的！人皆有所爱，而我独举目无亲。我想爱，但办不到。有时我想爱亚历克绥·亚勃拉摩维奇，爱葛拉斐拉·黎伏芙娜，爱米夏，爱妹妹……但结果都只是自欺。

亚历克绥·亚勃拉摩维奇对我那么粗暴，使我觉得他比葛拉斐拉·黎伏芙娜更似陌路人，但他是我的父亲，做儿女的可以批评父亲吗？儿女因何爱他们的父亲？只因为他是父亲所以要爱吗？这我可办不到。我不知为何向自己的心发誓，不管父亲怎样责备，我都得耐心忍受，但我还是办不到……每次亚历克绥·亚勃拉摩维奇对我发脾气，我的心便立刻激动，如果我不加遏制，我便会用同样粗暴的话去回答他……

对于母亲的爱，在我心中完全消灭了。仅仅在四年以前，我才知道她是我的生母。但要我重新相信我有母亲，我的年龄可太大了一点儿。我只是当奶妈爱她……我确实爱她，可是老实说，我跟她是多么不方便呀。我跟她讲话的时候，许多话不得不瞒着，这是多么麻烦的事，多么令人苦恼的事。对于所爱的人，是应该尽情诉说心事的。但我和她之间，总不能顺心如意。她是一个善良的老妇人，比我更加孩子气。而且称我"小姐"，称呼我的时候用"您"①，这使我听了，比亚历克绥·亚勃拉摩维奇的粗暴的骂声还难受。我为他们和自己对上帝祈祷，恳求他从我

---

① 俄国习惯，父母子女间称呼对方时用"你"，表示亲昵。用"您"显得疏远。

的心里消除傲慢的习气，使我成为一个温文的少女，赋予我爱情，但是在我心中还是没有爱情的萌芽。

一星期之后。

　　所有的人果真都是跟他们一样吗？每家人家都跟这儿一样过活吗？虽然我除了这个亚历克绥·亚勃拉摩维奇的家庭没有进过别个人家，但我相信即使在乡间也有比这更好的生活。我跟他们在一起，常常感到难堪的压力，也许因为我永远孤独，所以我的思想变得这样孤僻吗？我常常在菩提树的林荫路上散步，走到路口的长椅上坐下来，望着远方。那时候我觉得很舒服，我忘记了他们。这不是一种愉快，而只是一种黯然的心境，但就是有这种黯然的心境也是舒适的……

　　山麓有一座村子，我最爱农民们的简陋的茅舍，绕村而过的溪流，和伸向远方的树林。我整整几小时地望着，侧着耳倾听。时而从远方传来歌声、打麦声、犬吠声、大车的轧轧声……农家的孩子们，只要远远望见我白色的衣服，便向我奔来，拿草莓之类送给我，同我随便谈话。我听着他们的话，永不厌倦。这些孩子们长得多么可爱，真所谓相貌堂堂！如果让这班孩子们跟米夏一样地受教育，其中一定会培养出伟大的人才！这些孩子们常常到庄上来找米夏，我总是躲藏起来。使女们跟葛拉斐拉·黎伏芙娜本人那样破口大骂他们，使我见了气得心都跳起来。这班穷孩子什么事情都肯替米夏做，常常跑出去给他捉松鼠和小鸟来，但是米夏还要呵斥他们……

真奇怪，葛拉斐拉·黎伏芙娜本是多情善感的，听人家讲到随便什么悲惨的事情便会掉泪，但是我很惊讶她有时竟做出毫无人性的行为。她似乎自己也感到羞耻，时常说："那种人是不懂道理的，把他们当人看待是不行的，他们马上就会忘得干干净净。"但我可抱不同的见解，在我的血管中的确流着母亲的农民的血液。我常常像跟其他所有的人一样跟农民们说话，他们也喜欢我，常常送热牛奶跟蜂蜜给我。当然，他们并不像对葛拉斐拉·黎伏芙娜那样对我鞠躬行礼，但永远是满脸堆着微笑，高兴地来迎接我……

我不明白，为什么这村子里的农民，看起来总是比那些从省城或近村来的客人好得多，而且比他们聪明得多，虽然那些客人都是有知识有教养的地主和官吏，可是他们却讨厌和愚蠢……

在纳格洛夫宗法式家庭里教养起来的姑娘，出生十七年来从没有出过村庄，读书不多，完全不明世故，却怀着这样的感想，怎么能叫人相信呢？但这日记实在是可靠的，我可以发誓我搜集的材料都是确实的。不过在心理方面，希望允许我做几句声辩。

柳波尼加在纳格洛夫家中奇妙的地位，大家早已明白了。她生来精力充沛，但是，由于她与全家的暧昧关系，由于自己母亲的地位，以及父亲认为她的出生不是自己的罪而是女方的罪，没有丝毫的体贴关切。最后，仆人们又以他们特具的贵族偏见讥刺地对待杜涅，各方面都使她感到这是凌辱。既然各方面都嫌恶柳波尼加，那又叫她藏身到哪里去呢？假使她是男子，她也许会逃出家庭，投奔军队或者不知什么地方去。但她是年轻的姑娘，她便把一切隐藏在自己的内心中了。她长年累月地隐忍着自己的悲哀、自己的愤怒、自己的烦闷、自己的见解。一旦漂浮在她心中的东西渐渐沉淀的时候，一旦明白了要向人诉述的强烈的自然愿望无法满足的时候，她便拿起笔来开始书写，也就是把所谓满腹牢骚倾吐出来，借此减轻心头的负担。

只要稍微有一些远见，便可以预先看到，在这样情形之下，柳波尼加和克鲁采弗尔斯基的相逢，绝不会平静无事。长年累月在教育上的努力和上流社会的生活，也没有挫折青年人恋爱的本能和决心。柳波尼加和克鲁采弗尔斯基不能不把对方留在心头，因为他们两个都是孤独者，两个同是天涯沦落人……

胆怯的学士先生，好久不敢与柳波尼加交谈，但命运却在默默中使他们互相接近起来。使这两个青年人接近的原因，是将军对家人与仆役们的家长式的粗鲁态度。正如柳波尼加自己所说，将军这种粗鲁的态度，是一辈子受不惯的。不消说，将军的粗鲁行为在外人跟前发挥得更加厉害。柳波尼加红着脸，十分激动，然而她依旧看见克鲁采弗尔斯基在受着同样的粗鲁的对待。这样过了好久，在他这一方面，也感到自己发生了同样的感觉。于是在两人中间便有了相互了解的默契，这是远在两人互相交谈一两句话以前就已发生了的。

亚历克绥·亚勃拉摩维奇开始嘲弄柳波尼加的时候，对一个快六十岁的叫作斯比利加的老头儿，或是对白发苍苍的马丘西加大谈其智慧和道德的时候，柳波尼加总是把痛苦的眼光好久地注视在地板上，然后不由自主地移到颤着嘴唇的德米特里·亚科夫列维奇红一块白一块的脸上。在他这一方面，想和缓一下沉重不快的情绪，也偷偷地想从柳波尼加的脸上看出她心中起伏的波澜。起初，他们两个人都没有想到，这种比任何人都丰富的同情的目光，将把自己引导到什么地方，因为在两个人的周围，并没有一种东西使两人之间所发生的同情不过去某种界限，限制于某种范围内，而最后把两人分开来。实际上完全相反，因为别人完全没有留意，反而使两人间的感情逐渐进展了。

我一点儿没有意思向大家细谈我所写的主人公的恋爱故事，因为诗神完全没有给我描写恋爱故事的才能：

啊，我要歌唱的不是爱，而是憎！

我只好简单地说一说，生性柔和而富于感情的克鲁采弗尔斯基，来纳格洛夫家两个月之后，便发疯似的爱上了柳波尼加，他生活中的一切都变成以恋爱为中心而活动了。他所有的一切——对于父母的爱、学问——都从属了恋爱。总之，他像那种具有神经质的罗曼蒂克的性格的人们一样地恋爱起来了，像维特①，像符拉基米尔·连斯基②一般地恋爱起来了。他好久没有自觉到充满胸头的新感情，在更长久的时间内没有向她表白过，甚至连想也没有想过——这样的

---

① 歌德的《少年维特之烦恼》的主人公。
② 普希金的《叶甫盖尼·奥涅金》的主人公。

事大抵都是自然成就，并非想做才做的。

有一天午饭后，当纳格洛夫在私室里休息，葛拉斐拉·黎伏芙娜在起坐室里休息的时候，柳波尼加在客厅里坐着，克鲁采弗尔斯基给她朗诵茹柯夫斯基①的诗。青年男子对青年女人朗诵应用数学课本以外的书是怎样的危险与有害，弗兰采斯加②不是在地狱中一面跳着讨厌的地狱暴风雨华尔兹舞，一面对但丁说过的吗：她说过怎样从朗诵进到接吻，从接吻进到悲剧的终场。我们这两位青年人虽然不知道这种事情，但是由学士先生拿来的茹柯夫斯基诗集，已经煽动他们的爱情有好几天了。当他们朗诵《伊维可夫的鹤》时，本来还平静无事，但是他们知道这故事中有杀人者出场之后，就另外朗诵一首《亚里娜与亚里西姆》，于是就发生了这样的事情。克鲁采弗尔斯基颤动着嗓子朗诵完了第一行，抹了一把脸上的汗，透了一口气，鼓起勇气接着朗诵以下的几行：

假使那欢乐的时候到来

能说出我心中的话

请你做我的妻子吧……

立刻停住不念，嘤嘤地哭泣起来，泪流满面。书从他的手里落下，他奔拉着头，哭了又哭，发疯地哭着，像一个初恋的人那样地哭着。

"您怎么了？"柳波尼加问。她的心也跳得很厉害，泪水涌满了

---

① 华西里·茹柯夫斯基（1783—1852），俄罗斯著名诗人。

② 但丁《神曲》的主人公。

眼睛。"您怎么了?"她重复问,虽然她满心害怕他的回答。

克鲁采弗尔斯基抓住了她的手,被一股不可思议的新鲜力量所鼓舞,但是不敢抬起头来,对她说:"请你,请你做我的亚里娜吧……我……我……"他再不能说别的话了。

柳波尼加轻轻缩回自己的手,脸上红得像火烧一般,哇的一声哭了出来,跑到外边去了。

克鲁采弗尔斯基没有拦住她,甚至于他想都没有想到。"天啊……我做了什么事啊……"他想,"可,她那么轻轻地,那么温和地缩回了手……"于是,他又跟孩子一样哭起来。

这天晚上,爱丽莎·奥古思托芙娜故意打趣着克鲁采弗尔斯基说:"您一定在恋爱了吧?您的神色这样忧闷……"克鲁采弗尔斯基连耳根都红了。"您看,我这眼力有多么好!要不要替您起一个纸牌卦?"德米特里·亚科夫列维奇体验到了重罪犯人的心情,他不知道审讯者知道几分案情,也不晓得会对他怎样处置。"好吗,我替您起一个卦?"法国妇人盯住了问。

"请吧。"青年回答。

于是爱丽莎·奥古思托芙娜脸上现出恶魔似的微笑,开始摆起牌来,一边摆,一边低声地用法语说:"嗨,这就是你意中的皇后……您的运气真好,这皇后正在您的心边,恭喜恭喜……正在红心 A 的旁边……她很爱您……可是,这是怎么一回事?对啦,她不能对您明言。您是一位残忍的骑士,您使她多么难受呀……"爱丽莎·奥古思托芙娜说的时候,锐利的目光一直盯视着他,满心得意自己对这不幸的青年所施的刑讯。"可怜的青年人,女的一方面却没有使您这么难受,天底下真有这样铁石心肠的人吗……您对她还没有表明自己的爱吧！一定还没有！"

克鲁采弗尔斯基脸色一会儿发白，一会儿发红，一会儿发青，一会儿发黄，最后终于逃走了。

他回到自己屋里，拿出一张纸来，心别别地跳。他热烈地、出神地在纸上透露了自己的心意。这是信，是诗，是祈祷。他流泪，但是他幸福。总之，他写完之后，体验到最幸福的一瞬间。这样的一瞬间，一般总是跟电光一样，稍纵即逝的。这是我们人生中最美好的财宝。我们不能充分地估量它，不能充分地享受它，但它使我们对未来发生期望，度着惴惴不安的日子……

写完了信，克鲁采弗尔斯基走到楼下。大家正在喝茶。柳波尼加没有走出自己的房间来，说是头疼。葛拉斐拉·黎伏芙娜这一天特别漂亮，不过没有人注意她。亚历克绥·亚勃拉摩维奇沉思地抽着烟斗（他这种样子只是骗别人的眼睛，诸位大概还不曾忘记）。爱丽莎·奥古思托芙娜走过去拿自己的茶杯，找个机会对克鲁采弗尔斯基说，等会儿有话要同他谈。谈话很散漫，米夏逗着狗玩，狗汪汪地叫，将军叫人把狗逐出去。最后，穿着粗布带袖衣服的使女把茶炊端出去了。亚历克绥·亚勃拉摩维奇摆着纸牌起卦。葛拉斐拉·黎伏芙娜照例诉说她的头疼。克鲁采弗尔斯基走出客厅去。

天色开始朦胧了。爱丽莎·奥古思托芙娜已经等在那儿。"等天色黑了，请您到阳台上去，有人等着您。"她说。克鲁采弗尔斯基感到茫然……难道这是真的吗……从对方来了约会。可能刚才的话触怒了她，她要向他发泄了。可能是这么一回事……

他向园中跑去，他看到在菩提树林荫道的远处，闪烁着白色的衣裳，但他没有勇气走过去看个仔细。他甚至还没有决定要不要到阳台上去赴约会——是啊，要是将信面交，那只要一下子把信交了就行……不过，想到怎样走上阳台，他觉得害怕……他抬头仰望阳台，虽然四面已经昏黑，角隅上依然显出白色的外衣。啊，正是她，是脸色黯然、陷入深思的她，她一定也堕入情网中了！于是他便跨上从园子登上阳台的梯级。他最后是怎样走到最高一级的，我实在无法对诸君清楚地传述。

"啊，是您吗?""柳波尼加"低声地说。

他跟鱼似的喘着气没有作声。

"这夜色多么美呀!""柳波尼加"接着说。

"请你原谅我，看在老天爷的面上，请你原谅!"克鲁采弗尔斯基这样说着，伸出死人一般冰冷的手握住了她的手。"柳波尼加"没有推拒。

"请你看一看这封信，"他说，"你就会明白我难以启齿的事情了……"

泪水又润湿了他燃烧的脸。"柳波尼加"握紧他的手，他的泪沾湿了她的手，并且不断地吻它。她接了信藏进怀里。他完全乐糊涂了，一切都茫然了，不知不觉地他的嘴唇触着了她的嘴唇。这是爱的初吻——不知此味的人，是不幸的人！"柳波尼加"迷恋地、自动地接受了颤动的热情的长吻……德米特里·亚科夫列维奇从来没有得到过这样的幸福。他一手托着头，哭了起来……但是，忽然……抬起头来惊叫道：

"啊，我做了什么事了!"

他在这时候才发觉这女人根本不是柳波尼加，而是葛拉斐拉·黎伏芙娜。

"我的宝贝，不要作声！"夫人说。她在纳格洛夫的生活中已经是一个多余者，失掉了生存的意义。不过这时候学士先生已经跳下梯级，跑进园子，他从菩提树的林荫路中一溜烟地逃走，又跑出园子，穿过村子，再跑到大路上，立刻失去了劲儿，好像要发中风跌倒一般。这时候，他才想到那封信落到葛拉斐拉·黎伏芙娜的手里了。这怎么办？他突然像一匹发狂的野兽，乱搔着头发，在草堆里乱滚。

为了解释这奇异的误会，我们只好暂时停止叙述，来做一番说明。

爱丽莎·奥古思托芙娜这对观察深刻、老于世故的小眼睛，老早就看出来：自从克鲁采弗尔斯基成为将军家的一员，葛拉斐拉·黎伏芙娜忽然加意打扮起来。衣服特别穿得时式，衣领的式样时时更换，头巾也一块一块地换着，头发的式样更其特别注意，那个帕拉希卡的浓密的发辫，不幸跟葛拉斐拉·黎伏芙娜仅存的蓬松的头发颜色很适合，老早就被剪了下来，这时又把它结在头上，虽然这根发辫已经被蠹鱼蛀去一些了。一家中最敬重的主妇的肥软的脸上，显现出一种新的表情，这种表情一向是在她的丰满的颊上稳重地含藏着的。她一笑，眼睛显出水汪汪的神情，一叹息，眼睛显出蜜样的甜……这种变化一丝一毫没有逃过爱丽莎·奥古思托芙娜的眼睛。

有一次，葛拉斐拉·黎伏芙娜不在自己的屋子里，她偶然走进去，偶然打开梳妆盒，发现装口红的瓶子已经扯去了封口，这口红是跟眼药一起在杂物间里放了十五年了。于是，她在心里叫喊起来："好呀，我可以登台显一显身手了！"就在这天晚上，她跟葛拉斐拉·黎伏芙娜单独相对的时候，便讲起某夫人（当然是公爵夫人）对

59

一位青年发生兴趣的故事。她说，她见那天使一般的公爵夫人心里烦恼，渐渐消瘦下去，自己（即指爱丽莎·奥古思托芙娜）心里也难过起来了。终于有一天，公爵夫人倒身在唯一知友的她的怀里，诉述了自己的烦恼和困惑，跟她商量要如何才好。她以后向夫人进了忠告，解决了困惑。从此，公爵夫人就不再烦恼，不再消瘦，反而渐渐胖起来，快活起来。葛拉斐拉·黎伏芙娜听了法国妇人的饶舌，也燃起了自己晚年的热情。普遍都以为胖人不会有热情的行动，这句话是不可靠的。失火的时候，带脂肪的东西越是多，火也烧得更久。何况，大家看见，爱丽莎·奥古思托芙娜担任了拉风箱的职司，把在葛拉斐拉·黎伏芙娜心头乱闯的点点的情欲的星火燃烧起熊熊的火焰。她还不致要葛拉斐拉·黎伏芙娜向她诉述自己的秘密，她甚至还有不使人做这种诉述的一点儿气量，因为这是完全没有必要的，她只消把葛拉斐拉·黎伏芙娜处在自己支配下面，便心满意足了——而且这无疑是成功了。葛拉斐拉·黎伏芙娜在两星期之中，送了她两件礼物——一块库巴夫纳工厂出品的头巾、一件自己的绸衣。

跟处女一般纯洁无瑕的克鲁采弗尔斯基，不但在行动上，就是做梦也没有猜透这位法国妇人大献殷勤以及暧昧暗示的用意，没有猜透葛拉斐拉·黎伏芙娜的有含蓄的目光，表示着怎样的意义。他那种淡漠的态度、怯弱的举止、茫然的目光，更加引起了四十岁妇人的热情。在一般关系的奇妙错综上，又添上一种特别的利害关系。实际上，葛拉斐拉·黎伏芙娜担任了征服者和诱惑者的角色，而德米特里·亚科夫列维奇却扮演了纯洁少女的角色，他的周围被蜘蛛似的恶魔张布了诱惑之网。善良的纳格洛夫还是什么也没有觉得，跟平常一般在村子里走走，向园丁的女人问问果木的情形，跟平常一般，和平与敦睦支配着亚历克绥·亚勃拉摩维奇的宗法式的家庭。现在，我们可以再回到刚才那阳台上去。

葛拉斐拉·黎伏芙娜看见自己的约瑟夫①突然逃走，心里莫名其妙。她又在夜气中立了一会儿，身上感到有些凉意，才回到自己的卧室里。等到只剩下自己——那就是说只剩下她跟爱丽莎·奥古思托芙娜两个人的时候，连忙把信拿出来。她那宽阔的胸脯，剧烈地波动起来。她用战栗的指头打开信笺来看，突然惊叫起来，仿佛装在信封里的壁虎或蛤蟆钻了出来，向她的怀里爬来一般。三个使女跑进屋子来，爱丽莎·奥古思托芙娜连忙把信藏过了。葛拉斐拉·黎伏芙娜叫人拿花露水来，使女们慌忙拿挥发性油膏给她。葛拉斐拉·黎伏芙娜把它倒在头上……"啊，负心的坏蛋……瞧不出他那么老实的样子，却干出这样的事来……柳波尼加这小家伙，出身低微的人，终究做不出好事情来。一点儿上等气格都没有……这简直是养狗伤主啦！"爱丽莎·奥古思托芙娜恰巧落在我的一位当官的朋友同样的窘境里。这当官的一辈子只会给人家上圈套，他自信没有能够代替他的职司，提出了辞职书，也即是以退为进地提出了辞职，不料这辞职竟被批准。一辈子只会给人家上圈套的他，最后终于自己跳进了圈套。她是一个聪明的妇人，立刻看清了是怎么一回事，明白自己遭了一次大失败。同时想到正如克鲁采弗尔斯基落在她们的手中一般，她和葛拉斐拉·黎伏芙娜两个人也同样落到他的手中了。她想到如果葛拉斐拉·黎伏芙娜为了发生嫉妒而责备他，他也许会把这罪恶推在爱丽莎·奥古思托芙娜的身上，而且要是没有剖

---

① 指《圣经》中的英雄，他上司的妻子曾追求他。

白的证据，这一定会在亚历克绥·亚勃拉摩维奇的心中引起疑惑。于是，正当她想法子要消灭被遗弃的季多娜①的怒火时，亚历克绥·亚勃拉摩维奇却打着大哈欠，在嘴上画着十字，走进寝室里来……爱丽莎·奥古思托芙娜绝望了。

"亚历克绥！"夫人怒气腾腾地叫道，"我做梦没有想到会有这样的事情。您想，亲爱的，那么老实的先生，却暗底下跟柳波尼加通信，你说是怎样的信呀，看起来也把人骇死，他使那个无依无靠的姑娘完全堕落了……请你叫他明天马上离开我们的家吧。你看，他当着我们姑娘的面，胆敢说这样的话……当然，她还是一个孩子，可是这种话，对她的心会发生极大的影响。"

亚历克绥生平缺乏那种立刻理解事情的原委而加以判断的才能，他大大地吃了一惊，比他结婚不久，还在蜜月之中，葛拉斐拉·黎伏芙娜要他对亡故父母的坟墓发誓，收留自己的私生女时候更加吃惊。再加之他倦得要命，十分想睡，在这种时候提出没收私信的报告，实在太不相宜。一个人想睡的时候，只会对于打扰他睡眠的人大大生气，因为神经已经很脆弱了，一切都在疲劳的影响下。

"什么事？他给柳波尼加写了怎样的信？"

"是这样的，柳波尼加同那个学生私下通信……我们这位规矩的小姐……老实说，出身低微的人，总会做出这样的事来……"

"那么，信里写了些什么话？是私订终身吗？唉！姑娘到了十七八，就要留心了。她总是一个人孤零零地坐着，脑子里不知转些什么念头……好吧，我强迫那个骗子手跟她结婚。他忘记了他在谁家

---

① 古罗马诗人维吉尔（纪元前70—前19），长诗《伊尼特》中的女主角，被恋人埃涅阿斯遗弃。

吃饭？信在什么地方？啐，真倒霉，这么小的字！当先生的连个字都不会写，好像一团苍蝇屎似的。你念给我听听，葛拉霞。"

"我不念这种下流的信。"

"胡说些什么？四十岁的老婆子，还说这种话！喂，达西加，到书房里把我的眼镜拿来。"

达西加熟悉到父亲书房的路，立刻去拿来了。亚历克绥·亚勃拉摩维奇坐在灯边，打了一个哈欠，翘起上唇，这使他的鼻子显出更使人尊敬的表情。他眯缝着眼睛，开始很吃力地用着念书的调子，结结巴巴地念起来：

      哎，请您，做我的，亚里娜吧。我，发狂似的，忘神地，热烈地，爱您，你的名字就是爱①……

"多么有趣的人！"将军插了一句。

      ……我，什么希望也没有，我做梦，也没有想到，会得到您的爱。但是我的胸头，太感到苦闷了，我忍不住不告诉你，我爱您，请你原谅我。我伏在，您的脚边，向您请罪。请您，原谅我……

"哼，真是胡说八道！这还只是第一张的开头……得啦，已经够了！谁有工夫看这些傻话……留心着不叫发生这样的事情，难道不

---

    ① 俄文 любовь（读音柳波芙）意为"爱"，同时又用作女人的名字。柳波尼加（любовька）则是柳波芙的爱称。

是你的责任吗？那你到底在管些什么事情？为什么使两个人私订终身？嗯，还算好，没有闹大笑话。女人这个东西，头发虽然长，头脑却很简单……你说这信中有什么了不起的事情？一片梦话，别的什么也没有……不过呢，柳波尼加也到应该出嫁的时候了。就是那小伙子，也总得有个老婆吧！据咱们那位医师说，他还是一个十等官。好，我一定要他娶柳波尼加……一个人的脑筋，早上总比夜晚清楚。好，睡觉吧，明天见。爱丽莎·奥古思托芙娜一双眼睛虽是这么厉害，却也瞧不出来……好，明天再讲！"

于是，将军脱起衣服来，心里想着：克鲁采弗尔斯基大概不会拒绝自己的提议。强迫他跟柳波尼加结婚，这也算是罚他一下，这样一来，柳波尼加也安顿好了……一边想，一边就进了睡乡，大声地打起鼾来。

这真是不吉的日子。葛拉斐拉·黎伏芙娜万没有想到这件事在将军的头脑中会这样地急转直下。她忘记了自己近来常常对将军说柳波尼加是应该出嫁的时候了，她像一位风骚的中年妇人那样把身子倒在床上，想去咬枕衣了，不，也许是真的咬了。

这期间，那可怜的克鲁采弗尔斯基一直躺在草地上，他一心只想马上就死。如果这正是帕尔基的女权统治时代①，她们一定不会忍耐而把他的生命的线索割断的。他被悲痛的感情折磨着，陷入悲观绝望、恐怖羞耻中，完全失了劲儿。结果，他跟亚历克绥·亚勃拉摩维奇一样，也睡着了。如果他没有害着克鲁波夫医生对爱情所称的"恋爱狂热病"，他一定会受风寒变成真正的热病，但

---

① 古代神话传说中的三姊妹，掌握人类生死命运。三人都会纺织，最小的一人手中拿着剪子，割断维系人的生命的线索。

在这个时候，草地上的寒露对他是非常舒服，开始虽然睡得不好，一会儿却睡得很熟了。他睡了三个多钟头，张开眼来的时候，太阳已经升起了……太阳东升而西没，实在是一件老把戏，海涅说过这样的话，委实是不错的，但这件老把戏也不算十分坏，被恋爱迷昏了头脑的人，觉得朝阳的上升，简直是一件不能用言语来形容的美事。

空气清新，全身浸透着四溢的幽芳，露水变成白蒙蒙的雾气回向天上，留下闪闪发光的无数的水珠。绛红色的朝阳和难得看到的浓影，使树木、农舍及其他四周的一切，带上一种新鲜优雅的情调。小鸟唱着各式各样的歌曲，碧空万里。

德米特里·亚科夫列维奇站起身来，心头已经完全轻松了。大路在他的眼前蜿蜒伸展，他望着大路想了好半晌：从这条路上逃走吧？逃开这些揭露他的秘密的人们吧？唉，他自己把这个神圣的秘密扔到泥土里了。他怎么能够回到那家人家去？怎么再能跟葛拉斐拉·黎伏芙娜见面……三十六着，还是走为上着！但是我怎能把柳波尼加扔下呢？难道有和她分手的勇气吗？于是，他慢吞吞地向庄子走回去。走进园子，除了在菩提树的林荫路上，看见白色的衣裳，又记起那次可怕的错误和最初的接吻，脸红得像火烧一般，但这次是柳波尼加。她坐在自己最喜欢坐的那条长椅上，沉思而忧伤地遥望着远方。德米特里·亚科夫列维奇靠在一棵树上，带着狂喜的神情望着她。这时候的她，实在显得分外的美，一种什么心事紧紧地抓住了她。她在发愁，这发愁却在她那充满毅力、严峻而年轻的美貌上添上一种宏伟的气氛。

青年立了好一会儿，仔细地观察着她，他的眼中充满着爱和幸福。终于他打定主意走向她的身边。他再也忍不住不跟她说话，他必须跟她声明那封信的事情。柳波尼加一看见克鲁采弗尔斯基，微微一怔，但在这表情中丝毫没有故意做作的地方。她想不到会遇见人，连忙望一望自己穿的晨服，急急整了一下，便抬起一双镇定的漂亮的眼睛，望着德米特里·亚科夫列维奇。德米特里两手叠在胸前，立在她的面前。她一见他的充满热爱、痛苦、希望和欢喜的祈祷一般的目光，便向他伸过手去。他眼中充满泪水，握住了她的手……唉，人在青春的时候是多么美呀……

在念《亚里娜与亚里西姆》那首诗的时候所吐露的真情，非常强烈地撼动了柳波尼加的心灵。在好久以前，她就以我们上面所说的那种女性的敏感，感到她自己已被人爱着，但这还只是心上相印而不能出口的东西；但现在，话已经说出口来了。所以昨晚上，她在自己的日记里这样写着：

好容易，我才能略略整理自己的思想。唉，他哭得多么厉害呀！啊，上帝呀，我做梦也没有想到男人也会那样地哭泣。他的眼中有一种使我战栗的力量，但那绝不是由于恐怖。他的目光是那样的温柔，那样的和善，正跟他的声调一样……我禁不住可怜他，如果我能够照我的心说话，我一定会对他说我也爱你，为了安慰他，我会和他接吻。那么，他不知将怎样幸福……是的，他爱我，我十分明了，我也爱他。他和我所见过的一切人有多么大的不同啊！他是多么高尚而温柔的男子！他对我谈起他的父母，他多么爱他的父母，可是，他为什么对我说："请你做我的亚里娜!"我有我自己的名字，而且我的名字多么好。我爱他，我就立刻觉得我是属于他的了……可是我真值得他爱吗？我觉得好像不能那么热烈地爱！永远使我烦恼的这种阴郁思想又抬头了……

"再见!"柳波尼加说，"那封信的事不要这么担心，我一点儿不害怕，我是很明白他们的。"

她向他做了充满友谊与同情的握手，在树林中悄然逝去了。克鲁采弗尔斯基一个人留下来。他们做了一番长谈。克鲁采弗尔斯基的昨夜的不幸，和今晨的幸福是不可比拟的了。他回想起她的每一句话，他的美梦已经飞到遥远的天边，把一个形象和一切事情交错起来了。到处都是她，总想到她……但是这个梦，当仆人走来说将军请他去的时候，突然破碎了。将军是从来不曾在这样早的时候请他去过。

"什么事情?"克鲁采弗尔斯基好像头上泼了一桶冷水，问道。

"呃，不知道什么事，只说请您到老爷那儿去。"仆人很粗暴地回答。

一定是那封信的事情传到将军的耳朵里了。

"马上就来。"克鲁采弗尔斯基说。他被恐怖和羞耻弄得差不多神志麻痹了。

但是，他还有什么值得恐惧的呢？柳波尼加爱他，已经毫无疑问，他还要什么呢？然而，他由于恐怖而呆若木鸡，他由于羞愧而茫然若失；他更不堪想象，葛拉斐拉·黎伏芙娜的情况会跟他一样的尴尬。他简直想不出以后怎样和她见面。为了弥补过错反而又重新犯罪，这样的事情是常常有的……

"怎么样，老兄？"将军以一副适合于马上要提出重要问题的庄严态度说道，"你们在大学里，先生教过你们写情书吗？"

克鲁采弗尔斯基没有作声，他太激动了，听了将军那种讨厌的话，也并没有生气。大胆无畏的亚历克绥·亚勃拉摩维奇看着这副忧伤慌乱的神气，更加燃起怒火，于是便紧盯着德米特里·亚科夫列维奇的脸，大声继续说：

"您怎么在我家里闹出这种勾勾搭搭的事情来？您当我家是什么地方？您当我是一个木头人吗？一个年轻轻的小伙子，引诱没有爷娘、没有依靠、没有财产的可怜女孩子，太不知羞耻了……真是世风不古！你们大学教过老兄文法、算术等，可是就没有教过道德……引诱年轻的女孩子，损害良家的名誉……"

"呃，对不起！"克鲁采弗尔斯基回言了，他原先觉得自己站在很尴尬的地位上，但是心里渐渐地发起怒来，"我做了什么事？我爱柳波维·亚历克桑特洛芙娜（大家所以称她柳波尼加·亚历克桑特洛芙娜，大概是因为她的父亲叫作亚历克绥，而她的母亲的男人——执事——恰巧是亚克晓恩）。我敢这样说出来。我想我从来没有把自己的爱说出过口，会发生这样的事情，我自己也不明白！可是您为什么把我当作罪犯一般？您为什么以为我不怀好心呢？"

"事情是这样的，假使您怀着好心，您就用不到写这样的情书来引诱女孩子，而是先到我这儿来。您知道我是她亲生的父亲，那您难道不应该先到我这儿来，请求我的允许吗？可是您偷偷摸摸地干，这就糟糕了。请不要来抱怨我，我不许人家在我的家里制造这种艳史，要知道这就是引诱良家姑娘！嗨，我真没有想到您是这样的人，

68

您倒装得那么一本正经；她呢，也得谢谢教养和照顾，也成了偷情的妙手！葛拉斐拉·黎伏芙娜昨晚上哭了一夜。"

"这封信在您的手中。"克鲁采弗尔斯基说，"那一看就会明白，这是第一封信。"

"俗语说得好：事情刚开头，难免不成功。你怎么在第一封信里就要求女孩子答应亲事呢？"

"不，我连想都不敢想。"

"你怎么一边那么大胆，一边又那么懦弱呢？你到底为什么满纸写了那么多像苍蝇屎一样密的字呢？"

"说实话，"克鲁采弗尔斯基听了纳格洛夫的话吃了一惊，回答道，"我不敢想要求跟柳波维·亚历克桑特洛芙娜成婚，我假使能够有那种希望，我就是世界上第一个幸福的人了……"

"您就是一张嘴会说话！您靠一张嘴把人说得团团转，这本领是在学校里学来的吗？不过，我要问您一句话，假使我允许您求婚，赞成把柳波尼加给您，您将怎么样过活呢？"

当然，将军并不是特别贤明的人，不过他完全具备俄国人特有的大事不糊涂的本能，这就叫作"本能的智慧"，是一种实际智慧的特别积累。不管对方是谁，只要把柳波尼加嫁出去——就是他最喜欢做的梦想。尤其是当可尊敬的父母见到嫡生女黎莎站在她的身边，显得十分相形见绌的时候。在发生情书案件的好久以前，亚历克绥·亚勃拉摩维奇在头脑里早经转过念头，想把柳波尼加嫁给克鲁采弗尔斯基，再介绍他到什么地方省衙门里去工作。这种念头，跟将军平时所说找一个好的书记官，把柳波尼加嫁给他的话产生于同一基础。当将军听到克鲁采弗尔斯基的恋爱事件，在他头脑里第一个出现的主意，便是强迫他结婚。将军只当那封信一定是闹着玩的，他原想一个青年人不会那简单地接受严肃的结婚生活。不料一听克鲁采弗尔斯基的回答，显然看出他绝不拒绝结婚，因此，将军马上调换了打击的方向，谈锋转到了财产上。他担心克鲁采弗尔斯基既然决心结婚，会不会提出陪嫁的问题来。

克鲁采弗尔斯基没有作声，因为纳格洛夫的问题，像一块铁板重重压在他的胸口。

"您对于她的财产，不会想错了念头吗？"将军接着说，"她是什么财产也没有的，也没有人会分给她，当然我不会让她光着身子走出，不过除了几件衣服，我再不能给她别的什么，因为我还有要出嫁的姑娘，在一天一天地长大。"

克鲁采弗尔斯基说，他完全不想陪嫁的问题。将军一听这话，大为满意，"真是一个笨家伙，还说是学者呢！"他心里这样想。

"您这话是不错的，聪明人绝不会把本末倒置。您写情书引动女孩子的心，应该先想一想将来的事情。如果您真爱那个女孩子，想对她求婚，为什么您不想一想自己将来的出路？"

"那么我要怎样才好呢？"克鲁采弗尔斯基用任何人听了都会震动心弦的声音问道。

"要怎样才好？您是文官，听说还是十等官。好好儿把算学与诗歌放在一边，到衙门里去工作呀。这样游手好闲也已经够了，应该做一个更有用处的人；到衙门里去试试看，好在副省长是我们自己人，将来你可以熬到一个参事官，还有比这个差使更美的吗？这样一来，一方面既有饭可吃，而且也保得住高职位了。"

克鲁采弗尔斯基出世以来，从没有想过到不论什么的衙门里去工作，当一个参事官，简直像要自己变成鸟儿、刺猬、黄蜂等等一样，完全不能想象。但是基本上他觉得将军的意见是不错的。不过他的眼力并不厉害，他看不透将军虽然竭力声明柳波尼加一点儿财产也没有，而且也没有别人分给她的希望，同时却以父亲的地位安排她的婚事，那种特有的家长式的态度。

"我想最好还是当中学教员吧。"好容易德米特里·亚科夫列维奇这样说了一句。

"不，这不大好，中学教员算什么呢？又不算官吏，也不会有省长请你的客。做得好，不过一个校长，薪俸也有限得很。"

最后几句话是用平常口气说的。将军对这场买卖已经完全安心，他相信克鲁采弗尔斯基再也逃不出他的手掌。

"葛拉霞！"将军向隔壁的屋子叫道，"葛拉霞！"

克鲁采弗尔斯基的脸色变得像死人般苍白了。他认为，对于葛拉斐拉·黎伏芙娜来说，最后的一次接吻，是跟他弄错了对象的第一次接吻一样的意义重大，令人惊异。

"什么事？"葛拉斐拉·黎伏芙娜回答。

"到这边来。"

葛拉斐拉·黎伏芙娜故意装出威风凛凛的样子走了进来，当然这种威严对她很不相配，而且一点儿也掩饰不了她心里的混乱。但是不幸的是，克鲁采弗尔斯基并没有留意到这一点，因为他害怕碰到葛拉斐拉的目光。

"葛拉霞！"将军说，"这位德米特里·亚科夫列维奇，特地来向柳波尼加求婚。我们一向把她当亲生的女儿一样养育，当然有主持她婚事的权利，不过也应该同她本人商量一下，这是你做女人的事

71

情了。"

"哎呀，我的天！是您求婚吗？这真是怪事！"葛拉斐拉·黎伏芙娜忧伤地说，"真好像《新爱罗依斯》① 当中的一个场面。"

如果我站在克鲁采弗尔斯基的地位上，为的不向葛拉斐拉·黎伏芙娜的卖弄学问认输，一定会这样说："对啦，那么昨晚阳台上的一幕，当然是《福勃拉思》② 当中的一个场面了。"可是克鲁采弗尔斯基没有作声。

将军站起身来，庆祝会谈圆满结束，说道：

"那么，在您的地位还未决定以前，跟柳波尼加结婚的事，暂时还是不要想为妙。最后，再给您一个忠告，您做事应该慎重，你的一举一动我都在注意。不过，您再住在这儿，也不大方便了。我们为了柳波尼加，也担了不少的麻烦了！"

克鲁采弗尔斯基走了出去。葛拉斐拉·黎伏芙娜就用一种极度的轻蔑口吻大讲他的坏话。最后，还断定着说，像柳波尼加这种冷酷的女人，虽然对任何男人都跟从，但绝不会使男人幸福。

第二天早晨，克鲁采弗尔斯基坐在自己的屋子里埋头深思。自从朗诵《亚里娜与亚里西姆》还不满两天，不料与柳波尼加之间已变成未婚夫妇的关系，他将要到衙门去干差使……命运的力量实在奇妙，它支配着他的生活，使他升到人类幸福的顶巅，这是怎么回事呢？而且，这又是一种什么姻缘，他会错接了吻，而且会把信交给那人？这不是一个奇迹吗？难道不是在做梦吗？后来，又一一回忆起在菩提树林荫路上遇见柳波尼加的时候，她讲的话，她使的眼

_____

① 法国作家卢骚的小说。
② 法国作家卢韦·得·古弗莱（1760—1797）的小说。

色，于是他的心立刻豁然开朗，欢乐起来。

忽然，通到他的屋子的楼梯上，传来一阵重重的脚步声。克鲁采弗尔斯基吓了一跳，带着一些恐惧的心情，等着那个脚步很重的人走进来。一会儿门推开来，走进我们大家认识的老友，克鲁波夫医生。医生的出现，使学士先生大大地吃了一惊。他每星期一次，有时两次到纳格洛夫的家里来，但是从来没到过克鲁采弗尔斯基的屋里。因此他的到来，使他预感到发生了特别的事故。

"这倒霉的楼梯！"克鲁波夫医生用那块白手帕揩着额上的汗，呼呼地喘着气说，"亚历克绥·亚勃拉摩维奇给您找了一间好屋子。"

"啊，谢缅·伊凡诺维奇！"学士先生不知为什么红起了脸，迅速地说。

"哎呀呀！"医生接着说，"从窗子里望出去景色多么好啊！那边远远的、泛着白色的不是杜伯索夫教堂吗？喏，就在右边是不是？"

"大概是吧，不过，我不知道。"克鲁采弗尔斯基凝视着左边说。

"真是无用的书生！在这儿住了几个月，连窗子外面的东西还不知道。啊，到底还是小伙子……好吧，伸出手来，我给你切一切脉。"

"不，谢谢上帝，我身体很好，谢缅·伊凡诺维奇。"

"这有什么谢上帝的。"医生拉住克鲁采弗尔斯基的手，又接着说道，"我知道，脉搏稍微强着点儿，有一点儿乱。不错，一、二、三、四……有一点儿热度，心神亢进。一个人有着这样的脉搏的时候，往往会做出没意思的事来。脉搏要是卜答、卜答、卜答跳得正常，就绝不会转出那种傻念头。刚才我在楼下听到，说你想结婚啦。我简直不相信我自己的耳朵了。我想那小伙子是我从莫斯科带来，他可不是一个白痴呀……我总是不肯相信……所以我想，去看一看吧，来了一看，果然脉搏很强，有一点儿乱。这样的脉搏，不但结婚，就是更傻的事情，说不定也会做出来。岂有一个人正害着这样的热病，能够决定自己终身大事的？你想一想吧，您要先把身体治好，把思想的器官——也就是脑子，回复正常的状态，不要叫血液的冲动阻碍了思想。要不要我给您叫一个副医官来放一次血？对啦，放出这么一茶碗半就好了。"

"非常感谢您的好意，可是我觉得完全没有这个必要。"

"是否必要，您怎么会知道？您不是完全没有学过医吗？可是我是研究医学的。好吧，您不愿意放血，那您喝一点儿泻药。咱们到药房里去，我配给您喝。"

"我很感谢您的好意，不过我告诉您，我实在很健康，一点儿也没有开玩笑。而且我的确打算（他说到这儿，稍稍迟疑了一下）……要结婚。您为什么要反对我的幸福，我真不明白。"

"您怎么会说出这样的话来！"老医师板起严肃的脸色说，"我喜欢您，青年人，因此我怜惜您。呃，德米特里·亚科夫列维奇，您叫我在暮年想起我少年时代的事来，想起过去的许多事来——我一心希望您幸福，所以我觉得我现在要是不说可太罪过了。您为什么要在这样的年龄结婚呢？这是纳格洛夫在骗您……对吗，我很明白您神经兴奋，不愿听我的话。但我一定要使您听我的话。老年人有权利叫小辈听话……"

"啊，不，谢缅·伊凡诺维奇！"医生的话使青年略略显得狼狈地说，"我很明了您是由于爱护我，由于希望我幸福，才跟我表示自己的意见，不过可惜，这是有点儿多余的；因为已经太迟了。"

"啊，您只是在反对我的意见，其实，这并不是什么了不起的事情，什么时候停止进行也不算晚。结婚……唉，那真是讨厌的事情！有些人非常糟糕，他们对于结婚的意义连想也不想，就贸然结了婚，等到将来有闲工夫去想的时候，为时已经晚了。这都是'恋爱狂热病'在作祟。我的好老弟，像您脉搏跳得这样快的人，怎么能够决定终身大事呢？您好比把所有的钱都押在一个注上，一定会弄得精光的，也许……可是，聪明人哪一个肯冒险呢？固然，赌博是自作孽自受罪，但是结婚，必定还连带另外一个人。喂，德米特里·亚科夫列维奇，您仔细想想吧！我相信您爱那女孩儿，那女孩儿也爱您，但这是没有意思的。您心里应该记着，要消除恋爱热只有两条路：一条便是到别的地方去，这样，你的恋爱热便消除了；还有一条路便是结婚，这会使人更快地消除。我也迷恋过女子，而且不是一次，是五次，幸而上帝救了我，所以现在我回到家里去，还可以静静地安心休息休息，把工作的疲劳消除掉。白天出去看病，晚上到家里打打纸牌，然后无心无事地上床睡觉……可是，假如娶了老婆，那就麻烦了，整天孩子哭，老婆叫，除了自己的家庭以外，天下事只好不管了！老是待在一个地方固然不便，要移动移动也一样的困难。于是只好围在火炉旁边，谈谈无聊的话，书本也丢在凳子底下了。还要担心钱呀，购藏东西呀。好吧，比方您，总有一天会感到穷困的。谁都逃不了不幸。你也认识那个安东·弗尔齐南特维奇，从前我同他住在一起的时候，有了几个钱，既想备伙食又想抽烟，我们买了几瓶顶好的葡萄酒，弄得除了面包，什么吃的也没有。或是买了一磅火腿，就没有烟抽了。那时候，我们两个不过大声笑笑，还没有什么，要是有了老婆，那就不行了。老婆会叽咕不清，结果弄得哭闹散场……"

"不，这个姑娘一定能够忍受困苦。您还不大知道她！"

"对啦，老弟，这就更加不成。假使女人大喊大叫、大动肝火的
时候，做丈夫只消呸的一声吐一口口水，往外面一跑就了事。要是
一声不出，渐渐瘦下去，那就更加为难了。你心里会想：'苦命的
人，我干什么拉着你挨饿呢？'于是便转念头弄钱。而事实上，规规
矩矩做人，钱是不容易到手的，可是做坏事呢又做不来。于是您就
得转种种念头。最后，为了清醒头脑，就喝起酒来。喝酒还不打紧，
我也喝点儿酒当胃药的；不过一喝再喝，结果会变成什么，你一定
明白，就算你弄到一块面包……可是不过一块，多就不成功了。再
者，那女孩是将军的女儿。将军这个人，我是很知道他的，他有的
是钱，就是不肯浪费一文。他那嫡生女儿，他会陪嫁这么五百个农
奴，对于柳波尼加，就是五千卢布也不肯花费的。即使你拿了这点
儿数目，又够做什么呢……唉，我实在为你惋惜，德米特里·亚科
夫列维奇！让那些没有出息的人去娶她吧，可是你是应该爱护自己
的。我劝你另外找一个职司，早点儿离开这儿，什么恋爱不恋爱，
马上就会忘记了。我们城里的那个中学，空着一个很好的缺位。不
要耍孩子脾气，得像个男子汉大丈夫才好！"

"这是不错的，谢缅·伊凡诺维奇，谢谢您的一番美意，不过您
所说的话对我都是多余的。您像吓唬一个孩子似的吓唬我。要我拒
绝这头婚事，我宁愿不活在这世界上。我不敢希望获得这种幸福，
这是上帝安排好的事情。"

"唉！"顽固的克鲁波夫说，"我完全是害了你了，我为什么要介
绍你到这一家来！上帝安排好的，这是什么话！纳格洛夫在骗你，

76

他要毁坏你的青春。这是实在的情形，我绝不隐瞒。德米特里·亚科夫列维奇，我在这世界上已经活了这么久，我不是倚老卖老，我是识得多见得广。你知道，我做医生这个行业，跑进人家去不是走进客厅大厅，总是一直走进内室和卧房。我这一辈子，见过了各式各样的人，而且对各个人都观察到皮底下。你当然只看见人们穿着制服或是化装跳舞服装，我看见的却是他们在后台上的真面目。我见过家庭中种种场面。人们走进家里，就连羞耻也不要，放肆得很，一点儿也没有礼节。高尚人物……去他的高尚人物！再野蛮也没有了。无论任何野兽，走进自己的窝里马上变得老老实实，可是人类一走进自己的窝，马上就变得比野兽还厉害……哎哎，话怎么说到这里来了……对啦，对啦……我已经习惯解剖人类的这种性格了。总而言之，你还不是娶亲的时候。你所要的，只不过就是那眼睛，那花一般的脸容，那有时掠过她的脸上的战栗——那女孩子好比一匹还没有觉到自己力量的小老虎。但你是什么呢？你恰巧相反，是一个新娘。你老实得像一个德国女子，你倒反要尽女人的职分。这难道合算吗？"

克鲁采弗尔斯基被最后几句赤裸裸的话惹恼了，他一反平常的态度，很冷淡地说：

"有时候会用着您的好意，不过现在我们不是在宣读论文。说不定您的话全部都是对的，我也不预备反对。我不知道将来的事情，我只知道现在我只有两条路。这两条路要走哪一条，很难断定，不过确实没有第三条路可走：或者是投身清流，或者是做一个最幸福的人。"

"还是投身清流好，这样只消一次就完结了！"克鲁波夫也有点儿不高兴地说，拿出了那块红手帕。

这一场谈话当然没有发生克鲁波夫医生所希望的效果。大概他对于肉体上的病是一位好医生，对于心病却并不高明。他大概在用自己的经验来判断爱情的力量，他说过，他曾经几次迷恋过女人，所以他自以为有丰富的经验，可是正因他有这种经验，所以他不善于批评一辈子只有一度的恋爱。

克鲁波夫气鼓鼓地站起来走了。这天晚上，他吃过晚饭跑到副省长那儿去，把生平得意的题目，高谈阔论了一个半钟头。那就是把女性与家庭生活，痛快地骂了一顿。不过他完全忘记了副省长已经结过三次婚，每位太太都养了几个孩子。克鲁波夫的话对克鲁采弗尔斯基差不多什么影响也没有。我特地用"差不多"这个字眼，因为实在是留下了一种把捉不住的、模糊而深沉的印象，好像听到老鸦的不祥之鸣，或是急着去赴快乐的宴会半路里碰见了出丧一般。当然这种印象，一见到柳波尼加就立刻消失得干干净净了。

"故事讲到这儿好像快要完结了。"读者一定会高兴地说。

"可是抱歉得很，这还没有开头呢。"我用恰如其分的尊敬口气回答。

"以后不是单去请神甫就行了吗?"

"对的，是要去请神甫的，但是要请神甫来送终，故事才可以完结。否则，故事是绝不会了结的。教会里的人来主持婚礼的时候，还只是新故事的开场，不过登场人物依旧是这几个。那么，且让这班人物赶快出现在读者的面前吧。"

5．符拉基米尔·别里托夫

在什么时候，什么地方，那是丝毫没有必要在天文上或地理上清楚规定的，不过，总之，是18世纪的事。

在省会所在的 NN 城，正举行着贵族选举。城里生气蓬勃，常常听到旅行马车的铃声和车轮的轧轧声，也常常见到地主的冬季马车、轻便马车及其他各式各样的马车。这些马车里装载着所有的东西，车外边跟随着许多穿大衣或光板羊皮袄、腰部束着手巾的仆人。其中有一部分在城内徒步走着，向小店主人打恭，对立在门边的店伙笑笑。另外一部分用各种各样的姿势睡觉，这种姿势是很不舒服的。地主的马差不多把这一省知名的人物全都拉进城来了。退役骑兵掌旗官特略格洛夫也已经到来了。他花尽了所有的钱用绯色的窗帘装饰了住屋的窗子。五省之中，凡是遇到选举，他总是出场，遇到大市集，他也一定赶到。他一天到晚赌纸牌，可是在哪儿也不输钱。不过他虽然一天到晚赢钱，却永远没有富裕过。其次，退伍将军赫略绍夫也到场了，他以拥有许多音乐家而出名，他有钱，现在已六十五岁了，却还骑得一手好马。他来参加选举，是为了要开四个跳舞会，而且每次上流贵族们总是推举他当省长，他都以病体推辞。客厅里出现了夹着烟叶藏了三年的奇形怪状的燕尾服，镶着天鹅绒领子，颜色已经褪掉，式样也已过时。同时也出现了各个时期的五花八门的军装——有国民兵制服，有两排纽扣的，有单排纽扣的，有只有一个肩章的，也有一个也没有的。一天到晚你拜访我，我拜访你。因为在这三年中，其中有一部分人完全没有会过面，所以现在互相见面，不得不发生一种沉重的感觉，相互看见白发皱纹增加了，身体也变得衰弱肥胖了，即使脸看见还认识，却不像是同一个人。破坏之神在各人身上留下了痕迹。但是另一方面，又看出完全相反的情形，这又更加引起沉重的感觉。这三年工夫，好像过去的十三年或三十年一样……

满城的人，尽谈着候补人、宴会、县长、跳舞会、审判之类的话。省长办公厅主事已经有三天在那里绞脑汁起草演讲稿，他只写了句"亲爱的 NN 城诸位贵族……"的冒头，纸头已写坏了两刀。于是他把这个冒头丢开，另外想别的冒头，"请允许我重新站在诸位的面前"，还是用"我重新站在诸位的面前，实在感到无限的荣幸……"最后，他对首席书记官说：

"哎，库帕良·华西里耶维奇，起一张演讲的草稿，比审什么疑难官司要苦七百倍！"

"您最好参考一下安东·安东诺维奇的《模范文选》，我记得那里边有演讲文。"

"这倒是一个好主意！"办公厅主事这么说着，在书记肩头上使劲地拍了一下，"就这样吧，库帕良·库卜里亚诺维奇！"

办公厅主事以为称呼人的时候，先叫那人的父名，第二次又叫那人自己的名字，是最有趣的事。他在这天晚上，用卡拉姆辛①的《市长夫人玛乐法》中霍尔姆斯基公爵的演词当作蓝本，写了几行演讲稿。

在这举城一致的困难工作中，大家已经十分紧张的注意力忽然

---

① 尼古拉·米哈依洛维奇·卡拉姆辛（1766—1826），俄罗斯著名作家及历史学家。

集中到一个完全出乎意料之外的、谁也不知道的人物身上。谁也没有等待这位人物，就是期待一切人物的特略格洛夫掌旗官，也没有料想到。谁也没有想到过这人物，这人物在城中主要人物的家长式的家庭中，是完全不需要的，他的出现，好似从天上降下来一样。事实上，他是坐着一辆出色的大型英国式旅行马车进来的。这人物是退职省书记官符拉基米尔·彼得洛维奇·别里托夫。他的地位虽不算高，但在没有抵押出的领地上，却还买有三千个相当好的农奴。他那名叫"白地"的领地，选举人和被选举人都知道得很详细，不过这"白地"的所有主，不知什么缘故，却好像神话故事中的主人公一般，是一种模糊的人物。因此关于这样的人物，大家常常说出一些海阔天空的胡话，好像说到遥远的国家，说到堪察加和加利福尼亚，这些对于我们是十分奇怪，难于相信的。

例如几年前，大家说别里托夫刚刚在大学毕业以后，马上受到一位大臣的知遇。不久之后，又有人说别里托夫与大臣闹翻了，因此丢了差事。但大家不相信这些话。世间有一种人物，连穷乡僻壤都完全确切地知道他的底细。跟这种人物不能争吵，而应该对他表示尊敬，而且也不能不表示尊敬。但别里托夫应该得到尊敬吗……哪有这样的事。他活该惹起人家正义的愤怒，打牌输钱，到处喝醉，还拐走人家的姑娘，而且那姑娘又不是身份高贵的闺秀，而是普通人家的女儿。以后大家又传说他到法国去了。那些聪明有学问的人还做了补充，说他不再回俄国来了，说他到巴黎加入了共济会，由共济会派他做审判委员跑到美国去了。有许多人说："这大概是确实的事！他从小放任惯了，他的父亲好像就是他出世那年死的。大家知道他的母亲出身低微，又愚蠢又发歇斯底里症，他的家庭教师教得很不好，所以他变成了对谁也不讲礼貌的人。"此外，大家更从这一点上，说明他为什么放任领地的管理，让农奴们发起财来，穿着长靴子走路。

在最近三年来，已经完全没有人提起他，现在，这位由巴黎共济会推为审判委员派到美国去的怪人，胆敢和应受最高敬礼的人物闹翻而永远到法国去了的人，却突然地，像从天而降地出现在 NN 城的社交界，而且还打算在这次选举中替自己立一个候补。NN 城的居民对这件事情有许多弄不明白的地方。现在还要到城里来干省衙门的工作，这还不是发疯吗？而且还要想人家选举他就职，这念头岂不可笑？况且巴黎和贵族院，三千农奴与省书记的官阶……NN 城的人们，没有这种事已经忙得够受了，现在却又要为这种事来伤他们的脑筋。

城中最有势力的人，不消说是法院院长，他用极其决断的态度解决世间所发生的一切问题。有许多人常常为了家务纠纷到他那儿去相商。他很有学问，文学、哲学，式式相通。能够做他敌手的，只有医务局长克鲁波夫一个。法院院长一到克鲁波夫的面前，不知什么缘故也会觉得气馁。但克鲁波夫的威权，远不及法院院长的普遍。省里有一位感情丰富颇有教养的贵族夫人在大庭广众间说过："我很尊敬克鲁波夫先生，不过他只能看死人的身体，有时还要用手去摸摸，这种人是否了解女人的心理呢？这种人怎么能够了解活人的细腻感呢？"从此以后，他的威望大减。夫人们全部认为他不可能理解女性的感情，满场一致决定，法院院长没有那种残暴的习惯，他一个人就能够解决牵涉女人心事的细致的问题，更不用说其他的一切问题了。当别里托夫出现的时候，几乎所有人的头脑里都闪过一个念头，那就是安东·安东诺维奇对于他的出现将有什么意见呢？不过没有一个人会冒昧地向安东·安东诺维奇去问："您对于别里托夫先生的事有什么高见？"大家绝不能这样问他。他甚至好像是故意的（不，的确是故意的），整整三天都不在副省长的牌桌上和赫略夫将军的茶话会上露脸。

这城里好奇心比谁都强、万事喜欢赶上前的是纽孔里佩圣安娜勋章的顾问官。他这章佩得实在高明，无论坐着立着，能够使满屋子的人都望见。这位纽孔里佩圣安娜勋章的顾问官，在星期日，正要从省长那儿（原来凡是星期和假日，他无论如何要拜访省长的）到大教堂里去，决定要是法院院长不在那儿，便打算到他府上去。快走到教堂的时候，顾问官拉住警察问道：

"法院院长的马车来了没有？"

"没有来。"警察回答，"对啦，院长老爷是不会来的了，因为刚才我还看见他的马车夫帕夫努西加到酒店里去。"

这对于顾问官来说是一件大事。顾问官心里想：安东·安东诺维奇上大教堂来不会乘一匹马拉的马车，只有马车夫的副手尼克西加一个人，也驾不住这两匹褐色马。于是他就不进大教堂，直接向法院院长府上走去。

法院院长绝对想不到这样的来客，还穿着便服坐在家里。所谓便服，是束带子的长上褂和宽大的裤子，脚上套一双毡靴。他的个子不很高，肩膀却特别阔，脑袋大得很（智慧是喜欢宽阔场所的）。他脸部的一切轮廓显出一种威严的表情，显出对自己权力的庄严的自觉。他通常说起话来缓慢而抑扬顿挫，正配合那种对无论什么问题都能简洁解答的人的口吻。假使有一个斗胆的人打断了他的话，他就立刻停下来待上这么两三分钟，把以前说的话的最后部分重复说过，然后又用同一的声调把话接续下去。他忍耐不住人家的反驳，除了克鲁波夫医生之外，对别人的话都不用心去听，因此别人虽有许多不能赞成的意见，却不想同他争论。连省长都暗暗佩服他头脑的灵敏，称赞他是世上少有的聪明人，这样说过："那位先生，请他当法院的院长实在是太委屈了，他应该有更高的地位。他的学问多么渊博！你听听他的谈论，那实在是一位马西里翁①！他把大部分的工夫花在读书和研究学问上边，在职务上老是出毛病。"这样一位因为爱好科学而出毛病的先生，穿着一件长上褂，坐在自己的书桌前，在许多报告书上签字，在空白栏里填写造私酒与流浪罪刑罚的必要的笞刑数目。做完这些事，便把笔尖拭干净，放在桌子上，从书架里拿出山羊皮封面的书，打开来看。他的脸上渐渐地显出笔墨不能形容的满意表情。不过他看书没有多久，一会儿，那位纽孔里佩圣安娜勋章的顾问官就登场了。

"啊！我真惦念您！我到省长那里去庆贺节日，可是，安东·安东诺维奇您没有来。昨天的牌桌上您又没有在座，到大教堂去，又不见您的马车。我想，也许因为时令不好，您的身体违和了，人人都有生病的时候……不，嘴里实在没法儿说。您到底是怎么回事呢？老天爷，我真是着急得不得了！"

"啊，难为您了，托福，我的身体倒没有什么，啊啊，请坐呀，顾问官先生。"

"啊，安东·安东诺维奇！我不会打扰您的用功吧……"

---

① 马西里翁（1663—1743），法国神学家。

"没关系，先生，没关系；我有看书的工夫，也有同良朋益友谈天的时间。"

"那太好了，安东·安东诺维奇！我觉得您现在可以添购一些新的书……"

"我不爱新的东西。"法院院长打断了善于交际的顾问官的话，"我不喜欢新出版的书。我现在读的是《杜雪尼加》，已经读了有一百遍了，我老实告诉您说，简直是读一遍有一遍的滋味。多么轻灵，多么透彻！真是古今绝调……现在还没有一个人，比伊波里特·费多洛维奇①更有天才。"

于是法院院长朗诵起这首诗来：

> 憎恶是由于奸谋。许多的眼
>
> 到处严厉地裁判，
>
> 看透这隐藏的东西。
>
> 女王没有向她的妹子们隐瞒，
>
> 假装等候丈夫的归来，
>
> 一天两天三天地做作着。
>
> 妹子们脸上愁云更浓了。
>
> 丈夫是躲身在哪儿呢？
>
> 可恶的奸谋，诡计多端。
>
> 他们说，丈夫是一个可怕的恶徒。

---

① 伊波里特·费多洛维奇·博格达诺维奇（1743—1803），俄罗斯诗人，《杜雪尼加》一诗是他的作品。

"不过……"现在，顾问官插进嘴来了，"这一字一句好像都在说那个到我们城里来的旅客。我们一向谈论着这个人，那种空头谣言实在真有趣。"

法院院长目光严厉地向他瞥了一眼，好像他什么也没有见到，什么也没有听到似的继续朗诵下去：

> 他们说，丈夫是一个可怕的恶徒。
>
> 杜雪尼加的确跟恶魔住在一处。
>
> 她已经忘记了纯朴的忠告，
>
> 是妹子们的过失，是命运的捉弄，
>
> 还是杜雪尼加自己的错误？
>
> 她叹息着向妹子们说，
>
> 现在她只爱丈夫的影子了。
>
> 而且详细地讲述，这影子
>
> 在何时、何地出现，
>
> 那时将发生怎样的事。
>
> 但她的丈夫是谁呢？是巫师，是蛇，
>
> 是神，还是幽灵，
>
> 只这一点她说不出来。

"这些诗句绝不是空虚的东西，这诗充满了热情，充满了心声。顾问官先生，我不知是因为自己才能不够，还是教养不足，凡是华西里·安特列耶维奇·茹柯夫斯基以后的新作品，总不大能够了解。"

顾问官是出生以来，除了省政府决议书——这也仅仅关于自己职务范围的一部分——以外，从未读过书本的，而且以为不读文件就极洒脱地签字乃是自己的义务。他就说道：

"这是确实的，不过，我觉得从首都来的人并不是这样想。"

"这种事情我们哪里知道！"法院院长回答道，"我很知道近来的定期刊物，众口同声地称赞普希金，我也读过他的诗。诗写得有些流畅，但是没有思想，也没有感情。没有这个（他弄错了，指指右边的胸脯），在我看来，只是一些无聊话。"

"我也很喜欢读书。"无论如何无法把话题抓住的顾问官说道，"不过完全没有工夫，一个上半天，忙着无聊的文件，行政工作上很少有可作为头脑和心灵的食粮的东西。一到晚上，又要打牌。"

"真喜欢读书的人。"法院院长矜持地微笑了笑，反驳道，"每晚上也不会去打牌了。"

"这倒是实在的，比方大家谈起的这个别里托夫，从不打牌，一天到晚只是念书。"

法院院长没有作声。

"您一定也听到他到城里来了吧？"

"嗯，听到过这样的话。"哲学家的法院院长冷淡地回答。

"听说是一个了不起的学者呢，跟您真是好一对，据说连意大利话都会讲。"

"我算得什么呢？"法院院长带着自尊心反驳说，"我怎么能比得上！我也听到人家谈起别里托夫先生，他去过外国，又在大臣手下做过差事，像我这种土包子，哪里能跟他相比！几时倒要领教他一下。我还没有跟他直接会面，他没有到我家里来拜访过。"

"他连省长那儿还没有去过。我觉得，他来到城里已经有五天了……正确说来，到今天的正午，已经整整的五天了。我同马克辛·伊凡诺维奇一道在警察局长家里吃午饭，那时候的事情，我现在还记得清清楚楚。正在餐后端上布丁的时候，我们忽然听见铃子的声音。你知道马克辛·伊凡诺维奇的弱点，他就耐不住了。他说：'夫人，维拉·华西里叶芙娜，失陪一下。'说着，就跑到窗边去望，忽然大声惊叫起来：'一辆六匹马的马车，好出色的马车！'我也跑到窗边去看，果然一辆六匹马的漂亮的马车。真的，一定是约希姆的杰作①。警察局长马上差手下人去打听……回来报告，说是：'别里托夫从彼得堡来。'"

"我老实说，"法院院长带着一种神秘的样子说，"这位先生神情很可疑，他如果不是荡尽了财产，就是和警察打交道，或者他自己受警察的监视。您瞧，有了三千个农奴，岂有特地赶九百俄里路来办选举的道理。"

"当然，这是一定的了。我准备效劳，让您见一见他，立刻就会明白是怎么回事。昨天吃饭以后，我出去散步，照克鲁波夫医生的话，这对于身体很有益处。我两次走过旅馆门前，忽然门口走出一个青年汉子，我立刻想到，就是这个人了，向茶房一打听，原来是他的执事。因为穿着跟我们一样的服装，分辨不出来是什么人……啊哟，府上的大门外，好像有马车停下来了！"

"这有什么大惊小怪呢？"禁欲主义的法院院长反驳说，"我这儿常有些阔朋友来。"

"是，是。不过，也许……"

---

① 约希姆是 19 世纪初叶在彼得堡流行的四轮马车的匠师。

这时候，一个身材肥胖、脸色红润、穿着蓝色便服的仆人走进屋子来回道："有一位地主老爷乘马车来访，我以前没有见过他，请他进来吗？"

"把我的上褂拿来。"院长说，"请他进来……"

法院院长穿上蛙背色的绸上褂，脸上略略露出一种像微笑似的表情。顾问官很兴奋地从椅上站起来。

一个三十左右的人走了进来，穿着质地朴素而颇为整洁的服装，恭敬地向主人行了一个礼，他的身体虽略嫌瘦弱，可是却显得很匀称。和蔼的目光和嘲弄人似的嘴唇，严谨的神态和孩子气的表情，长时期悲痛思索和不能自禁的热情的痕迹，在他的脸上奇异地混合着。法院院长为了不使自己失去勇气，从安乐椅上站起来，先是立着不动，然后表示欢迎的姿势。

"我是本省地主别里托夫，这次来参加选举，特来拜访尊驾。"

"啊，荣幸之至，"法院院长说，"荣幸之至。好，贵客请坐。"

大家坐下了。

"这几天才到的吗？"

"五天前。"

"从哪儿来？"

"彼得堡。"

"从繁华的首都来到生活单调的小城市中，一定是很枯燥吧？"

"啊，哪儿的话，我不觉得枯燥，我对于大都市的生活已经厌倦了。"

我们暂且把法院院长和顾问官放过一些时候，或者说几页书吧，虽然顾问官老爷自从获得那个佩在纽孔里的圣安娜勋章以来，从没有像现在这么兴奋过。他的心灵、头脑、眼睛和耳朵，好像要把这位新来的客人吞进肚子里。他一刻不离地紧盯着来客，连这个人背心上最下面的一颗纽子没有扯上、这个人右边下颚牙齿拔掉了一颗等，都看得清清楚楚。但现在我们暂且把这两个人放在一边，跟 NN 城的居民一般，来研究一下这位突如其来的客人。

<h1 style="text-align:center">6</h1>

我们已经知道，别里托夫出世以后不久就死了父亲，他的母亲是歇斯底里症患者，对于她儿子的不良品德，人们都指责她是漠不关心的。不幸的是我们不得不同意，那母亲是她儿子在社会上失败的主要原因之一。

这个女人的身世是很有兴趣的。她是一个农奴的女儿，五岁时候被人送进地主的庄子里。这庄子的女主人，有丈夫和两个女儿。丈夫办工厂，做农业上的各种实验，结果把全部领地抵押给教养院。他大概认为这样自己在这世界上的经济使命已经完成了，他就马上死掉。这混乱的家务，使被丢下的太太战栗起来。那太太哭了又哭，最后终于擦干了眼泪，显出英雄气概，着手整理财产。女性的睿智和使女儿多得一点儿嫁妆金的慈母心肠，使她为了完成目的，不惜采取任何手段。晒香蕈和草莓干，纺丝、榨油，甚至在人家林子里盗伐木材。在召新兵的时候，不管抽签先后，把壮丁任意出卖，一切都为完成这个目的（这是好久以前的事，现在很少遇到，但在当时却成了一种风俗）。而且说一句老实话，这位柴绥庚村的女地主，却普遍地得了无比的贤母的美名。

有一次，她在亡夫农学家遗下的文件中，发现莫斯科某学塾的女主持人出给丈夫的一张期票，她马上写一封信给那女主持人。看看要拿到钱是困难的了，她就要求派家里几个女农奴到学塾去受教育。她打算从这些仆人中选一个当自己女儿的家庭教师，其余的还可以派到别人家去教书。几年之后，这些自家养成的家庭教师，获得修完神学、算学、俄国详细历史和史纲、法文及其他必要科目的出色的证书，回到女主人家里来。在毕业典礼上，为了表示纪念，她们还各人得到一本烫金精装的《保罗与维奇尼》。女主人吩咐给她们打扫一间特别的屋子，等待她们就职的机会。这时候，我们主人公别里托夫的父亲的姑母，恰巧要给自己的女儿找家庭教师，听到这位芳邻手下有好些家庭教师，马上找她交涉束脩的多寡，她们吵嘴、生气，直到快要闹开，结果终于谈定了。女主人答应姑母任便拣一个喜欢的姑娘去，结果就挑中了后来变成别里托夫母亲的人。

　　过了两三年之后，有一天，别里托夫的父亲符拉基米尔回到乡下来。他那时年纪还轻，性喜游荡，没有一定的职业，终日打牌喝酒，肩着枪走来走去，毫没理由地乱打农奴，只要是三十岁以下的女子，脸上没有什么大的缺陷，他便会盯住不放。不消说，从这种种行为上，他当然是一个堕落不堪的人。不过有的是闲，有的是钱，在无聊的交际社会中进进出出，结果就正如我的一位朋友所说，他的身上终于"堆积了七磅尘垢"，可是还算运气，这尘垢还不致把他的身体全部吞灭。他有时候也做点儿事情，因此常常到姑母的庄子里来。他的领地离姑母的庄子约莫五俄里远，于是苏菲（这是家庭教师的名字）便落在他的眼里。她正是二十岁光景，身材苗条，褐色皮

91

肤，灰色眼睛，蓬松松的发辫跟别的姑娘一个样儿。别里托夫的父亲认为长期相思是太滑稽了，他不采取伏彭元帅的大迂回战术①，而是当屋子里只剩下他和她两个人的时候，他便一把把她拦腰抱住接吻，焦急地要她晚上到园中幽会。她竭力挣脱他的拥抱，想大声叫喊，但是怕羞和怕声张的心理，使她终于忍住了。她颓然地跑进自己的屋子里，开始左右前后地思量自己所处的暧昧地位。

别里托夫的父亲受了拒绝，气愤得不得了，从此便盯牢着她卖弄自己的爱情，先送她一只钻戒，可是她不肯收，其次又答应了一只自己所没有的勃列格特表②，结果又不能不惊奇美人为什么这样难接近。他有点儿嫉妒了，但是不知道嫉妒谁。终于，他发怒了，他威胁、骂詈，可是仍旧没有效验。这时候，他又想出另外的念头，向姑母说，他要出一笔大钱给苏菲赎身，他相信对金钱的贪得无厌一定能够打倒她那当作招牌的贞操。但是，正如那些凡事不三思而行的人，他偶然对这可怜的姑娘微微透露了自己的计划。不消说，这比以前一切的行为都使她惊慌。她倒身在女主人的膝下，一边流着眼泪，一边把前后的事诉说出来，央求放她到彼得堡去。我不知道怎么会发生这种事情，总之她出其不意地打中了女主人的心。这个老婆子不知道泰雷兰③的"最初出现在心头的一定是好念头，千万别要听从"这原则，对于姑娘的身世大为感动，建议用两千卢布的身价代她赎身。

"我替你出了这许多钱，再加从你到这儿以后的伙食费衣服费，

---

① 伏彭（1633—1707），法国元帅，军事工程师。
② 一件能报分报时并示日期的表，因法国钟表匠勃列格特而得名。
③ 泰雷兰（1754—1838），法国政治家及外交家。

92

也已花了不少。"姑母对她说，"在你全部还清以前，每年给我一百二十卢布利息。那我马上叫帕拉托西加给你写一张身份证。他是一个笨蛋，一定又要写坏许多纸，现在带印花的纸张是很贵的。"

苏菲完全同意了她的话，流着眼泪向女主人道谢。于是就安心了一点儿。

约莫过了一星期，帕拉托西加把身份证写了给她，上面写着：面貌普通，鼻形普通，身材中等，口形适度，能说法文，别无特长。

又过了一个月的样子，苏菲请求一位因上银行存款和送儿子进中学而到彼得堡去的邻地总管的太太顺路带了她去。那马车里，堆满了送人用的香蕈、果酱、蜂蜜、蜜饯和干果等等，总管太太只留出自己的一个座位。苏菲只好坐在木桶上边，在九百俄里的长途中，木桶不断地提醒她，它不是用天鹅绒做的。那中学生高踞在车夫座上，是一个高身材的孩子，年纪还只有十四岁，已经抽着纸烟，看起来要大得多了。他一路上还纠缠苏菲，要是他母亲不向他白眼睛，说不定会占了别里托夫父亲的先。至于别里托夫的父亲，他打算趁苏菲从姑母家到总管太太家去的半路里将她劫走，而事实是假使那车夫没有醉酒迷路，这件劫案也许就成功了。

第一次尝了失恋痛苦的别里托夫父亲心里气愤不过，向赌友胡说自己的罗曼史，而他所谈的又完全出于编造，与事实丝毫不符。他说他的姑母因为像所有老太婆一样嫉妒，把迷恋着他的苏菲赶到彼得堡去了。还说她临走的时候多少明白一点儿自己的心，他也就够高兴了。大家知道在欧洲游牧的茨冈人和玩杂耍的人，从不定居在一个地方，所以听到别里托夫父亲的话的一个人，几天后已到了彼得堡，是一点儿也不稀奇的事情。他跟主持学塾的名叫裘苦尔的法国妇人非常要好。裘苦尔年四十岁，每天还亲手打自己皮鞋的结子，经常穿高领衣服，不愿人家瞧见她的脖子，因此对于近身人的操守是非常严格的。东拉西扯谈了一阵以后，她向自己的朋友讲到最近聘请了一位原是 NN 县女地主的女奴，法文讲得很好的美丽姑娘当学塾的教师，那游牧朋友大声笑起来了："啊，老朋友，这个好极了！好极了！哈哈哈哈！我告诉你，这位姑娘我在别里托夫家里碰见过成千次，每晚上他姑母家的人一睡静，她就溜到别里托夫家里来。"然后，他为了关怀学塾名誉，叫裘苦尔考虑苏菲的情况。裘苦尔骇得忘神地叫了起来："这野蛮国家里的人堕落得多厉害呀！"气得完全忘记了世上的一切，她甚至忘记这条街角上住着的注过册的收生婆那儿，养着一个像裘苦尔，一个像游牧朋友的一对双生儿。她冒火得想先去叫警察，然后跑到法国领事馆去。仔细一想，没有这样的必要，只消把苏菲用粗暴的方式从家中赶走就得，而为了过于慌张，忘记了应该给她的束脩。裘苦尔又把这可怕的故事告诉三个经营学塾的同行，又从这三个人的嘴传遍了整个的彼得堡。

可怜的姑娘，从此到哪儿都吃闭门羹。于是，她开始找家庭教师的位置，但没有熟人，怎么能找得到呢？好容易找到了一个相当优越的位置，正要去就职，那家人家的母亲到裘苦尔那边去打听了她的身世，然后，这母亲感谢老天拯救了自己的女儿。

苏菲后来又等了一星期，数数身边的钱只剩了三十五卢布，找到位置的希望已经断绝了。租的屋子对于她，价钱已经太贵了。于是，她经过长时间的寻觅，搬到郭罗霍街尽头，挤居着流浪人的一所大房子的五六层楼里。要走到大墙头上那扇若有若无的小门，必须走过两个好像蓄水还没有全干的湖底一般的泥泞的小院子。从那儿走上到处破残的潮湿污黑的石级楼梯，这楼梯一直通到上面，在中途的每层楼梯台那里，各有两三扇门开着。在最高一层上，即彼得堡的滑稽家所谓"芬兰天空"的地方，有一个德国老婆子借住着一间小房子。她两足风瘫，跟活尸一样已经在火炉旁边躺了四年，平日就打着袜子，假日便读着路德改译的《圣经》。这间小屋子，走起来只有三步大，这可怜的德国妇人觉得还浪费了两步，就把这两步连窗子租给人家，离窗子半尺来远，矗立着别人家没有涂刷过的侧面砖墙。苏菲同这德国妇人讲定，借了那间隔开的屋子，这屋子肮脏、黑暗，又潮湿，又闷气。屋门开向阴冷的走廊。走廊底下，蠕动着一群衣衫褴褛、脸色青白、头发火红的穷孩子，他们的眼睛由于患着瘰疬而肿胀起来。全屋子住满喝醉酒的工匠。这层楼上最好的屋子，由几个女裁缝租住着。她们至少在白天不见有做工的模样，虽从生活情况看起来，手头绝不拮据。她们雇佣一个女厨子，每天五六次拿着一个打掉了嘴的瓶子到酒店去……

　　苏菲找寻工作的一切努力，都归于徒劳。好心的德国老婆子也代她担心起来，托了自己唯一的朋友同乡妇人，找找有没有事做。这妇人是在一家人家当保姆的，答应替她留一下心，但是这答应永不实现。苏菲终于下了最后的决心，开始找女佣的位置，好容易找到一家人家，连薪工都讲定了，女主人一看她的身份证，看见特殊技能一项大大地骇了一跳，说："不行呀，孩子，我还没有雇会说法文的女佣的身份。"苏菲没有办法，开始去当女裁缝。那个女裁缝工头，对于苏菲的针线大为满意，当场付出全数约定的工钱，还请她到自己家里吃茶点，用浸玫瑰的啤酒代茶请她，一定要可怜的苏菲搬到她家里来住。不过苏菲心里有点儿害怕，不敢答应，拒绝了她的美意。这使裁缝工头十分生气，她等苏菲走出，很神气地把门砰的一声关上，说道："你还硬装贵族派头吗，眼看就会自己送上门的！住在我家里从里加来的德国姑娘，日子过得比你好多了。"这晚上，女工头把可怜的苏菲的事对那常常在晚间到这欢乐之家来舒散日间疲劳的一个公务员带讽带嘲地说了，这公务员听了大感兴趣，马上跑到德国老婆子屋子里来，向老婆子打听：

"啊哟，老婆婆，你好吗？你的腿子快要好了吗？"

德国老婆子立刻慌张地戴起那顶永远放在手边，以备不时之需的头巾，回答道：

"不行呀，这是上帝的责罚！"

"那位叫苏菲的姑娘在这儿吗？"

"在这儿。"苏菲回答了。

"你这法国话是哪儿学来的？恐怕是说着骗人的吧。好吧，你说说法国话看。"

苏菲不出声。

"果然，不会说吧？喂，随便说说看。"

苏菲还是不出声，她的眼里充满了泪水。

"老婆婆，这位姑娘会讲法国话吗？"

"大大的好！"

"喂，你大概会蹲着跳舞吧……你怎么不拿果子酒来？我有点儿冻僵了。"

"没有酒。"德国妇人说。

"真糟糕！喂，这苹果是谁的啊？"（这苹果是相识的德国妇人送给老婆子的。老婆子从星期三就保存着，准备星期日斋供路德改译的《圣经》。）

96

"是我的。"德国妇人回答说。

"你怎么能咬碎它，一个不小心，会被这个法国话说得很好的姑娘吃掉呢。好，再见。"公务员这样说着，他没有做任何的坏事，只是很满意地把那个苹果装在衣袋里，回到女裁缝那儿去了。

一天一天地，过着愁苦的可怕的日子，不幸的姑娘陷在这泥沼之中，被众人所不齿。假使她没有这样的教养，说不定倒还可以找到一个立身之处，安顿在哪儿了。可是因为受过教育，养成了温文尔雅的性格，反使四周的一切带着十倍的压力压到她的身上，有时候她累得全身好像一点儿气力都没有了。那时候，要不是她把惯于掩盖罪恶的平凡而卑污的表面看得很清楚，那么，她一定会堕入深渊了。有时候，她想服毒，为了脱出这个没有前途的困境，她想扼死自己的生命。她从没有做过坏事可以责备自己，因此愈来愈感到绝望的痛苦。有时她的心里充满了仇恨。有一次就在这种心情下，她拿起笔来，连自己也不知道是做什么和为着什么，只是在盛怒之下，给别里托夫的父亲写了一封信。信是这样写的：

> 我再不想忍受了，我写这封信给您，只是为了要获得我一生中最后的扬眉吐气——我要对您尽量发泄我心中的仇恨。我心甘情愿花掉最后几个买面包的戈比发出这封信，我衷心地希望您会读到这封信。
>
> 您在您姑母的家里对我所做的事，使我看出你是一个无耻的坏蛋，全无人性的恶棍。虽然我还是一个不知世故的人，我也看出你所受的教育不好，你所生活的环境恶劣。我的不幸的处境，使你发生这样的企图。这种种我都可以

97

谅解你。可是您所放的谣言，那卑劣愚蠢的谣言，使我完全看出了你的下流。即使不是存着特别恶意，也是太下流了。

您因无聊的自尊心，打算对我报复，破坏了一个无依无靠的女孩子的前途，对她任意地诽谤。这究竟是为了什么？您难道是真正地爱过我吗？去问问您自己的良心吧……喂，兴高采烈吧，你已经成功了。您的友人到彼得堡来，造了我的谣言，害我走到哪儿都遭人唾弃，大家对我白眼，耳朵中老是听到可怕的诽谤，结果使我连一片面包也无法获得。

你听着，我是多么鄙夷你，您简直是一个顶无聊、顶下流的人，你姑母家的女用人这样说您，请您好好儿听听吧……

我想，您见到这封信会气得发疯，我心里真是痛快。据说您是一个上流绅士，假如有和您同等身份的人对您说这样的话，您一定会用枪打他的脑壳吧……

别里托夫的父亲赌输了钱，心里正在大大生气，躺在长椅子上等着喝茶，一个差到城里去的用人，和别的许多东西一道带来这封信。他不认识苏菲的笔迹，因此，光瞧一下信皮上所写的发信处，并不知道是谁来的信，便胡乱地扯开封口。读了第一行，他的手发抖了，但他还是镇定地看完了这封信，然后立起来，仔细地叠好藏起，又坐到椅子上，扭转头朝着窗子，他一动不动地坐了两个钟头。茶已经放在桌子上，他也没有在自己的杯子里喝一口。烟斗里早已剩了白灰，他也没有叫喊用人……

当他完全清醒的时候，他觉得好似久病初起的样子，两腿发软，周身无力，耳朵嗡嗡作响，好像不知道脑袋是不是仍在原来的位置上，用手去摸了两次。他感到有点儿发冷，脸色像白布一样没有血气。他走进寝室，支开了用人，连衣服也不脱就倒在沙发上……约莫过了一个钟头的样子，他按铃叫唤仆人。

第二天天还没有亮，磨房旁边的土堤上，跑过一辆旅行车。四匹高头大马，同心协力地把车子向山坡上拖去。磨粉的人跑出门外来看，问道："咱们老爷上哪儿去啊？"另一个回答："哎，听说上彼得堡去。"

过了半年光景，那辆旅行马车又跑过了这座桥：老爷带着太太回来了。听说别里托夫的父亲回来而连忙去问安的神甫，回到家里，惊骇地对太太说道：

"啊哟，妻啊，你猜猜那位太太是谁？原来是维拉·华西里叶芙娜家以前的那位女先生。天啊，真是奇迹！"

"什么？"神甫太太回答，"恐怕你没有看仔细吧？"

"不，这是真的，我不说谎。"神甫回答说，"一位能说会道的好太太。"

姑母对别里托夫的父亲跟家庭教师干的好事，非常生气，整整两天两晚不高兴，她对于侄子的令人不能忍耐的结婚，一辈子也忘记不了，而且到死为止不和侄子见面。她常常说，如果不是这种不幸的事情使她白天吃不下，晚上睡不着，她是一定可以活到一百岁的。大概女人的心都是这个样子。

别里托夫太太对于结婚前受过的可怕的考验，也是无法忘记的。

女人有一种温文尔雅的性情，无论经历过怎样的悲痛，总不会把那温文的性情连根铲除。不过一时之间被悲痛占据罢了，但总是受过了损伤。总之，经历过的事情，是深深地扎下了根，而且一辈子脱不出它的影响。痛苦的经历好像恶果之母，残留在一个人的血液里，一生中不会消灭，有时隐藏着，有时就以可怕的力量在外表上显露出来，使肉体感到创痛。别里托夫太太的性格正是如此。丈夫的爱情，以及显而易见的对丈夫的善良影响，都不能从她的心头消去那悲痛的污点。她变成一个怕见生人、多思善虑、厌恶交际、固执自守的妇人。她瘦弱，脸色苍白，多疑，看见什么都胆怯，动不动哭泣，常常整几个钟头默默地坐在阳台上。

过了三年之后，别里托夫的父亲受了风寒，在床上躺了五天死了。他那被过去荒唐生活损伤了的身体没有抵抗寒热的力量，昏昏迷迷地死去了。苏菲带了两岁大的孩子走到他身边去，他瞪着怕人的眼望着孩子，孩子见了害怕，拉着母亲到外间去。这件事使别里托夫太太受到强烈的打击。她因为丈夫诚心地悔悟而爱他，她从周围的卑鄙腐化行为里发现了一种善良的本质。她认为丈夫的改悔是最可宝贵的事，因此当他有时回复从前那种狂饮跟放浪不羁的娇生惯养的公子哥儿的习气时，也一点儿不露出厌恶的神色。

别里托夫太太自从丈夫死后，对于孩子的教养达到了溺爱的程度。要是孩子晚上睡得不大好，她就整夜不睡，要是孩子有一点儿不舒服，她自己就变得像病人一般。总之，她变成靠着孩子活，靠着孩子呼吸，她是乳母，是家庭教师，是摇篮，也是木马。可是这种对孩子的神经质的爱，和她心中的污点混合在一起。她常常担心这孩子会突然失去，甚至不断地做着这样的梦。她常常面上表现着完全绝望的神气，凝注着孩子的睡脸，当他睡得十分安稳的时候，她会怯生生地用战栗的手去触触他的嘴唇。但是孩子不管母亲的心声——她这样称呼自己病态的幻想，渐渐地成长了，虽不十分健壮，也绝不病弱。她自己从不离开"白田"一步，孩子也就完全孤独地生活着，因此跟一切孤独孩子一般，他显得跟自己的年龄不相称，而且除了外界的影响之外，在孩子的身上也看出了卓越的才能和强烈的性格的确实的特征。到了应该上学的年龄了，别里托夫太太带着孩子到莫斯科去物色家庭教师。在莫斯科有一位亡夫的伯父，是一位被亲友讨厌的大怪物，性情孤僻的独身者，颇有天禀而非常懒惰，大家见了他那种唯我独尊的神气，都退避三舍。

对这位怪老人，我不能不添加几句话。我对于碰到的一切人物的身世，抱有很大的兴趣。普通人的生平，看起来好像差不了多少，其实这不过是想象的说法，事实上，世间再没有比普通人的传记更独特、更五花八门的了。特别是在没有两个人有绝对相同思想的地方，在一切青年人没有秘密的存心，各照着自己的意思成长为一种特殊典型的人的地方，更足引起人们的兴趣。假使可能的话，我很想编一部传记辞典，比方说，先把一切没有胡子的人照字母排列起来。假使要尽量节省辞典的篇幅，也可以把学者、文人、美术家、著名军人、政府要人等等一切引起一般社会兴趣的人物的传记全部除外。这些人的生活是很单调、很枯燥的，他们的成功、才能、追求、荣誉、书斋生活，或家庭以外的生活、街头的遇难、处境的贫困——完全没有独特的地方，一切都是属于时代的。因此无论在任何时候，我总不避忌半途中插进人物的传记，因为它们展示了构成这世界的丰富的内容。有人要抹杀这类插话，自然没有关系，不过这样一来，同时也抹杀了故事的本身。现在，谈谈这位老伯伯的传记吧。

他父亲是一个乡下地主，永远装着穷相，一辈子穿着农奴们穿的光板皮袄。自己亲自赶着车到省城里去出卖稞麦、燕麦、荞麦，每次在称量上出花样，而且常常受到报应。但是，虽然在这样不堪的状态下，却把儿子勉力送进了近卫联队，给他两辆驾着四匹马的马车、两个厨子、管事人、跟班，还添上四名家童。这青年军官一到彼得堡，人家立刻认出他是富有教养的子弟，因为他有八匹马，还加上同数的仆从、两个厨子，等等。开始的时候，一切都进行得很顺调，当这位后来变为老伯伯的青年人升为近卫联队中尉的时候，突然在他的生活中发生了一件重大事变，那是七十年代的事。

一个气候晴和的冬日，他乘着雪橇经过涅瓦大街，当他刚走过亚尼契可夫桥时，后面追来一辆架着三匹马的大雪橇。那雪橇跟他的雪橇平行了，而且想赶过去。诸位大概知道俄罗斯人的脾气，中尉马上对车夫喝道："快！快！"于是坐在另外雪橇上的一个身上裹着熊皮外套、身材高大、肥瘦适中的汉子，发出狮子似的吼叫："快！快！"中尉的雪橇上前去了。那熊皮外套的绅士怒不可遏，呼呼喘气，赶到一个拐角的时候，突然举起手中的长鞭，抽了一下中尉的车夫，故意把中尉惹怒了：

"不许抢先，浑蛋！"

"您发疯啦？"中尉问他。

"我教训您的混账车夫，不许抢别人的先！"

"阁下，这是我吩咐他的，你要明白，我非常尊敬圣上给我的这套军服，决不许人家污辱它。"

"好个冒失的小伙子，你是谁？"

　　"你自己是什么东西？"中尉跟一匹野兽一样，立刻像要扑过身去似的大声喝道。

　　那肥瘦适中的汉子，轻蔑地瞪了他一眼，立刻拔出像大象蹄子那么大的拳头说："你想打架吗？不行，老弟，你停下吧！"然后他又向车夫喝道："快走！"

　　"追上他！"中尉对自己的车夫喊了一声，后面又加了几句辞典上虽然没有，却是人人知道的话。

　　中尉其实是晓得这位绅士的住址的，不过要赶上门去，心里不免有点儿踌躇。他决定写封信给他，起初进行得还十分顺利，不过好像别人故意阻挠他：将军把他叫去，用一个莫须有的罪名把他禁闭起来，后来把他调到奥斯克要塞的守备队去服务。整个奥斯克要塞虽然建筑在玉石和其他各种珍贵的岩石上面，可是仍然是一个非常枯燥的地方。中尉带了克雷倍里昂①的长篇小说和其他富有教益的读物，到乌飞姆省的边疆上去了。

　　过了三年，他又奉命调回近卫联队。但是据认识他的人说，他从奥斯克要塞回来，健康已受了些损害。他请求退伍，然后回到领地中，这领地是他那穿着光板羊皮袄、绕一个弯儿就会喘气的老父给他留下的。他又买了两千五百个附近的农奴干活。在这块领地上，这位新地主与所有的亲戚都闹翻了，于是又远走国外。在英国大学里待了三年，后来又差不多走遍了整个欧洲，只是不喜欢奥地利和西班牙，没有去。他结交了不少欧洲有名望的人物。在彭纳②那里逗

---

　　① 克雷倍里昂（1707—1777），法国作家。
　　② 彭纳（1720—1793），瑞士生物学家及自然哲学家。

留过一个黄昏，讨论了有机体的生活，有几夜跟博马舍①一面喝葡萄酒，一面谈他事业的经历。又跟当时出版著名报纸的薛勒采尔通过信，还特地跑到厄美诺维尔拜访当时失意潦倒的卢骚②。不过他没有去找弗的依，没有去拜访伏尔泰③。

十年之后，他从外国游历回来，打算在彼得堡住一些时候，但是彼得堡的生活不合脾胃，搬到了莫斯科。起初是莫斯科的一切使他惊奇，后来反过头来，是他这个人使莫斯科惊奇了。事实上，他不知怎样一来忽然不露面了——他专读医学书，精力显然衰弱了，脾气渐渐变得别扭、孤僻，嫌恶交际，对一切都冷淡起来了……

当别里托夫太太到莫斯科来物色家庭教师的时候，他那儿正来了一个由瑞士友人介绍来的、想当教师的日内瓦人。这日内瓦人四十光景，头发雪白，脸容瘦削，只有一对碧眼透出青春的光芒，而面部表情则道貌岸然。他受过相当的教育，拉丁文很好，对于植物学有特别深的造诣。这位梦想家对于教育事业具有青年人的热诚和完成自己义务的强烈的责任感。他研究过从《爱弥儿》和裴斯泰洛齐④到柏塞陀夫⑤和尼古拉⑥的一切教育学文献。不过他虽然读了这些书，却不把握一点：那便是教育事业最重要的一点，在于使青年的智能适应环境，教育应该像观测气象一样，换句话说，便是不同的时代、不同的国家，尤其是不同的阶级与不同的家庭，必须各有

---

① 博马舍（1732—1799），法国戏剧家。
② 厄美诺维尔是巴黎附近的一所庄园，卢骚一生最后几个月是在这里度过的。
③ 伏尔泰（1694—1778），法国作家。
④ 裴斯泰洛齐（1746—1827），瑞士教育家。
⑤ 柏塞陀夫（1724—1790），德国教育家。
⑥ 尼古拉（1738—1820），德国教育家。

不同的教育方法。但日内瓦人不能明白这一点。他依照蒲卢泰格①的说法研究人心，又从马德·勃雷因②及统计学家那里了解现代生活。他到年已四十的今日，仍不能不流着眼泪读《堂·卡罗斯》③，而且相信完全的自我牺牲。他因为拿破仑身边带着科西嘉独立运动的战士保黎的相片，而终于不解放科西嘉，对拿破仑很不满意。不错，他也知道世途艰难的滋味，贫穷和失败压得他喘不过气来，但他很少从这儿认识现实。他被悲哀笼罩着，恼怒自己的命运，恼怒欧洲，在祖国美丽的湖边彷徨，忽然想到了北方，想到了一个新的国家，在自然地理方面，这个国家很像澳大利亚，而在精神方面，正在大规模地形成某种东西，产生另外一种崭新的东西……日内瓦人马上买了莱维加④的《俄国史》，读了伏尔泰的《彼得大帝》，一星期之后便徒步向彼得堡进发。这位不懂世故的日内瓦人抱有坚决的信仰，甚至具备一种特殊的冷漠精神。冷漠的梦想家是一点儿无法可想的，他永远是一个孩子。

别里托夫太太在伯父家里跟他相识。她当然还想找到一位完全合于自己理想的十全十美的家庭教师，但这日内瓦人颇接近她的理想。她就提出了年薪四千卢布的条件（这在当时是最高的薪水了）；不料那日内瓦人只要一千二，就答应当她家的家庭教师。别里托夫太太很奇怪，但他冷然说，除了自己需要外，他不多拿一文，他用八百卢布作生活费，四百卢布留作不时之需。"我不愿养成奢侈的习惯。"他表达自己的意见，"我认为积蓄钱财是不名誉的事。"于是母

---

① 蒲卢泰格，古希腊作家，伦理学家。
② 马德·勃雷因（1775—1826），法国地理学家。
③ 这是德国剧作家兼诗人席勒（1759—1805）写的剧本。
④ 莱维加（1737—1812），法国历史学家。

亲便把满是荒地森林的"白田"未来主人的教育，一手交托了这位精神失常的人。

那位对世界上一切都不满意的伯父，对这件事也不赞成。当别里托夫太太大为得意的时候，伯父（在丈夫亲属中，只有这位老人接待她）说："喂，苏菲，苏菲！你老是干这种傻事。那日内瓦人留在我家里念念书，倒是顶安定的，他怎么能当家庭教师呢？那家伙自己还需要一个保姆，他会把伏洛佳教育成什么样子——还不是一个瑞士人。假使你以为这样好，那么照我看来，你还是把伏洛佳送到维佛或是洛桑去吧……"苏菲以为这种话只不过是对日内瓦人有好感的老人的自私自利。她不想惹老人动怒，沉默着没有作声。

两星期之后，她带着伏洛佳和这位四十岁的青年，回到自己的领地去了。这是春天的事。

日内瓦人首先引起伏洛佳对植物学发生兴趣，他们一早晨出去采集植物，用生动的会话代替沉闷的授课，以眼前的一切事物当作教材，伏洛佳也很热心地听着日内瓦人的解释。每天吃过午饭，他们就坐在临园的阳台上，日内瓦人讲伟人的传记，讲远方的游历。有时作为一种鼓励的方式，允许伏洛佳自己读蒲卢泰格的著作……

就这样，光阴过去了，经过了两次选举，而伏洛佳也到了应该进大学的年龄。不过母亲却好像不很希望儿子进大学。她近年来热爱眼前的幸福更胜于整个的生命。她喜欢目前这种和平协调的生活，害怕发生些微的变化。她最喜欢坐在心爱的阳台上等待伏洛佳从远处散步回来，而且这已变成了每天一定的习惯。每当伏洛佳拭着额上的汗，红着脸，高高兴兴地抱住她的脖子，她就有说不出的快乐。她满心得意，带着喜欢得快要流泪的神情注视着儿子的脸。伏洛佳的脸的确有一种动人的力量，他长得很优雅，有一种直爽坦白、信任别人的神情，使注视他的人不禁自己也快活起来，爱怜他起来。一看就明白这个目光明亮、身材匀整而苗条的少年身上，还没有负过一次生活的担子，在他的胸中，还没有发生过一次恐怖的感情，他的嘴还没有说过一句谎话，他还完全不知道，在前途等待着自己的是什么东西。日内瓦人也跟母亲一样深深地爱着这位学生。他时常久久地注视着伏洛佳，然后闭住充满泪水的眼睛，这样地想道："我这一辈子没有虚度，只想想我在帮助这样一个出色的青年的成长，已经十分满意，再没有对不住自己良心的地方了。"

在上流社会中，一切事物多么错综复杂，一切事物多么奇妙！母亲和教师，当然都没有想到这种隐遁式的教育对伏洛佳会感到怎样苦痛和无聊。他们只是尽力不让伏洛佳去理解现实。他们专心一意，不使这灰色世界上所发生的一切落进伏洛佳的眼中，不使他尝到现实生活的痛苦，而只给他描述辉煌的理想。他们不带他到市场里去看看那些追逐金钱的人所造成的乌烟瘴气的场面，却带他去看高贵芭蕾舞，并且让孩子相信：这就是美，这种动作跟音响的和谐的配合，便是一般的生活。他们就这样地把他教养成精神上像加乌泽尔·卡斯派尔①那样的一个人……那日内瓦人就是这类人物，但两者之间有极大的差别。日内瓦人是一个穷学者，提着一只小皮包，藏着一张保黎的相片，怀着不公然宣布的梦想，习惯以些微的幸福为满足，轻视奢华，永远抱着一颗爱劳动的心，地球上无论什么地方都可以去。他哪里有一点儿类似伏洛佳所抱的使命，以及类似他的社会地位呢……

_____

① 一个不知自己出身和过去的人。这里指不能了解和适应环境的人。

但是，不管别里托夫太太怎样爱好目前这种隐居式的生活，怎样不愿离开这和平的"白田"，她还是决定到莫斯科去。一到莫斯科，她马上带着伏洛佳到伯父家去。老人更加衰弱了。她走进去的时候，伯父正半躺在伏尔泰式的靠背椅上，两条腿上盖着羊毛披巾。稀疏的白发，长长地乱披在睡衣上。眼睛上戴着绿色的遮檐。

"哎，你现在在做什么，符拉基米尔·彼得洛维奇？"伯父问道。

"预备投考大学的功课，爷爷。"青年回答说。

"进什么大学？"

"莫斯科大学。"

"你进那个大学有什么可学的？我认识教授马谛，也认识亨姆，在我看来，还是进牛津大学好。你说怎么样，苏菲？的确是牛津好些。你想学什么科？"

"想学法科，爷爷。"

爷爷轻蔑地皱一皱眉头：

"哼，真糟糕！你研究 le droit naturel, le droit des gens, lecode de Justinien（法文：《自然法》《国际法》《幼思契尼亚法典》①）以后可做什么呢？"

"以后……"母亲笑着回答，"到彼得堡去找一个位子。"

"哈哈哈，必须对《罗马法典》跟它的全部注释大大用功一番！那么，符拉基米尔·彼得洛维奇，你打算当法律顾问吗？哈哈哈，当律师吗？反正懂得什么就可以做什么。不过，照我的意见，孩子，你还是进医科好，那我可以把自己的全部藏书给你，很不少呢，我

---

① 幼思契尼亚第一（约482—565），拜占庭国王，这部法典即系他在朝时订立，故名。

都把它们整理得好好的，以后新出版的都已经预约好。现在只有医学最得用。首先，对自己身边人就用得着。当然医病挣钱，在你会感到不好意思，那你给人家白看好了，这样对自己的良心就没有什么要抱憾的了。"

伏洛佳和母亲知道这老人的顽固脾气，谁也不去反驳他，可是那个日内瓦人再也受不住了，说道：

"当然，医生的出路是很好的，不过我不懂为什么符拉基米尔·彼得洛维奇不能进法科。现在不是大家用尽一切手段要使受过教育的青年人做官吗？"

"这个人教育了你，顺便要教育起我来了。可是这个人还在地上爬的时候，我已经到过日内瓦。"顽固的老人答道，"我的亲爱的日内瓦市民先生，你有没有知道？"老人补充说，态度和缓下来，"俄国出版的一本约翰·杰克·卢骚的译本上，写着《日内瓦人卢骚的著作》……"说到这里，老人笑得咳嗽起来。

关于这个译本他已说过一千回，而且每次说的时候他总当人家还没有听到过。

"伏洛佳！"爷爷已经不生气了，又接着说道，"你写不写诗呢？"

"写是写过的，爷爷。"符拉基米尔·别里托夫答道，脸唰的一下红了。

"好孩子，我劝你不要写诗，只有那些知识浅薄的人才写。写诗是一种没出息的事情，你应该做一点儿正经事。"

符拉基米尔·别里托夫只有对这最后的忠告是实行的，他不再写诗了。不过他没有进牛津大学，却进了莫斯科大学，没有进医科，却进了伦理政治科。别里托夫在大学里功课成绩很好。他一向是孤独的，但现在他投身在吵闹的同学当中了。在这里，他开始跟别人比较，知道了两者之间的比重。开始受到青年友人的热烈的同情，对一切美好的事物打开了眼界，于是专心一意地用起功来。大学校长也注意了他，认为只要他的头发剪得再短一点儿，行动再谨慎一点儿，他就无疑是优秀学生了。最后，他终于读完了大学的课程，在举行毕业典礼时，青年们得到了作为敲门砖的毕业证书。

别里托夫太太决定到彼得堡去。她打算先替儿子打开一条出世的路，然后料理清楚自己身上的事，跟儿子一起去。

大学里的同学们在各自找到工作四散分离以前，大家在别里托夫家聚会了一次。那是别里托夫出发去彼得堡的前夕。大家都还充满着希望，未来像克莱奥派脱拉①一样，在欢乐之后闪着死神的影子，张开两手向他们招呼。青年人都怀着宏伟的抱负……任何人没有猜想到，他们中有的只不过当到科长为止，在赌博中荡尽全部财产；有的将躲在老家里，对什么事都冷淡，饭前不喝三杯果子酒，饭后不睡三个钟头的觉，身体就感觉到不大舒服；有的置身于那样使他气愤的地位，觉得青年不如老人，觉得他们无论在举止和道德方面都不像他的会计检查官，只是一些肤浅的梦想家罢了。当日内瓦人穿着旅行服来叫醒别里托夫的时候，别里托夫的耳朵里，还留着充满友情的、信赖梦想的誓言和碰杯的声音。

我们的梦想家高高兴兴地到彼得堡去了。活动，活动……只有那边能够完成他的希望，只有那边能够实现他自己的计划，只有那边能够知道现实。只有彼得堡才是开始俄罗斯新生活的中心地！他

---

① 克莱奥派脱拉，埃及女皇。

想，莫斯科已经完成了自己的使命。它好似充满热情的心脏，集中全国的血管到自己的地方，为全国运行搏动。但是彼得堡，彼得堡——这是俄罗斯的头脑，它在顶高的地位，四周是冰冷的大理石的头盖。它是帝国的进步的思想……这种念头，这种比喻，在他的头脑中全无一点儿不合理地，以神圣般纯朴的形式，接二连三地出现了。这期间，马车也一驿跟着一驿地向前行驶。在这马车里，除了我们梦想家一家人而外，还搭着一位白须的退役轻骑兵上校，一位阿尔汉格尔斯克的官僚，他带着硬鱼干，带着甘菊粉，以备路上不舒服的时候可以服用。还带着一个穿光板羊皮袄的跟班，另外还有一位淡黄头发的军官候补生。这军官候补生的脸被太阳晒得比头发还黑，常常对车夫耀武扬威。在符拉基米尔看来，这班人物的样子委实很稀罕，很有趣。当阿尔汉格尔斯克的官僚请他吃硬鱼干的时候，他善意地笑起来，但他看见那官僚在喝了菜汤之后要付钱，手指探在钱囊里摸索了半天，那位性急的上校代付了他的一份的时候，对他那种发窘的样子，也不禁微笑了。他很不喜欢那阿尔汉格尔斯克的官僚称上校为"阁下"，也不喜欢那上校不能坚决地表达一种思想，不能够用毫不客气的话来开始或结束陈述自己的思想。还有那位服侍阿尔汉格尔斯克游客的，或者更正确地说是因为身上长着一张俄国皮肤，受得住一切的寒威，在这官僚家里活着命的无用的老跟班，他觉得有点儿滑稽。不过这青年对于一切人，却总是和善地瞧着。

到了彼得堡，第一件事就十分顺利。他是拿了一封给很有势力的老处女的介绍信来的，这老处女一看见这青年的英俊的姿容，心里断定这人一定很有教养，善于辞令。她有一位兄弟当某部的署长，她便把符拉基米尔介绍给他。他和符拉基米尔谈了几分钟的话，的确对符拉基米尔的言辞坦白、学问广博、才华焕发感到惊奇。他答应这个青年在自己的事务局里服务，并且亲自告诉局长对青年多多照顾。符拉基米尔对工作十分忠实，衙门生活使他大为满意。从十九岁的人的眼睛看来，衙门是堆满了号码、登记、忧劳的脸的场所，是纸头成堆的忙迫的场所。他把这衙门看作水磨的轮子，能够推动半个地球上的大群人们，总之，他把一切都诗化了。

后来，别里托夫太太也到彼得堡来了。那日内瓦人是一向住在他们那儿的，最近他几次想离开别里托夫家，不过这总是办不到。他完全跟这个家庭胶结在一起了，他已经把自己的所有教给了符拉基米尔，而且他非常尊敬别里托夫太太，因此他很难走出这家人家的门槛。他渐渐忧郁起来，永远在内心中和自己作战。正如我们在上边所说，他是一位冷漠的梦想家，所以他没有办法纠正自己。符拉基米尔的职位决定以后不久的一个晚上，这个小家庭里的成员坐在火炉旁边。青年别里托夫已生长了自负心，意识到自己的能力和才智，尽梦想着未来。他的头脑中活动着种种的愿望、计划和期待。他梦见自己在文官地位上出色的活动，深愿把自己的一生贡献给它……这个被未来的远景吸引着的热情的青年，忽然抱住日内瓦人的脖子。"我受了你多么大的恩惠，你真是我最好的、真诚的朋友，"他对家庭教师说，"我能够成长为一个人，完全是你和妈妈两人的恩惠，你对我实在比亲生的父亲还要好！"日内瓦人一只手掩住了眼睛，然后向母子俩瞥了一眼，想说，却什么也没有说，就站起身来，从屋子里走出去了。

一回到自己的屋子里，日内瓦人把门扣上，从沙发下拖出满积灰尘的皮箱，拂去灰尘，把贵重的东西排列起来，一件一件地依依不舍地看着。一看这些贵重东西，就明白地表示了这个人的无限的柔情。他郑重地保存着一只折叠的纸夹，这纸夹很粗笨，是伏洛佳在十二岁的时候，当作新年的礼物，瞒着日内瓦人半夜里自己做了的。伏洛佳不知从哪本书上剪下了华盛顿的相片，贴在纸夹上面。此外他还收藏着一张伏洛佳十四岁时的水彩肖像画，上面画着被阳光晒黑的脸，昂然伸起了脖子，眼睛里闪烁着刚刚萌芽的睿智的光芒，脸上充满着期待和希望的表情。这种表情，继续保存了五年左右，后来就好像彼得堡的太阳，好像与其他一切特征不相配合的某种过去的东西一样，只是偶尔地出现了。另外，他又有从莫斯科的伯父那儿得来的银制的计算器。还有一只描着独立纪念日风景的特大的玳瑁烟盒，原是某老翁永远放在自己手边的，在那老翁死了以后，日内瓦人从他的管事那儿买来的。把这些贵重品放进皮箱之后，他又选出十五六本书，把其他的堆在一边。

第二天早晨，他偷偷地到莫斯科卡耶街去叫来了装行李的马车，叫仆人帮着把皮箱和书籍搬了出去，并且托他转告主人说自己要到乡下去两天。他穿着长长的呢外套，拿着手杖阳伞，对侍候自己的仆人握手告别，跟着行李车徒步走去，大颗的泪珠滴落在他的呢外套上。

别里托夫太太对于日内瓦人的突然出走，大吃一惊，想想他大概总会回来的，一心等待着。不料过了两天，她收到了这样的信：

夫人：

　　昨天晚上，我对自己的工作已获得了充分的报酬。我告诉您，这一刹那间将永远留在我的记忆之中，它将永远跟随我的生命，成为一种安慰，成为我有眼力的明证，但同时它也庄严地终止了我的工作。它明白地表示先生已应该放手让学生自己去发展，先生的继续存在，不但没有益处，反而有损害学生独创性的危险。人应该学习一生，但到了某一时期，再不能受教于他人。我已经不能对令郎有所作为，令郎已经追上我了。

好久以前，我早打算离开尊府，但我是这样懦弱，我总不能实行。对于令郎的爱，留住了我。现在我如果再不逃开，我恐怕永远不会完成荣誉给予我应该担负的天职。您是知道我的信条的，我认为依食他人，不做任何工作，只为满足自己的需要而拿您的钱，是卑劣的行为。因此我再不能留在尊府。

我所以擅离尊府，想你必能谅解。我们就此做友谊的分手吧，今后再不谈到这件事情。

当您收到此信的时候，我已在去芬兰的途中，我打算从那儿转赴瑞典。我将尽所有的钱游历一下，等没了钱，再开始工作。我还蓄有工作的力量。

最近我没有拿您的钱，请您不必把钱送来。您可以将这钱分作两份：一份送给侍候我的仆人，一份送给其他的仆役，并请为我对大家致意问好，因为我一直在麻烦这班贫苦的人。我留下的书，是我的赠物，请交给令郎好了。另附一信是给令郎的。

最尊敬的高贵的夫人，再见了！祝您一家纳福！您已有那样英俊的儿子，您还有什么不满足的事呢？

我的唯一的希望，是您和令郎永远健康。紧握你的手。

他致符拉基米尔的信是这样开始的：

符拉基米尔：

我给你的最后的留言，不是教师的训诫，而是友人的忠告。你知道我没有亲近的家族，在外人中，虽然我们的年龄相差甚远，却再没有比你更亲近的人了。我对你怀抱着希望和期待。

符拉基米尔，我在离开你的时候，我有权来对你做友人的忠告。你应该向命运所指示的道路迈步前进，这是一条好路。我不害怕失败与不幸，它们会鼓舞你的力量，成为你的支柱。我害怕的是成功和幸福会使你站在危险的道路上。你要献身工作，不要变成相反，让工作来侍候你。

符拉基米尔，手段和目的是不能混合的。对于近亲者的爱，对于善的爱——只有这些应当成为你的目的。假如爱在你的内心里枯凋了，你便什么事情也不会成就，你会欺骗自己。只有爱能够创造有真正生命的坚实的东西，反之，傲慢是什么也产生不出来的，因为它除了自己之外，再不需要他物……

全信不再抄下去了，这是一封三张信纸的长信。

于是，那位纯洁善良的家庭教师的形象，便在符拉基米尔的生活中消逝了。"我们的乔塞夫①现在在什么地方呢?"别里托夫母子俩常常这样说到,两个人的头脑中便现出日内瓦人的矮小的、静默的、略似修道士的身影,他穿着旅行用的长呢外套,向傲然高耸的挪威山脉走去。

7

法国哲学家亚述斯证明世界上一切事物都可以补充（虽然这是无聊的证明）,当然要相信他的说法,不应该过于严格和吹毛求疵。根据这一点,让我们请出一位奥西普·叶夫塞伊契来,作为乔塞夫消逝以后的补充。

奥西普·叶夫塞伊契是一位六十光景的瘦削的白发老人,他穿一件磨破的常礼服,两颊永远红着,做出满足的表情。他在别里托夫进去的事务局里已经当了三十年的第四股股长。在当股长以前,他有十五年在第四股任缮写员,另外的十五年,他是在事务局的庭院内度过的,"管门人儿子"这个光荣称号使他以贵族的神气,傲视一切看门人的孩子。

这个人比谁都更好地证明:一个人为了得到切实的教养,并无特地负笈他邦,听大学的讲课,做广大范围活动的必要。他对各项工作有很丰富的经验,熟悉别人的出身,而且是绝不弱于奥斯退尔漫跟泰雷兰两位外交家。他天资聪明,从十五岁进这个事务局服务以后,颇有培养自己的实际知识而逐渐发达的余裕和可能。学问、阅读、辞句以及书本中的那种荒唐无稽的迷乱人思想的理论、上流

---

① 乔塞夫神父（1577—1638）,法国外交家,尖帽托钵僧派僧侣。

社会的浮华和诗意的幻想等等都妨碍不了他。他一边誊录案卷，同时偷偷地观察人们，一天一天地学到深刻的现实知识，对四周围的正确的认识，以及正确的行动方针。他在事务局这个丑恶肮脏而且非常危险的宦海之中，镇静地度着岁月。几次调换部长，调换局长，调换科长，但第四股股长却永不调换。他受大家的爱慕，这是因为他是不可少的人，而他自己却极力隐瞒这一点。大家都特别抬举他，而且嘉奖他，因为他总是完全抹杀自己的功绩。他对于事务局的事务无所不知，无所不晓，所以大家当他一部百科辞典，什么事都来跟他商量，不过他自己决不向上爬。局长想升他当科长，但他辞谢了，依然忠实地当他的第四股股长。大家要想给他请一枚十字勋章，但他以第三股股长或许心里不快为理由，辞退了两年，只说稍微加一点儿年俸就可以了。他对一切事都是这样，所以外来的人从来没有一个控诉他接受贿赂，他的同事中也没有人怀疑他的廉洁。大家可以想想，在四十五年的长时间中，他的手里经历过多少事件，可是没有一件事，曾经使奥西普·叶夫塞伊契忘神热衷，引起愤慨或是心中不快。他从出世以来，一次也不曾有意识地离开纸上的事务，触到环境与人实际存在的问题。他把工作看作是一种抽象的东西，看作是依照一定的秩序安排，依照一定的法则发展，作为多数的关系、传达、报告与质问等等的结合。所以当他在股内继续办公时，借那些爱打趣的股长的话，那便是传达他的行动的时候，他总认为这好像就是整理自己的桌子。而且碰到上克拉斯诺雅尔斯克调查案件，要差不多两年才回来，或是做出最后决定，或是（这最合他的心意）别的股长依照同样的规则，分派到已经完毕了麻烦工作的别的事务局去，他总是尽可能顺利地结束他的工作。他公正到这样程度，譬如说，从不考虑到等你从克拉斯诺雅尔斯克调查回来，已经有人在沿门乞讨了——法米达应该是一个盲人啊①……

符拉基米尔的这位最值得尊敬的同事，在符拉基米尔就职的三个月的某一天，审阅好了誊清的文件，给四个书记分配好了新工作，拿出镶嵌黑金的银烟盒，递给自己的助手，说道：

"怎么样，华西里·华西里维奇，闻一闻这撮上等烟！这是一个朋友从符拉基米尔那儿得来的。"

"这烟真不错！"闻了闻一大撮干燥的淡绿色的鼻烟，神志麻醉了一下之后，助手回答道。

"怎么？很有点儿劲儿吧？"看见助手连鼻膜都像受了强烈的刺激，股长大为满意地说。

"不过，奥西普·叶夫塞伊契！"助手被上等鼻烟弄得周身麻木，渐渐恢复了神志，用蓝手帕抹了眼睛、鼻子、脑门，甚至下颏以后，问道，"我问您，您喜不喜欢这位从莫斯科来的青年？"

"一个很神气的小伙子呀，听说是署长亲自录用的。"

"是的，的确是一个伶俐的小伙子，不大容易对付呢。昨天我听他跟帕符尔·帕符雷契辩论，你知道，帕符尔·帕符雷契是不喜欢跟人家抬杠的，不料那别里托夫，一张嘴厉害得很，终于把帕符尔·帕符雷契恼火了。他说，我不是这般这般跟你说吗？别里托夫却很无礼地、那样那样地回过去。我一直看到他们吵完，真有趣。别里托夫出去以后，帕符尔·帕符雷契对他的一个朋友说：'这家伙一进来，我们事务局里倒要当心点儿才好。我也是大学出

---

① 古希腊神话中传说，司法女神法米达，象征公平的审判，她的双眼据说是用手巾缚住遮起来的。

身的，我一定要对他的胡作非为教训教训，我可没有受过这种人的指挥。'……"

"果然有趣。"股长说，他对这个故事显然已经大感兴趣了，"受谁的指挥，还不是一样吗？真有帕符雷契的！那么，他当帕符雷契的面，说了些什么话呢?"

"不，也不是什么重要的话，只是在最后添了一句法文。不过，是我听了他的口气，心里就这样地想：我和奥西普·叶夫塞伊契将来会永远在第四股的桌子旁边斜对面坐着，可是他会搬到那边去的。"他这样说着，指一指局长室。

"呵呵，你这个家伙，华西里·华西里维奇，真是胡说!"股长反驳说，"第三股虽然没有再比你聪明的人，可是你又何足挂齿呢。老弟，我这一辈子见过不少很快变成活跃分子、变成事务局头儿的人，看这小伙子头发的样子，不见得有这种福相。他很聪明、很热心，倒是实在的，但是做事光靠聪明和热心就够了吗？好不好，我们来赌一瓶苦艾酒，看这位先生能不能升到股长?"

"不，我不愿赌东道，不过昨天我看他起稿的文件，那实在出色得很。只有在《祖国之子》杂志上，可以读到这一手文章。"

"我也见过了，我的眼光虽然已经旧了，不过还没有完全瞎掉。他不懂格式，如果因为愚蠢不懂，或是因为不习惯不懂，那倒还没有什么大不了，总有一天会懂的。可是那位先生是从思想上不懂，他办的公事好像写小说。但是最重要的一点却漏掉了。报告者、案由、呈报机关等，那家伙对于这样的事完全不管。这用俄国话来说，便叫作'学识肤浅'。对他问一句什么话，他就会拉着我们这些老前辈，大施教训。不，老弟，能干的小伙子一眼就可以看出来。我一开头就这样想过：'他要不是一个傻瓜，一定会出山的。现在做事还没有惯，不久一定会熟练起来的。'可是三个月过去了，依然每天到处饶着无聊的舌头，发疯得像骂亲生老子一般，光是发议论，自己固然很得意，可是将来会变成怎样呢？这种青年人我见过了不少，他们只会在嘴里说说大话：我要消灭营私舞弊的现象啊……可是连他本人都不知道有些什么营私舞弊的勾当，这种勾当在什么地方……他只是胡乱地叫嚣着，结局只不过当一个不负责任的官僚，完结了一辈子。可是对于我们，就叫什么俗吏啦，工役啦，瞧不起我们，嘲笑我们。可是这工役却做了一切的事。比方有私事要上民事法庭去控告，自己就不行，只好请教工役……实在是没有办法的家伙！"股长痛快地发了一篇议论。

股长实在下了一番透彻的判断，马上就发生了好像特地证实他的判断的事件。

不久之后，别里托夫对事务局的工作冷淡起来，鼓不起劲，做事敷衍塞责。事务局的局长叫了他去，像慈母一般地谈了一次话，没有效验。于是，部长又叫了他去，像慈父一般地训话了一次。这次训话实在出色动人，使偶然在旁的会计检查官眼泪都掉下来了——在他手下做事的人都知道这位会计检查官老爷对于事物是不大容易感动的。可是，依然没有效果。别里托夫失了理性，对于这种比亲人都难得的同情，一味望他上进的父亲似的希望也感觉讨厌而生气了。简单地说，就在那位股长与他的助手高谈阔论以后约三个月，奥西普·叶夫塞伊契骂着一个做错了事情的书记，说了这样的话：

"你到底要到几时才学会呢？你不是已经写过好几次吗，可是每次都要起稿子给你。总之你做事不肯留心，心里尽想穿上呢外套到海军部林荫路去盯女人的梢。我见过你不知多少次了……好，你写：'为许可在俄罗斯帝国内自由居住事，凭下列签字及主管机关铃记，以此通行证颁给退职省书记官别里托夫……'写好了吗？好，拿来我看！"于是他在嘴里喃喃地念着："身份……农奴数……籍贯……学历……官名……九月十八日……希腊正教……好吧！"于是奥西普·叶夫塞伊契马上在文件的末端，盖上一个小小的图章。

"喂，你马上拿去交给他们，签好字，交给登记处，再在写着'通行证'的地方，打上一颗图章。他明天要来拿的。"

"怎么样，华西里·华西里维奇，你不肯同我赌一瓶苦艾酒，要是赌了的话，你就输了。没什么说的，你到底乖巧！"

"十四年半公事饭到底不是白吃的。"助手得意地回答。

股长和全股人员都大声地笑了。

我们的好友符拉基米尔·彼得洛维奇·别里托夫的衙门生活，就在这世界运动大会式的笑声中告终了。从这一天到今天为止，就是维拉·华西里叶芙娜在餐桌上摆出布丁，院子外听见铃声，马克辛·伊凡诺维奇耐不住跑到窗口去望，这一个可纪念的日子为止，恰巧经过了十年的岁月。这十年中别里托夫做了些什么事呢？

什么事都做过，或者可以说几乎什么事都做过。

那么，他成就了一些什么呢？

一事无成，或者可以说几乎一事无成。

古话说得好，凡是被人期望得太高的孩子，大了起来往往使人大失所望。这到底是什么缘故呢？是不是人的精力有一定的限量，只能够成长到一定的限度，如果小时候消费得过多了，大起来就一

121

点儿也不剩呢？这是一个难问题。我不能够解决这个问题，也不想来解决这个问题，但我想，要解释这个问题时，如果求之于人的复杂的心理构造，还不如求之于人所处的氛围、环境，以及与外部世界的接触、影响等等。这对于别里托夫身上总算是很适合的。别里托夫以青年人的急躁情绪和梦想家的轻飘浮泛，不满社会的状态，内心虽觉不安，其实是自安在那奥西普·叶夫塞伊契巧妙道着的"工作是工役的事"的状态。这说起来，好比獾猪和田鼠，什么事也不会做，没有办法，虽然常常装出很高尚的样子，但把差不多毫无用处的唯一的希望与唯一的欲求，供于为人类的牺牲……

一个不十分明朗的却完全是彼得堡式的早晨——这个早晨把四季中最不好的气候都集合在一起，冷雪敲打着窗子，到了上午十一点钟天还未亮，甚至已经像苍茫的黄昏一般——别里托夫太太坐在她与日内瓦人做最后谈话的那个火炉旁边。符拉基米尔手里拿着一本书躺在睡椅上，一会儿看看，一会儿又停下，最后干脆不看了，把它扔到桌上。他懒洋洋地沉思了半晌，说道：

"妈妈，你知道我现在在想什么？伯父的话果然没有错，他曾劝我进医科。妈妈，你以为怎样，我再学一下医好不好？"

"孩子，这要随你自己喜欢。"别里托夫太太照例慈爱地答道，"不过我有一点儿担心，伏洛佳，你学医就得接近病人，病人当中也有害传染病的。"

"妈妈！"符拉基米尔亲热地握着母亲的手，微笑着说，"您真是个满腔热爱的自私自利的人！抽着手过活，当然是没有危险，不过我觉得，一个人闲着什么也不做，倒也像做事情一样，必须有一套本领。并不是所有的人只要想闲着，就可以一动也不动的。"

"妈，你就试试看吧。"母亲答应了。

第二天早晨，符拉基米尔出现在解剖学教室里，而且跟初进事务局办公时一样的热心，研究起解剖学来。但他在这讲堂中，已没有在莫斯科大学时那种对学问的纯洁的热爱。不管他怎样欺骗自己，医学总不过是他的逃避所，他是因为失败和无聊才逃到这儿来的，因为没有可做的事才逃到这儿来的。快活的学生跟以医学消遣的退职官吏之间，已有鸿沟之分了。天生头脑灵敏的他，很快地在他的新功课里碰到了许多问题，这些问题在医学上还没有得到解答，而其余的一切问题又需要它们得到解答之后才能探讨。他死命地啃住了这些问题，在思想上抱着决死的态度，一定要把它们攻下来。他完全没有想到要解决这种问题，必须经过长时期不断地、不屈不挠地努力才能有所成就，这种工作对他是不适宜的。于是，眼看得他很快地对于医学，特别是对于医生冷淡起来了，他在医生身上又发现跟事务局同事同样的东西。他想，医生们应该用全身心去解决自己所研究的那些问题。他又想，他们给病人看病，应该是像最神圣的事业一般地去做。可是医生们只想一到晚上去打牌，他们只把看病当作营业，一天忙得不可开交。

"不，不行！"符拉基米尔想，"我不愿意去当医生，我会变成多么无耻的人！现在生理学的一些切实可行的问题，意见还这么参差，我怎么敢去医治病人！今日的临床医学，都是毫不足道。我是个什么官吏呢？我是个什么学者呢？我……我……说起来惭愧，我是一个艺术家呀！"别里托夫一边描绘着脑盖骨，一边想到自己是艺术家。一想到，就实行。他在书斋的下层玻璃窗上，挂上不透光的厚窗帷，在两个脑盖骨旁边，出现一座小小的维纳斯像。不久，好似从地底下跑出来的一般，出现了一些表示着恐怖、羞耻、嫉妒、勇敢的石膏脸。这些像在学理的雕塑术上是可以承认的，可是仅仅这一点，它们的热情还是不能自然地产生。符拉基米尔停止理发，每天整个上午穿着松软的室内服。这件跟工人用一般的室内服，是他特地在涅瓦大街上等西服店定制来的。符拉基米尔每星期到爱尔米泰齐博物院去，热心地坐在画架面前……有时候，母亲恐防打扰这位未来齐采安①的工作，小心地踮着脚尖走进他的画室来。符拉基米尔便对她谈意大利，谈富于现代趣味的历史画。他在想象中遇到比朗②从西伯利亚回来，遇到米尼赫去西伯利亚的场面。四周是冬天的景物、雪野、带棚雪橇、伏尔加河……

不消说，绘画也不能使别里托夫充分地满足。在他的内心中，是缺乏对工作的满足的。同时在外界，又缺乏培养艺术家的环境，缺乏支持艺术家的活跃的交互作用和代谢作用。没有任何东西促使他进行这种工作，他的工作是根本没有需要，只是由他个人的主观愿望来决定的。但最重大的障碍，还在于对过去那种官职、政治活动的幻想。对于具有火一般热情的人，在这个世界上，再没有比投身在时刻变化的工作、投身在正在目前成长起来的历史进行的过程中更感到诱惑的事了。胸头怀着这种梦想的人，叫他做别个部分的工作，对自己完全是不利的。这种人无论做什么事情，永是站在作客的地位。没有一个地方，他们会默默地工作。他们在艺术中搬进政治理论，当了画家，便把自己的思想绘在画里；当了音乐家，便歌唱自己的思想。要是移到别的部门，他们又欺骗自己，好似离弃

---

① 齐采安（1477—1576），意大利著名画家。
② 比朗（1690—1772），公爵，是俄国女皇安娜·伊凡诺芙娜的宠臣。

祖国的人，总是相信：无论走到哪儿都一样，凡是对自己合适的地方，都是自己的祖国……口里虽然这么说，内心仍有另外的一种声音召唤他到另外的地方去，而使他怀想别的歌和别的天地。这种思想，有时模糊有时清晰地往来在别里托夫的胸头。他又对一个把生命献给钢琴，从贝多芬感到幸福，从根本上即从古代作家研究现代的德国人，感到非常羡慕了。

好在彼得堡的夜是很长的，夜间不能作画……符拉基米尔便常常在一位很爱绘画的寡妇太太家里度过这样的长夜。这寡妇太太还很年轻、美丽，打扮得非常动人，也具有相当的教养。符拉基米尔在这个女人跟前，第一次结结巴巴地说出了爱的话。而且也正在这幸福之夜，赌输了钱，欠了许多债，第一次出了债据。这晚上他的心完全没有放在牌上，事实上也没有心思放在牌上呀！因为她正坐在他的对面，他还在她的眼中清楚地看出对他的关心。

现在我在这里不向读者谈我们主人翁恋爱事件的始末，这是极平凡的事件。不过这在他心中所发生的影响，可不是一件平常的事。简单地说，经过这一件大为浪费生命的恋爱事件，和常常出债据，相当地浪费了财产之后，他为了调换空气，追求新的印象和新的工作，跑到外国去了。于是已经有了年纪、完全衰弱的母亲，回到"白田"去，填补因债据而发生的亏损，用自己长年累月的劳心报偿儿子片刻的欢娱，为了使伏洛佳在外国可以过得舒服，又开始努力积聚新的财产。这对于别里托夫太太绝不是一件容易的事。她虽然爱她的儿子，却已经没有柴绥庚村女地主那样活动的精力。现在她对事对人采取宽大态度，不是从疏忽和钝感，而是从一种不使自己知道自己看见真实的细腻心理，一心地欺骗着自己。"白田"的农奴们替这位女主人祈祷上帝，一五一十地缴纳年租。别里托夫常常给母亲写信来，在这儿，诸位会知道还有另外的一种爱情。这并不是想独占"爱"的名字的骄傲的爱情，而是虽经历久长的岁月，即使在疾病之中也绝不会冷却的爱情，是老年时代用战栗的手打开信纸读着，对着宝贵的每一行字，从老眼昏花中滚出酸苦的泪水那样的爱情。儿子的信对别里托夫太太是唯一的生命的源泉，它是生活的支柱，是生活的安慰。她对儿子的每一封来信要读一百遍。但是儿子的信里，虽然充满爱情，虽然由于怕刺痛母亲的慈心而隐瞒着许多事情，可是总有一种悲哀的情调。信里显然可以看出忧伤正侵蚀着这个青年，在异乡作客的他已经厌倦了自己旁观者的角色。他已经把欧洲看遍，再没有可做的事了。四周的人都在忙碌地工作，人在自己家里总是忙的。他总觉得自己是一位客人，人家请他坐，殷勤地招待他，可是却不肯向他公开家庭的秘密，他感到他需要回家了。可是一想到彼得堡的某些事件，别里托夫就害了忧郁病了。于是他毫无所事地从巴黎跑到伦敦去。

在他去伦敦的几个月前，母亲收到儿子从蒙彼利埃发出的信，信中说去瑞士的途中，在庇雷纳山中偶感风寒，因此要在蒙彼利埃耽搁五六天。待离开此地的时候，当再写信，但没有提起回俄罗斯的话。虽说是"偶感风寒"，母亲却大为担心了，一心等待他在旅途中来信。可是过了两星期，还是没有信来。过了快有一个月，还是没有信来。这位可怜的妇人，连别离生活中最后的一点儿安慰——可以写信，相信书信可以送到，都失去了。她要写信，又不知能否寄到。为了使自己宽心，写出两封信托巴黎俄国大使馆转交。她每天上床的时候，总叫杜涅要早早吩咐车夫骑马到城里去，问问有没有信来，虽然她明明知道邮包每星期只到一次。城里的邮政局长是一个和气的老头儿，私心钦佩别里托夫太太。他每次叫车夫报告她，信还没有到，到了他马上亲自送来，或是派专差送到。可怜的母亲，战战兢兢地巴望了好几个钟点，听了这样的回答，是多么的难受！她开始想一个人亲自到外国去走一趟。马上想派人去找住在近处的一位退伍炮兵上尉来，她每遇到什么重要的法律问题，比方关于草拟措辞客气的声明，以及为什么没有储藏仓库，等等，一概都跟这个人商量。她想向这位上尉打听，办出国的护照，应该向民事法庭还是向地方法院申请……

此时秋色已浓，菩提树的叶子早已转成黄色，枯叶在脚底下嗖嗖作响，冷雨整天淅沥地连绵不绝，在这样的时期中盼望来书是更加痛苦了。

有一天傍晚，服侍别里托夫太太的一个姑娘向她提出请求，要去赴晚祷。

"啊，去吧，不过明天是什么节日啊?"

"啊哟，太太，您当真忘记了吗? 明天是九月十七，不是太太命名的神明天使苏菲和她的女儿柳波芙维拉跟娜捷儒达的节日吗?"

"那么，去吧，杜涅，你给伏洛佳祷告一下。"别里托夫太太说着，两眼含满了泪水。

人到了一百岁还是孩子，活了五百岁依然有一方面还是孩子。人要是没有这一方面，实在是很伤心的——这一方面是完全充满诗意的。

命名日究竟是什么日子呢? 为什么这一天喜怒哀乐的感觉比头一天晚上或第二天特别强烈呢? 我不知这是什么缘故，但事实却是如此。不一定是命名日，凡是逢到节日，心里就特别地激动。"今天好像是三月三日。"有人害怕错过拍卖领地的日期，这样说。"三月三日，是的，确是三月三日。"另一个回答。这个人便想起八年前的事，想起久别重逢的事。连很琐碎的地方都记起来，而且带着得意的神情加上一句："眼睛一眨整整八年了！"他恐怕玷污这一天的回忆，觉得这一天的确是自己的佳节。可是他一点儿也不想到：三月十三日恰好是八年零十天，一年中每一天都是什么节日。别里托夫太太也是这样。想到和儿子别离，想到他没有信来，心里已经够难过了，再想到伏洛佳在她的命名日没有来参加庆祝，想到他在外国一定忘记了这个庆祝，愈加伤心起来……她陷入沉思的境界，一桩桩的往事浮上心头，仿佛在十五年前命名日的前夕，她看见起坐室里挂满了花，伏洛佳还不许她走进去，故意瞒着她。她猜出是怎么回事，可是她在伏洛佳面前又假装不懂。乔塞夫在怎样拼命地帮伏洛佳做一顶花冠。

以后她的想象忽然转了一个方向，想到伏洛佳在蒙彼利埃的情况。儿子躺在病床上，吝啬的旅馆主人照料着他。这时候，她害怕自己的想象力会再发展下去，连忙安慰自己：也许乔塞夫在那儿会和伏洛佳相遇，会留下来看护他。乔塞夫是一个好心肠人，他很爱伏洛佳，一定会服侍他，严格遵守医生的一切指示。当他睡着的时候，便坐在旁边守护他。但乔塞夫为什么到蒙彼利埃来？是怎么回事呢？那一定是伏洛佳在病中想到这个友人，写信把他叫来的……但是……她又陷入于难堪的忧郁了，明朗的记忆跟一连串阴暗的情景错综着，整夜在她的心中交相萦回。

第二天有许多忙碌的事情，因此别里托夫太太尽可能地排遣了

128

心绪。一早晨，前厅已经挤满"白田"的贵族们，打头的是穿蓝色农民外套的村长，用大盘子捧着一个极其巨大的甜面包，这是他特地派村长助理到城里去买来的。这块面包发出一股大麻油气味，这气味是这样的难闻，使得每个要想切一小块的人都停住了手。沿着盘边排列着橘子和鸡蛋。村中的白须老人都长着端庄而漂亮的脑袋，只有地方书记官一个人，在服装跟仪容上显得特别注目。他不但把胡子剃光，而且还留上几处剃刀的伤痕。不知道是因为信写得太多，还是因为不拿村里的公款在酒店里喝上几杯白酒，眼睛里便看不见村中的美丽的农景的缘故，总之他的手有一种发抖的怪癖，因此吸鼻烟和剃胡子的时候，大为不便。他穿着蓝呢的长外套，天鹅绒的裤子，长筒靴。他的姿势叫人想起澳大利亚有名的动物"鸭嘴兽"。这是像兽像鸟又像两栖类的可怕而讨厌的动物。院子里，六星期光喂牛奶的小牛犊时时发出哀鸣。这也是农奴们庆祝女地主命名日送来的礼物。

别里托夫太太不会用适合身份的庄重态度来招待客人，她自己也知道这一点，遇到这些场面总是有点儿拘拘束束。招待完了，开始举行弥撒，做祈祷。

正在这时候，那位炮兵上尉来了。今天他不是来当法律顾问的，特地穿上过去的军装。当大家从教堂回来的时候，别里托夫太太被一种隆隆的轰声吓坏了。原来炮兵上尉在马车里带来一尊小炮，特地吩咐下人放庆祝的礼炮。这时候，正在一旁的别里托夫太太的一条猎狗，像一切愚笨的畜生一般，完全不懂得没有目标物也可以放枪放炮，拼命地奔出去寻找野兔或山鸡。

大家都回到屋子里了。别里托夫太太吩咐端出冷盘来。这时候，忽然传来了清脆的铃声，有一辆极华丽的邮政马车越过桥，转入丘冈后面，消失了一下，约过了两分钟的样子，便已驶近了。车夫正驾着车子直向地主的屋子驶来，等到威风凛凛地到达，便在停车场灵巧地勒住了马。老邮政局长从马车里跳下来（原来是他亲自出马），忍不住对车夫说道：

"真出色，博格达什卡，简直跟狗一般，值得大大称赏。"

博格达什卡当然十分满意局长的称赏，眨眨右边的眼睛，把帽子端正一下，回言道：

"只要使大人满意，那就万幸了。"

邮政局长装出端庄的仪容，全身显出得意的样子，走进客厅，上前去吻女主人的手。

"苏菲亚·亚历克谢耶芙娜夫人，恭喜您的命名日，祝您健康……啊哟，您好呀，斯比里东·华西里耶维奇（这是对那位炮兵上尉说的）。"

"你好呀，华西里·洛吉诺维奇。"炮兵上尉回答。

华西里·洛吉诺维奇接着说：

"我为您的命名日，特地带来了贺礼。请不要生气，我有礼物，一定会送给您的。这礼物并不贵，连挂号费一共一卢布十五戈比，重量只有八钱。嗨，太太，是令郎的来信，两封。看邮戳一封是法国蒙德拉西来的，一封是日内瓦来的。太太，请你原谅我这个老糊涂。第一封信是两礼拜前到的，后一封是五天前到的，我保存到今天，特地拣您的命名日送来，叫您欢喜一下。"

苏菲亚·亚历克谢耶芙娜对邮政局长做了著名演员奥莱尼在拉辛所作悲剧《弗德尔》中一样的表情。自邮政局长拿出信来以后，她已经什么话也没有听见。她伸出颤抖的手接了信，立刻想去拆读，于是就站起来，走出了屋子。

邮政局长使别里托夫太太先是悲伤得要死，后来是乐得发疯，心里十分得意。他和善地搓着两手，享受着这意外礼物的成果。在这时候，就是世界上生着最残忍的心的人也不会因为他开这个玩笑而责备他，而不请他大吃一顿。现在，作为邻居的炮兵上尉请局长吃东西了：

"嗨，华西里·洛吉诺维奇，您这把戏玩得真没有话说，起先叫她为信受罪，现在又得为信谢您。好吧，趁苏菲亚·亚历克谢耶芙娜捧了信不肯放手，咱们不妨先吃起来吧。我今天起来得很早。"

他们便开始吃了。

……一封信是从路中，一封信是到日内瓦后发出的。信末这样写道：

> 妈妈，这次见面和这次谈话使我大受感动。因此上面说过，我决定回国参加选举，找一点儿事来做。
>
> 明天从这儿动身，约在莱茵河边留一月，以后不往他处，直赴塔乌罗根……我对德国已经厌倦极了。
>
> 在彼得堡与莫斯科我只会见几个旧友，便立刻来看望妈妈，到"白田"来。

"杜涅，杜涅，快把日历拿来！啊，你上哪儿找去啦，无用的东西！那不是吗？"

别里托夫太太自己跑去拿了日历，仔细地计算起来，几次照新

131

历计算旧历，旧历计算新历。这期间，她已想到屋子应该怎样收拾……除了现在家里的那些客人，什么事情都想到了。幸而那些客人自己想得到自己，已经吃完了第二道菜。

"这真是天下的奇闻！"法院院长接下去说，"照我们想来，都市里的生活多么闲散，多么散心，青年人，尤其没有生计之忧的，总不会沉闷的了。"

"没有什么事做啊！"别里托夫微笑着答道，便站起来告辞。

"那么，您就安心在这里生活吧。这小城里虽没有都市中那种繁华和文明，你却会遇到许多和善纯朴的人，很殷勤地招待您去参加他们和平的家庭生活。"

"这是当然的呀。"那位纽孔里佩着圣安娜勋章的轻率的顾问官接上来说，"这城市没有别的好处，只是好客这一点，跟莫斯科不相上下！"

"是，我也是这样想。"别里托夫恭敬地行了礼，这样说。

后　篇

1

诸位已经知道别里托夫在 NN 城的可敬的居民中所引起的强烈而持久的骚动，现在倒过来谈一谈这城市在我们的可敬的绅士别里托夫心中所引起的骚动。他住在一个叫作"凯雷斯堡"的旅馆里，这旅馆的名字不是区别别的旅馆的，因为城里只有这一家旅馆，题了这个名字，大概是用来纪念一个根本不存在的城市的。

这旅馆是 NN 城全部小官僚寄托希望的场所，同时也是感觉绝望的场所。怀抱悲哀的人，到这儿来排遣身心。这又是纵饮娱乐的地方。脸色冷酷的老板永远在大门右边的一个老地方，对账桌站着。他的面前又站着一个永远穿白褂子的伙计。这伙计长着一蓬乱须，头发却从左眼上边整齐而光洁地分开。每月最初几天，这个账桌会把衙门里的所有股长、股长的助手和助手的助手的半数以上薪金收藏起来（秘书们不常来到这里，至少是不来花自己的钱。秘书这个差使是大家都想望的，而且一当秘书，总是不肯放手。人当了秘书，都变成保守派）。老

135

板严肃而大模大样地拨着算盘，那账桌上面的板一被打开，就会吞进全部五卢布的钞票、一卢布的银币，跟着它们投入的是十戈比的角子、五戈比的以及一戈比的铜币。然后咔嚓一声，镇上了，这样钱就藏了起来。只有在两种情况下，这账桌死也不打开来：第一种情况是区警察所长亚柯夫·波塔培契现身在账桌的巨大栏杆外的时候，当然他也是付自己的欠账来的；其次是顾问官们来的时候。顾问官们有时也到这旅馆里来打弹子，打开一两瓶果子酒喝喝，一句话，便是瞒着太太享一下独身者的乐趣（好像天主教的神父绝对没有太太一般，顾问官中是绝对没有独身者的）。他们为了得到这种乐趣，挥霍了多少钱，要整整两星期到处去吹。这班大人物来的时候，小官僚连忙把含在嘴里的烟斗藏在身后（他们故意让人看见，因为藏起烟斗并不是目的，目的是在对人表示相当的敬意），低低地鞠了一躬，满身表示局促不安的神情，甚至连正在打弹子的也中途停止，四散退到别的屋子去。骑兵旗手特略格洛夫在打牌之余常常到这弹子房来，打出几手大胆的弹子和出人意料的曲弹，使大家惊异。

这旅馆的老板，是城郊村庄的农民出身，已经挣了一些家产，他熟悉别里托夫的脾气，也熟悉他的财产情况，所以立刻决定给他一间最上等的房间。这房间要是不遇到政府大官、将军和税务总办是绝不使用的。他虽然这样决定，却先领别里托夫看别的房间。这些房间又肮脏又黑暗。等到老板领别里托夫看那预订的房间，并且说"这房间要是不做走道，我是很愿意租给您的"，别里托夫就热心地要主人一定给他这间房间。老板装出被他的口才打动的样子，答应下来，要了很不客气的价钱。可敬的老板殷勤地招待了别里托夫，自然怠慢了别的客人。这房间一向实在是当走道的。老板马上在门上下了锁，隔断了客厅到弹子房的走道。因此原走这条路的人，便不得不绕道厨房。大部分的客人都忍受了这种不便，正如以前忍受其他各种不便一样，这些不便原是命运赏赐给他们的报酬，但其中也有对老板的不公平举动表示愤慨的人。一位十年前曾在军队里服务过的议员，气愤得很想在老板的背上把弹子杆打断，而且口里不三不四，据理力争起来：

"见你妈的鬼，我是贵族呀！要是借给一位出色的将军，倒还没有说的，为什么借给巴黎来的毛头小伙子？我问你，我有什么及不上他的地方，一个贵族，出身又高，1812 年得过勋章……"

"得啦得啦，何必呢，你太激动啦。"骑兵旗手特略格洛夫说。他对别里托夫抱有他自己的见解。

不过，不管谁说什么话，老板还是一味坚持他的顽固脾气，用俄国商人特有的一种谦和的倔强，默默地谈笑自若地照自己的意思做去。成为许多爱名誉者的愤慨的目标，而落在别里托夫手里的这间房间，其实也不过是在老板领看了四间令客人见了却步的房间之后，才看中了意的房间。实际上是相当肮脏、相当不便的，常常充满厨房里的油腻气味，而且这气味又跟不断侵入的烟雾混合起来，发出一种令人难受的味道，好似从怀里揣着臭鱼的爱斯基摩人身上发出来的使胸头作呕的臭气一般。

落旅馆时的一番混乱，好容易静下来了。巨大的箱笼、包裹、手提箱搬进来了。最后是别里托夫的执事格里戈里·叶莫拉耶维奇捧着旅途中用剩的药品、烟荷包、不满瓶的葡萄酒、吃剩的填满肉馅的火鸡等等，跟随着重行李走了进来。执事把这些东西在桌上椅上放好以后，马上到餐室里去喝伏特加，而且马上告诉餐室管事，说他在巴黎时，养成了做完一切事之后就要喝一大杯的习惯（在俄国，普遍是在做事之前先喝一杯的）。那些想原原本本打听这位新客详情的公务员，立刻围住执事。可是我们必须指出，执事对这件事不大同意，而且有一点儿瞧不起小公务员的神情。执事在外国过了这许多年，自己很明白这个价值，神气有点儿骄傲。

这时候，别里托夫独自留在屋子里，在沙发上坐了一会儿，后来走到窗边去。窗外可以望见半个城市。展开在他眼前的美丽的景色，正是一般省城的典型风景。首先投进他眼里的，是漆得颜色很难看的瞭望楼，守望兵在楼顶上走来走去。从依照固定式样建筑的长长的、不消说是涂成黄色的官厅建筑物后面，可以看到大教堂的古式建筑。以后又看见两三座区教堂，这些教堂都是把几个时代的建筑式样混合起来的，例如古拜占庭式的墙上，装饰着希腊式的大门，或是哥特式的窗子，或是三种式样拼凑在一起。以后又看见省长的公馆，公馆大门口，总是站着宪兵，徘徊着几个长须子的求见者。最后看见普通居民的房舍，正如俄国到处的城市一样，害肺病一般的瘦弱的柱子，紧紧地靠在墙上。有全部墙上装着意大利式窗子冬天不能住人的假二层楼；有住仆人的被烟熏得墨黑的耳房；有养马的厩房。这些房子，大抵是彬彬好客的骑士们用女人名字买进的。斜边上是市场，外边涂成白色，里边却一片阴暗，永远又潮又冷。你走进那里，可以见到丝光布、花洋纱、消闲饮品等等，以及必需品以外的所有东西。别里托夫被展开在眼前的景色微微感动，一直坐在窗边抽着雪茄。

外面的雪已经融化了，融雪总是引起春天般的感觉。屋檐点滴地落着檐水，在街上，融雪像小河似的流着。这一切令人感觉到大自然好像在冰雪之下苏生过来，不过这只是新客要在二月初看 NN 城春光的空想罢了。街道显然知道以后还有严寒和风雪要来，而且不到五月半到五月二十七边，树木是绝不想抽芽的。所有街道并没有一点儿喜色，睡眠一般的死寂状态统治着它。

两三个肮脏的老婆子坐在市场的墙边卖着小苹果和梨。她们为了不让指头冻僵，在编结袜子，数着针圈。偶然互相望望，用袜针剔剔牙齿，叹一口气，打一个哈欠，在自己口上画十字。离开这两个老婆子不远，一个七十光景、白须蓬松、戴高顶貂皮帽的老年商人，在折叠椅上很舒服地躺着睡觉。市场的伙计们，时时从这儿那儿的店铺里跑来跑去，有的已经开始收店。似乎已经没有顾客买东西，甚至街上也几乎没有行人。只有一个紧裹毛领外套的警察，拿着一卷纸头，紧皱着脸，急匆匆地走过。店伙们恭敬地脱帽招呼，可是警察对他们连瞧也不瞧。以后又来了一辆老式的马车。这马车好像一个切掉了四分之一的南瓜。四匹秃毛马，拖着这"南瓜"走去。一个当车夫助手的跟班和一个白发干瘪的车夫，穿着粗呢的外套。那后面，是穿着用金线绣出古式图案的外套的执事，身体跟着马车晃个不住。这南瓜当中，还坐着一个小南瓜，是胖胖的和气的一家之主，一位地主。他的鼻上颊上，绽露出青筋，构成一幅特别的地图。他身边坐着他那难舍难分的终身伴侣，这太太不像南瓜而像辣椒，这辣椒不戴帽子，而掩藏在一种光滑的缎子做的小兜里。两人的对面——坐着乡村美人之一，像花朵一般动人的姑娘。这姑娘一定是父亲母亲的欢乐的期望，虽然欢乐，同时也是一件大心事。这一座活动菜园过去了……街上又静寂起来……

忽然，横街里传来雄壮的俄国歌曲，过了片刻，走出三个穿红短裤、戴羽毛帽的纤夫，显出大力士的架势，脸上现出我们大家熟知的雄赳赳的表情，挽着胳臂向街上走来。其中一个拿着三弦琴，并不好好地演奏，只是胡乱地拨弄作声。他的腿子差不多支撑不住，肩头抖动，似乎想要蹲下。这是怎么回事呢？原来从地里面，不，是从市场的拱门下，冒出来一个手拿警棍的警察或巡官，使他的无聊的瞌睡似的歌声突然停止，只有三弦琴依然在警察面前继续呜咽。这位可敬的街头治安维持人，仿佛吞了苍蝇的大脑悠然回到暗角去的蜘蛛一样，威风凛凛地退回拱门底下。四周越来越寂静，暮色更加迫近了。

别里托夫望望自己的身边，他突然害怕起来，好像身上压了一块铁板。空气显得不够，呼吸困难起来。这也许是因为厨房里的油气和烟雾混合一起，从楼下侵犯进来了。他戴上帽子，穿上外套，亲手锁上房门跑到外面。城市不大，从这头跑到那头并不感到困难。无论走到哪儿，都是冷清清的。当然，也遇到了几个行人。一个肩头捎着扁担、不穿袜子的女工，现出精疲力尽的样子，颓然地踏着薄冰，向坡道走上去，不时停下来喘气。一个粗大肥胖、面目和善的牧师穿着教士的家常服，坐在门前，注视着女工。以后，又遇到一个瘦长的法院书记和一个肥胖的文官，这两个人穿着很肮脏的衣服，并不是没钱买衣服，实在是不爱整洁。但他们自负得很，走路完全不是普通的步法。比方这九等官大模大样走路的样子，就像是罗马执政官……而那十四等官，却扮着九等官一样的面孔。这时候，警察局长赶着雪橇来了。他对九等官恭敬地打了一个招呼，特地改过脸色，把手里一叠公文给他看，表示他是到长官处去送日报的……最后，走来了两个肥胖的商人，后边又走来一个厨娘，手里拿着一些笤帚和衣包。看她那张红红的脸，可见这些笤帚的分量并不太轻。到此为止，以后再没有遇到一个人。

"这样静寂，究竟是什么意思呢？"别里托夫心里想道，"……是在深思，还是全无所思呢？是忧郁还是简单的懒惰呢？真令人难解。但这静寂为什么使我感到这样难受？简直好像在哪里碰壁回来一样，它为什么这样压迫着我？我是爱好静寂的：静寂的海，静寂的村，以及一望无际的原野，每到那样的地方，我便立刻忘神在一种特别的诗的幸福中，在一种悠然的忘我境界中。可是在这儿却又不然。在那边有包围在静寂中的辽阔的世界，但是在这儿，一切都压迫着我，这里狭窄而局促。再加上四周的屋舍又多么寒酸呀！跟废墟一般。即使是比较上等的建筑，也都经过一再的涂刷，处处显出斑驳的白垩，而居民究竟在什么地方呢？也许，这个城市昨天被敌人占领了，还是遭受了疯狂的疠疫？但是这样的事一件也不曾发生。原来居民都在自己家里休息着。那么，他们究竟在什么时候工作的呢……"于是，别里托夫不由得想起其他不这样守旧的，而是充满了欢乐情调的城市的街道，那些街道总是人声鼎沸热闹繁华的。他开始产生像误入歧途时那样的不快之感，特别是当我们意识到走错了人生之路时的那种怏怏的心情。他带着一种黯然的心境踏上归途。

快走到旅馆的时候，从郊外的修道院里，传来低沉拖长的钟声。符拉基米尔听到这个钟声，忽然想起一件过去已久的事情。他向这钟声走去。忽然又微笑一下，摇一摇头，快步地回到旅馆里去了。唉，充满怀疑的时代的不幸牺牲者呀，你在这 NN 城是找不到安宁的！

别里托夫花了几天工夫，埋头读熟了贵族选举的法规，经过郑重的研究，然后，他用心打扮了一下，出去做必要的拜访。三个小时之后，他带着剧烈的头痛回来了。他心头显然十分混乱，身体也大为疲乏了。连忙要来薄荷水喝了，在头上搽了花露水。靠了这薄荷水和花露水，他的思绪稍微恢复了常态。于是，他独自躺在沙发上，时而皱起眉头，时而几乎放声大笑。今天拜访的情形，一一在脑海中显现出来：

这是省长公馆的前厅。他在那儿，跟宪兵、两个头等商人和两个门房，度过了很愉快的几分钟。这两个门房，对于出出进进的人，——说着"您老好！"行一种特别的敬礼，做迎送的仪式。而且他们跟骄傲的英国人一般伸出手来。这手，是每天扶将军上马车的荣幸的手。最后又想到在省贵族代表的客厅里的情况。在那儿，这位光荣的 NN 城贵族的可敬的代表人，发表了一篇宏论。他说再没有比军队更好的地方来教育遵守社会秩序了，军队里教育着人生最重要的事情。只消知道了最重要的事情，不管有没有知道其他的事情，就不成其问题了。以后又对别里托夫说，他自己是真正的爱国者，在自己的村庄里建造了石砌的教堂。他对那些不在骑兵队里服务，不好好管理自己的领地，只知道打牌，娶法国人当小老婆，到巴黎游玩的堕落贵族是瞧不起的。这些话都是对别里托夫的讽刺。

今天遇到的几位人物，再也不能在别里托夫的脑中消失。首先是省检察官的面影出现在他的脑里，这个人在三分钟内对他说了六次这样的话："您是一位很有教养的人，当然非常明白：省长先生同我是毫无关系的。我可以直接写信给司法部长。司法部长是检察官的上司。不过省长是一位好人，所以我尽可能帮助他。许多事情，我都报告给他，可是结果呢，他说几声'晓得了，晓得了'，便算完事。他的意见跟我完全不同。我自然对他尽了对长官的尊敬，不过再不能有别的，而且也不能强制我，我又不是省政府的行政顾问。"每说一次这样的话，他从环形的银烟盒里，拿出卷成一卷的鼻烟闻了闻。这鼻烟样子好像是法国烟，但香气却大不相同。其次想到民事法庭庭长。这是个瘦长而病弱的人，吝啬且肮脏，仿佛以身上的肮脏表示自己为官的清正。再其次是赫略绍夫将军。将军处身在两个退职的警察分所长、一些穷地主、猎狗、看门狗、仆人，和三个侄女、两个妹妹之间。在他记忆中的将军是这样的：经常像在自己家是城一般大声嚷嚷，从前厅打着呼哨唤来名叫米契加的猎狗，用极仁爱的样子逗着狗子作乐。再其次是我们熟悉的、穿着蛙背色便服的地方法院院长安东·安东诺维奇和纽孔里佩圣安娜勋章的顾问官。这一群可敬的面影，在别里托夫的脑中渐渐退到第二位，他们融合成一个硕大无朋的官僚，生着一张怪异的脸。这个官僚紧皱眉头，默默不语，一副奸相，而且自以为是。别里托夫觉得自己是敌不过这位巨人的。巨人不但会拿起他的普通的石弓打断他的腿子，说不定会用彼得大帝铜像台下的花岗石压到他的头上。

最奇怪的是别里托夫到过国外以后，变得更善于思索，更富于热情了，也就是说感情更容易激动了。被一种强力的思想打开了眼界的人，生活是绝不会白白过去的……虽然今天和昨天一样，毫无变化地过去，但忽然向后面回顾一下，知道自己通过的距离长得可怕，其间实有甚大的得失，不禁为之一惊。别里托夫也正是这个样子。他实在得失了很多的东西，但他绝没有在任何一处停下过脚。现在别里托夫又一次和现实碰面了，但他跟过去在事务局时一样，又在现实面前胆怯起来。他缺乏一种实际的理解力，这种理解力能教人分析许多纷纭繁复的事件的来踪去迹。他和周围世界隔离得太远了。这隔离的原因是很可以明白的，因为他的家庭教师乔塞夫把他培养成跟卢骚的爱弥儿同样的人物了。大学又继续使他沿着这条道路发展下去。由五六个充满梦想和希望的青年所组织的友爱小组——他们还不知道学校大门外的生活，所以他们的梦想和希望也更大了——更加促使他走进跟他注定要落在其中的社会完全无缘的、独自的理想中。

不久，在学校里毕业了，生死之交的小团体也渐渐失掉了力量，只残留在回忆中，有时候没有事情偶然聚在一起喝酒的时候，过去的友谊才活跃起来。于是，另外一扇门打开来了，这是不大容易打开的门。别里托夫通过这扇门，走进完全陌生的国度。那儿的生活和他相去太远，他对一切不能习惯，对于沸腾在自己周围的生活，不论什么方面都没有好感。他不能成为善良的地主、优秀的军人或忠勤的官吏，此外，这世界上剩下的工作，除了当流浪者、赌徒、荒唐鬼以外就没有别的了。我们必须为自己主人公的名誉声明一句，他对于后一阶层的同情心要比对于前一阶层大些，不过虽然如此，在这儿，他依然不能敞开胸襟。他太进步了，而这城市的绅士们堕落的程度又太深、太丑恶了。他涉猎过医学跟绘画，以后也游荡过一个时候，打过牌，最后跑到外国。不消说跑到外国也找不到事业，他毫无次序地从事世界上一切的事情。他以俄国人的博识使德国的专家惊奇，以深刻的思想使法国人瞠目结舌。但是德国人和法国人做了许多事情，他却一件完整的事情也没有做过。他在靶子场打手枪，深夜坐在窑子里，对卖淫女着迷，献出自己的肉体、灵魂和钱袋，把时间都浪费掉了。这样的生活，最后不得不发生想做点儿事情的迫切的欲望。

　　别里托夫外表上很闲散，内心中却起伏着思潮，燃烧着热情。只因年纪还轻，一向缺乏对自己生活的实际的了解。总之，由于这种原因，焦灼地想活动一下的别里托夫，首先就产生了通过选举来担当官职的出色的念头。其次，他会见了那些从生下来就应该深知，并应该跟他们亲近交往的人们，不但大为惊骇，而且对于这些绅士们的口吻、生活态度、思想方法都感觉茫然了。他们毫无忌惮地想轻易使他抛弃几月来在他头脑中形成的想象。一朝开始便永远能够将事业继续下去的人是幸福的。这种人能够接二连三地做出事业来。他们老早就习惯了工作，不把他们的生活浪费在选择工作中。他们聚精会神，规定界限，不分散自己的精力，于是顺利地做出成绩来。我们的事业大抵都是自己开创出来的，从父亲继承动产不动产而能好好维持下去的人是不大有的，因为这种人大半不爱做什么事业。即使想做事业，也每每好像踏进辽阔无边的旷野，虽然可以自由地向任何方向进行，但总不能到达什么地方。这就是各方面的游手好闲，无所事事，也就是事业上的懒惰。别里托夫完全是这类的人，他思想上虽然已经成长，实际上却是一个孩子。到了三十岁的今天，还跟十六岁孩子一般准备跨出人生的第一步。却不知道，越来越近展开在眼前的门，其实不是光荣的剑士挺身而入的门，而他们的尸体悄然搬出去的门。"当然，别里托夫是有很多错误的。"诸位要这样说时，我也完全赞成。不过有一部分人，以为人类的罪恶比所有的正义都好。世界上的事情，就是这样倒过头来的。

　　别里托夫踏进 NN 城还不到一个月，已经遭到全体地主的仇视，而官僚们又从自己的立场，同样憎恶他。在憎恶他的人们中，也有完全没有遇见过他的人，有的只见过面，没有跟他直接打过交道。正因此，从他们那边说来这憎恶是非常纯洁而公平无私的。不过最公平无私的感情，总有一种原因。分析憎恶别里托夫的原因并不困难。地主们和官僚们，各有其自己的或多或少的排外组织。这种组织非常亲密，像亲戚一般。他们之间有各自的利害、各自的议论、各自的党派、各自的舆论和各自的习惯。而全县的地主或全国的官僚，在这些上又大致共同的。譬如说，一个顾问官从 RR 城赴任到 NN 城，一个星期便变成 NN 城官僚社会的最活动最重要的分子，变成同志了。要是我们那位尊贵的朋友保威尔·伊凡诺维奇·乞乞科夫①一到来，警察厅长便马上为他举行宴会，其他的人都聚集在他的身边跳起舞来，而且会叫他"妈妈"。这因为他们在保威尔·伊凡诺维奇身上看出了跟自己相同的东西。可是，别里托夫这个人，照股长助手说的话，是不曾服务到值得表彰的十四年半便退了职的人物。他专喜欢做出这班绅士所不能忍耐的事情，例如他们正热心于有益的牌戏，他却看有害的书本。浪游了全欧回来对家乡的事情完全陌生，对外国的事情也生疏得很。从举止优雅这点说是非常合乎贵族派头的，从思想上说却是 19 世纪式的人物。这种人在乡间的社交界怎么能够容纳呢？他不能与他们的利害相一致，他们也不能与他同调。所以他们感到别里托夫是叛徒，是专门揭发他们的阴私，正面反对他们秩序的人而憎恶他了。

此外，再加上了许多重大的事情。例如，别里托夫不多做拜访，而且拜访的时间很迟，他一早穿上呢料外套便跑到什么地方去了。他对省长也很少像普通人一样称呼他"老爷"，对退役的龙骑兵上尉

① 果戈理《死魂灵》中的人物。

的贵族团长，在他的职务上应该称为老爷的，他就完全不用这种尊称。可是对自己的执事，态度却十分客气，这又使客人大为不快。他对贵妇人跟对仆役一般用同样的口气说话。总之，他"过于自由地"谈吐了。再加他到来的那天，马上走进弹子房，因此在下级公务员之间完全失去了威信。不消说，对于别里托夫的憎恶是很含蓄的，只是在他背后自由发挥，但当他的面，那简直跟表示纯洁的爱情一般，用一种又笨拙又粗野的举动巴结着自己憎恶的对象。大家还拼命想法在自己家里招待这位新客，以跟他接近而自豪，要想在谈话中获得说上十遍"别里托夫到我家来的时候……我同他……"的权利——可是，到了最后却对他来了一大顿恶毒的诅咒。

善良的 NN 城的居民用种种手段，使别里托夫落选，或者选举他担任最困难的职务。起初的时候，别里托夫完全不看见人家对他的憎恶和这种政客式的阴谋，但后来渐渐明白了实际情势，于是他决心即使把自己当作牺牲，也一定要贯彻初衷……但是，诸位可以放心，因为种种理由，我打算不再详细地记述 NN 城的选举情形，这理由我在心里自然明白，不过为了增加故事的兴趣，我故意要对你们卖一个关子。现在不是公职的问题，是另外一种私人的事件在招引着我了。

2

诸位，我们这一趟野马实在跑得太远了，你们一定老早就忘记了那两位青年人的下落——柳波尼加和谦和可爱的克鲁采弗尔斯基。不过在这期间，他们两人的生活已起了许多重大的变化。我们是在他们大致订好了婚的时候跟他们分手的，现在再遇见他们，他们已成了夫妇，而且他们的手里还拉着一个三岁的小宝宝——小雅沙。

这四年间关于他们的事情是没有什么可讲的，他们两口子沉浸在幸福中，他们的生活过得又明朗又宁静。爱的幸福，特别是团圆美满的、不必担惊受怕的爱的幸福——是一种秘密，一种只有两个人知道的秘密。第三者是多余的，这种爱是不需要见证人的。在这个只有两个人有份的特殊恩赐之中，相互间有一种特别甜蜜的爱，是不能用笔墨、用言语来表现的。可以讲的是他们表面上的生活，但这种话不讲也可以。每天的心事，钱不够用，和厨娘吵嘴，买办家具——这种表面上的琐事，无论哪家都一样，在他们的家里也有，而且他们也为此烦恼。不过，过了一分钟，这种心事便消失得无影无踪，差不多不留在记忆里了。克鲁采弗尔斯基经克鲁波夫的介绍，接替了中学里一位老教员的缺额，担任了授课，当然也碰到了那种虽然完全付学费可是非常吝啬的家长。正因如此，他们才能够在 NN 城生活，而且他们也不喜欢另外的生活方式。

亚历克绥·亚勃拉摩维奇不管克鲁波夫如何游说，终于不肯拿出一万卢布以上的陪嫁金，倒是新夫妇家庭里所有的家具，一概由他担承下来了。他把这件麻烦事办得相当周到。他从自己的住屋和仓库里，搬出对自己极无需要的东西，移入新夫妇的地方。认为这些东西对新夫妇都是很得用的。因此，当葛拉斐拉·黎伏芙娜想到不幸的私生女的时候，亚历克绥·亚勃拉摩维奇所想到的那辆已经陈旧、摇摇晃晃、颜色暗红、断了弹簧、车身残破的颇有来历的马车，也颇费一番辛苦，搬进了克鲁采弗尔斯基的小庭院里。克鲁采弗尔斯基的新居中没有车棚，这马车有好久成为安分守己的母鸡们的安乐窝。

亚历克绥·亚勃拉摩维奇还送给他一匹马，可是走到半路里突然死掉了。这是一匹在将军马厩里毫无过失地服务过二十年的马，从来没有害过病。大概因为衰老了，寿命已尽，或者是农奴把它从老爷的庄子里牵出来，将自己的马当作边马，而将它套上辕子，因此感到受了侮辱……总之，它突然死掉了。那农奴大吃一惊，从此拔脚逃亡，半年不敢回来。

但是最好的赠品，是在新夫妇即将迁入新居那天的早上将军所赠的。将军叫来一个名叫尼古拉什卡的二十五岁害肺病的青年农奴，和一个叫帕拉什卡的满脸雀斑的青年女奴。这两人走进来，亚历克绥·亚勃拉摩维奇装出郑重其事，甚至有些威胁的样子说："跪下来，叩头！"然后将军接着说道："亲一亲柳波芙·亚历克桑特洛芙娜和德米特里·亚科夫列维奇的手！"这最后的命令是不容易执行的，因为这对莫名其妙的新夫妇，正缩着手，红着脸，互相接吻，不知道要怎样才好。但是，这个村社之主又说道："这是你们的新主人！（这句话说得很响亮，正适合于宣布这种重大的事情。）好好服侍这两位新主人，你们自己也就幸福了（读者大概记得这句话已经反复说了许多次了）。喂，如果那两个人老老实实，就得爱惜他们，善待他们；要是调皮捣蛋，就送到我这儿来。我这儿对于调皮鬼是最好的学校。我会把他们教好，再送还给你们。不许让他们懒惰。好，这是我的饯行。不过，我知道你们还没有使惯下人，要把下人训练好是困难的事。对啦，我们俄国的下人，简直都是没有办法的家伙，他们知道你对他们是没法儿想的，他们只知道拿到一张证明书，跑到各处庄子去找好差使。好，再行一个礼，滚吧！"将军做了一个精彩的结束。尼古拉什卡和帕拉什卡又把膝盖在地上屈了一屈，走了，将他们移交给新主人的仪式，就这样完结了。这一天，新夫妇便带了频频咳嗽的尼古拉什卡和脸如浮雕的帕拉什卡搬到城里去了。

克鲁采弗尔斯基夫妇的生活过得很顺利，他们并没有多少外表上的要求，能满足于现状，而且两人都抱有相互间的深切同情，因此 NN 城的居民，差不多把他们当作外国人看待了。

原来他们和四周的人完全不同，最值得注目的事，是有一种善良的人把我们全体俄国人，特别是农村里的人，都看作家长式的、主要是专爱家庭生活的人。但我们还不能将我们的家庭生活推进到文明的领域。还有比这个更值得注目的事，也许是我们虽然失掉了对家庭生活的热情，却从没有去烦扰别的人。我们的个性和国民的共同利益都没有得到发展，而家庭却渐渐地萎缩下去了。我们俄国人的家庭生活中有一种规定的公式，跟舞台装置一般。住在一个家庭里的人，究竟有什么共同之处，他们为什么能够互相厌恶却又能共同生活，等等，从丈夫骂老婆，父母虐待孩子的情形来推想，是绝不可能的。我们俄国人想享受一下家庭生活，应该在客厅中找寻，决没有找到寝室里去。

我们并不是德国人，能够继续三十年之久，在全家每间屋子里都能感到衷心的幸福。不过也有例外，克鲁采弗尔斯基夫妇确实就是这种例外。他们经营着简单而朴素的生活，并不知道别人怎样生活，自己却过着极合理的日子。他们决不模仿别人，决不挥霍金钱来装阔。他们也不广事交游，结交二十三十个无用的朋友。总之，互相牵制、成为一个人为的负担的所谓"社交生活"——大家嘲笑着，然而一些也不能脱出，在我们这位淳朴的中学教员家庭中是完全避免了的。因此，克鲁波夫医生看了这对"可爱孩子"的生活，对家庭生活这东西完全改变了观念。

别里托夫感到一种不祥的预兆，知道在这城里绝对不能生活下去，心里非常懊丧，陷入一种黯淡的情境。过了几天之后，他愁云满脸，两手插在衣袋里，在街头闲荡。这时候，被愤怒与悲哀笼罩着的他，看见街边一所小屋中，像刚才所说的一个和平美满的家庭生活的场面，所有的征象都证明在这个大地上也可以有幸福的生活。

这是一种类似夏天傍晚庭园中的情景，没有风，池面映着夕阳的余晖，平静得像一面金光灿烂的镜子。在树林中间，远远地现出一个小村子。露水降下来，一群家畜混合着鸣声吠声和蹄声，像音乐合奏一般，向家里走去……你们一定会衷心地发誓，一辈子再不需要比这个更美丽的景色了……这美丽的黄昏，过一个钟头便会消失了，因此更其值得留恋。它为了保持自己的声誉，在别人还没有厌倦之前叫他们珍惜自己，便在恰当的时候转变成黑夜。在一间小巧精致的屋子里，谢缅·伊凡诺维奇·克鲁波夫这位唯一的贵客，安静地坐在沙发上，年轻的妇人微笑着给他装烟斗。她的丈夫泰然地坐在安乐椅上，充满着爱情的视线交换地望着太太和老医师。过了一会儿，三岁的孩子蹒跚地走进屋子里来，他不是绕过桌子，而是向着克鲁波夫从桌子底下钻过身去。小孩子最喜欢这个老医师，因为他把打簧表和背心上挂着的两个玉印给他玩。

"雅沙，你好呀！"克鲁波夫医生说，他把小朋友从桌子底下拉出来，抱在自己的膝头上。

雅沙抓起了他的玉印，伸手去取他的表。

"他打扰您不能好好儿喝茶抽烟，把他交给我吧。"母亲虽然这样说，但坚决相信，雅沙是永远不会打扰人的。

"请你叫他玩吧，等他惹我厌烦的时候，我自己是会撵他走的。"克鲁波夫医生说着，把表掏出来，并且把它拨响。雅沙喜欢得了不得，听着叮当的声音，然后又把表移到克鲁波夫的耳上，又移到母亲的耳上，看见两人确实显出惊奇的脸色，便又移到自己的嘴边。

"小孩子是人生最大的幸福！"克鲁波夫说，"特别是到了我这样的老年，摸摸孩子绒毛似的头发，看看这晶亮的眼睛，真是多么高兴呀。一个人见了这种嫩草一样的孩子，的确就不会那么出言粗暴和自私自利了。不过说一句老实话，我一点儿不懊悔自己没有孩子……我有什么可后悔的呢？上帝已经给我这样好的孙儿，等我再老一点儿，我给这孩子当保姆吧。"

"保姆在那边。"雅沙十分得意地指着门口说。

"好吗，我给你当保姆？"

雅沙正要大声地叫起来，表示反对，但母亲预先发觉了这点，叫孩子看克鲁波夫燕尾服上的金纽子。

"我喜欢孩子！"老医师接着说，"不，我喜欢所有的人。年轻的时候，我也喜欢美丽的女子，是啦，我谈过五次恋爱，不过我讨厌家庭生活。人只有在独身的时候，才能安静自由地过活。家庭生活好像故意使同在一个屋顶底下的人互相厌弃，结果大家只好分手。如果不住在一起，就可永远维持不变的友谊，住在一起，马上就变得无聊了。"

"好啦，谢缅·伊凡诺维奇！"克鲁采弗尔斯基反驳说，"您这种议论是没有理由的。您一辈子不懂得人生最美好的充满幸福与欢喜的那一方面。你说的那种自由缺少一切感觉，完全是一种自私主义。"

"你又来这一套啦。我不是对你说过好多次了吗，德米特里·亚科夫列维奇，你不要用'自私主义'这个名词来吓唬我。多么的自高自大！什么'缺少一切感觉'。难道丈夫把妻子看作偶像，妻子把丈夫看作偶像，互相为自己而独占对方，一点儿也不留给别人，这种充满嫉妒的欲望，只为自己的悲哀而哭泣，为自己的幸福而欢喜，就算是世界上全部的感觉吗？不，老弟，我也很明白你们这种自我牺牲的爱，不过，我不是替自己本行吹牛，从我的职业我想到……走到一个病人的地方去，看他神情非常忧郁，人是不大舒服，快要躺倒床上了，可是一按脉，脉是很好的。病人抬起衰弱的目光，望望我的脸，捏一把我的手。你说怎么，这是官能的乐趣，还是自私主义呢？而且除了疯人以外，哪一个不是自私主义？总之，人都有一部分是单纯的自私主义，其余的人正如俗语说得好：梭子鱼的手是藏起来的。所以没有比家庭生活更绝端的自私主义了。"

"啊，克鲁波夫先生，我还不知道您这样地厌恶家庭生活。我出嫁到现在已经整整四年了，一切觉得很舒服，不管是我，不管是他，一点儿也不觉得牺牲了自己，或是使对方加重了负担。"克鲁采弗尔斯基夫人说道。

"这世界上奇迹是不少的。赌牌输光了钱，也一定说赌得有趣。你们说自己是例外，那是很可喜的。不过，这也算不得证明了什么。两年前，这城里有一个裁缝，也许你们也认识，莫斯科街的裁缝潘克拉托夫。那人家里的孩子，从二楼窗口跌到街上，当然，不管情形如何，一定受了重伤吧？不料，只擦伤了一点儿皮，起了一个乌青块，此外一点儿什么也没有。那么，你叫别的孩子再跌跌看，那

153

一定会受重伤，弄不好还会送命呢。"

"这不是对我们暗示不祥的预兆吗?"克鲁采弗尔斯基夫人亲密地把手放在克鲁波夫医生的肩头问道，"不过，从前先生对我丈夫预言：我们的结婚将有可怕的结果，从那时候以来，我再不害怕先生的预言了。"

"您真好意思算旧账吗？可是这个爱饶舌的家伙竟把一切都说给您听了，还有这样的男子汉！好吧，算我说错了，请忘掉我的话吧。谁记旧仇，不得好果，就是像这样的大好人也是一样。"他用手指点着克鲁采弗尔斯基。

"你看克鲁波夫先生，他又说恭维人的话了。"

"我再跟你们多说几句更好的恭维话吧：看了你们的例子，我对家庭生活，实在说，多少有点儿妥协了。但是我活了这么六十年，不在小说和诗中，而在实际上见到有家庭的幸福，在你们家里是第一次，请不要忘了这句话，这样的例子是难得的。"

"也许我不知道，"克鲁采弗尔斯基夫人回答道，"在先生自己周围，一定也有这样的夫妇，只是没有留心罢了。真正的爱，绝不自吹自唱。您说您找过了，您怎么样找法呢？你很少遇到享受家庭幸福的人，也许只是一种偶然的事吧。克鲁波夫先生，也许是!"说到这里，她露出一种嘲谑似的狡笑，而且带着幸福人所常有的不留意的口吻，再补充说："你似乎不愿意推翻自己的主张，假使先生现在承认一向是错误了，你就会责备自己的过去，而且又不能不承认要补偿已经来不及了。"

"不，绝不!"老医师热烈地反对，"这个您不用担心。我对过去绝不后悔，因为：第一，不能追补的事后悔是最愚蠢不过的；第二，

154

我是一个老光棍儿，我正安静地度着余生，跟来日方长的你们是不同的。"

"我不大知道，那次您对我的最后的警告，是什么目的。"克鲁采弗尔斯基说，"但你的警告在我的心里发生非常强烈的影响，这警告使我引起一种极其悲伤而无法摆脱的思想，假使这悲伤的思想在心中存在，无论怎样的热情欢乐，都会立刻消失。我常常害怕自己的幸福，好像一个突然暴富的人望着未来战栗不安，怎样……"

"怎样能够使幸福不减少吗？哈哈哈，你们这种梦想家呀！谁来称量你们的幸福，谁又想去减少它呢？这简直是孩子气的想头！在偶然的场合下你们亲手建造了幸福，因此这种幸福是你们所独有的，要是人们为了这种幸福而责备你们，那才是荒谬呢。当然，就是这一个不可避免的、不合理的偶然，也许会毁坏你们的幸福。难道这样的事还嫌少吗？比方，这屋上的栋梁霉烂了，也许会倒下来，好，赶快搬吧，可是搬又怎样呢？走到外面，也许会碰到疯狗。走到街上，也许又会被马踩死……要是这样子一心害怕发生灾祸，倒不如吞了鸦片，永久睡觉的好。"

"我常常奇怪，您为什么这样容易与生活妥协，谢缅·伊凡诺维奇。这是幸福，最大的幸福，不过这样的幸福并不是每个人都能够有的。您常常说，这是偶然，所以并不担心。可是我不能够。我总不大明白在自己生涯中所发生的种种事件的联系，永远怀疑着，我不能简单地称作偶然。我以为人生的一切遭遇，绝不是没有原因的，都含蓄着很大的意义。比方，您在屋顶室里找到了我，我也以为绝不是偶然的。莫斯科有许多想当家庭教师的人，为什么您特别找到了我？我难道有什么武器，能够解放一个高尚纯洁的人？但我岂不

155

是已完成了连自己梦里也没有想到的事吗？我觉得我的幸运实在不可限量。假如一辈子可以这样下去，世界上还有什么公平的事理呢？好像别人忍受不幸一般，我忍受着自己的幸福，而且总是无法避免对未来的恐怖。"

"那就是对本来没有的东西恐怖，这，我又得说了，我一生中从来不懂得将来也不会懂得这种病态的想象，这种想象用妄念折磨自己，预想着各种不幸，为未来的事伤心以获得欣快。这种性格确实不幸。是的，受到不幸的创痛，悲哀劈头盖脸地袭来，不知不觉地就会彷徨流泪，意志消沉了。不过，在饮美酒的时候，却去想明天会喝最坏的格瓦斯的命运，这实在是太痴了。不能在现状中过活，却重视未来，向未来投降——这是今天最盛行的一种精神传染病。我们大家正好像那种舍不得吃，舍不得喝，却积蓄钱财准备意外日子的犹太人，而且无论遇到什么意外，还是不肯把钱柜打开来，这算什么生活呢？"

"我也完全赞成先生的意见，克鲁波夫先生！"克鲁采弗尔斯基夫人带着热情的声调说，"我常常对德米特里说：如果我现在生活得很美满的话，我为什么要去想未来呢？在我看来，未来压根儿是没有的。他大致也赞成我的意见，但是好像有一种隐秘的悲哀，深深地扎根在他的心里，他总是没有方法战胜它。而且，不知什么缘故，我……"她充满同情，愉快地对丈夫微笑着说，"我也很爱他心里的那个悲哀。这儿有非常深刻的东西。我觉察想，我与先生的性格，容易接受表面的印象，我们的心容易为外界的事物所吸引，因此不能够了解，或至少是不能够同情他的悲哀。"

"俗语说得好，先喜后悲。我开始想亲您的手，然后对您的丈夫说：'这就是对人生的人性理解。'但是结果他却幻想起来，深思起来……这种过分的深思，就是在应欢乐的时候苦恼，为原来没有的东西悲哀。"

"谢缅·伊凡诺维奇，您为什么这样与众不同呢？对于有些软弱的人，这大地上是完全没有幸福的，于是他们准备牺牲自己而舍弃一切，但他们却不能舍弃藏在心坎深处的悲哀，这悲哀无时无刻不在准备发作……我常常想，为了更可以幸福，我应该更愚蠢一点儿。您看，鸟兽不是很幸福的吗，这是因为它们比我们人类更不知事理的缘故。"

"可是……"不肯认输的克鲁波夫医生又说，"对于既不能高飞，也不能在地下潜行，只有住在世界上的人类来说，具有高度的智慧，是没有意思的事。老实说，这种高度的智慧，在我看来是一种肉体的变态或是神经的发炎。所以只消把冷水淋在他的头上，让他多多运动一下，这种想飞到星球世界去的梦想，马上便会醒悟一半。德米特里·亚科夫列维奇，你从小身体就不大强健。身体弱的人，智能往往异常发达，不过这种智能，在这种场合，常常迷失在抽象的、幻想的、神秘的世界里。所以古人不是说过：健全的精神寓于健全的肉体。你看那些脸色苍白、发色很淡的德国人，为什么他们是梦想家，为什么他们老是低着头哭泣？这就是瘰疬病和气候的缘故。因此他们几世纪来在神秘的论争中迷失本性，一点儿实际的事业也做不出来。"

"人家常说医学对人类的生命，做枯燥无味的物质的解释，这句话果然不错，您就是单从物的方面研究人类，却忘记了这背后的另一方面。在您的解剖刀下遗漏了对粗笨物质赋予意义的一面。"

"啊，在我看来，这种就是唯心主义者！"谢缅·伊凡诺维奇显然生起气来，"这种人一辈子只是胡说八道。谁对他们说过，医学只是由解剖组成的？这是他们自己随便想出来安慰自己的，什么粗笨的物质呀……我不知道什么粗笨的物质，什么有知识的动物，我只知道活生生的人。你很聪明，算得一位当今的学者，可是多么无能呀！这是我们的老一套争论，说下去就没有个完，还是不要说了吧。啊，看，我们这些无聊话，变了雅沙的催眠曲，他倒好好儿地睡着了。好好儿睡吧，孩子！你爸爸再不会教你蔑视世界，蔑视物质。也再不会对你说，你这可爱的小手小脚，是你身上的臭皮囊。克鲁采弗尔斯基夫人，可别在这孩子的头脑中，灌进这种无聊的思想。你对自己的先生可以当作不见，让自己高兴就是。不过至少对这无罪的孩子，千万别在小时候让他听到这种无聊的话，先堕落起来。你要这孩子变成什么呢？变成一个梦想家吗？那么，这孩子直到变成一个龙钟老人的时候，也只会跑来跑去找寻火鸡。这期间，真正的生活便会如流水般逝去了。对不对？把他抱去吧。"

老人把雅沙交给母亲，拿起自己的帽子，慢慢扣上燕尾服的纽子，说：

"啊哟，有一件事忘记对你说了，最近我认识了一个很有趣的人物。"

"一定是别里托夫吧？"克鲁采弗尔斯基夫人问道，"自从他到来以后，满城谈得很热闹，连我也从校长太太那里听到了他的故事。"

"对啦，就是他。因为他是一个有钱人，所以大家谈得起劲。不过那个人实在也值得注意，世界上的事情，他什么都知道，什么都见识过，是一位头脑清醒的人物。只是你知道，他是一个公子哥儿，所以有点儿脾气。而且不像我们经历过困难，他是生长在富贵人家的人。现在他无聊得要死，每天忧郁地过着日子，他是从巴黎来的，怪不得他更无聊。"

"别里托夫吗，让我想一想。"德米特里·亚科夫列维奇说道，"我知道这个名字。大概是跟我差不多前后在莫斯科大学念书的人吧？记得是我进大学的那年，他刚毕业。那时大家都说这个人头脑很了不起，对啦，他还有一个日内瓦人的家庭教师。"

"对啦，就是他。"

"那我认识，我跟他有点儿交往。"

"那他要是碰到你，一定非常高兴。在这种偏僻闭塞的地方，遇到有教育的人，是很可贵的。这个别里托夫，据我看来，压根儿不会独自过活。他需要谈谈，彼此交换交换意见，可是现在却孤零零地受苦。"

"假使您以为没有关系，我就去看看他也好。"

"好，一道去吧，再好没有了……等一等，我这老头儿可太性急了。老弟，他现在是一位富翁，你先跑去找他，也许不大好。还是我明天去和他谈，要是他高兴，就带他到这儿来。好吧，我的亲爱的论敌，再见。"

"那么，请您明天一定把这位别里托夫带来吧。"柳波芙·亚历克桑特洛芙娜说，"听你们这样说，我倒也想见见他了。"

"好吧，一定带他来！"老医师这样说着，走出了前厅。

克鲁波夫每次一定和克鲁采弗尔斯基争论得生气，说他的见解跟自己越来越远，不过他也说，这种争论，一点儿不妨碍他们一天比一天地接近。克鲁波夫把克鲁采弗尔斯基的家看作自己的家一样。

他怀抱着一颗还保持着温暖的心跑到这儿来，瞧瞧他们夫妇间幸福的生活，作为自己的一种休息。克鲁采弗尔斯基夫妇，也把这克鲁波夫医生当作自己家里的尊长，是父亲，也是伯父，而且这位伯父并不发挥亲长的威权，只是从热爱他们出发，时时斥责他们，对他们有些不客气。因此，他们夫妇不管他说什么话，都衷心地原谅他，他要是两三天不来，就感觉到寂寞了。

第二天午后七点钟左右，谢缅·伊凡诺维奇跟别里托夫坐在覆着黄绒毯的雪橇里，由两匹花斑马拉着，到克鲁采弗尔斯基的家里来了。不消说，别里托夫能够和这高尚的人物交往，喜欢得不得了，完全忘记了这是第一次访问。克鲁采弗尔斯基夫人也略微有一点儿慌张，当他走进屋子时，她一刹那想起克鲁波夫医生称赞他的话，他在外国游历的传说，以及他是一位富家公子，便有些拘束地迎接他。但这不自然的紧张立刻消失了，别里托夫的举止谈吐，十分坦率纯朴，而且他又相当的灵活，这在性情豪迈、教养丰富、心地善良的人是必然有的。因此不到三十分钟，相互之间已谈得跟老朋友一般。连一向与外人很少接触的克鲁采弗尔斯基夫人，也不知不觉地参加了谈话。别里托夫与克鲁采弗尔斯基回忆起大学时代的生活，讲了许多当时的逸事，又谈了当时的梦想和希望。他已经好久没有这样欢乐地谈话了，因此，当克鲁波夫再用自己的雪橇送他到"凯雷斯堡"旅馆门口的时候，他对于这次为他介绍朋友说了十分感谢的话。

"怎么样？"后来谢缅·伊凡诺维奇再到克鲁采弗尔斯基家里来，问道，"这位新朋友合得来吗？"

"这个还用问吗？"克鲁采弗尔斯基回答道。

"我也很喜欢这个人。"柳波芙·亚历克桑特洛芙娜说道。

谢缅·伊凡诺维奇看见大家都满意，心里十分得意，开玩笑似的跷起食指做了一个恐吓的姿势。

柳波芙·亚历克桑特洛芙娜脸孔红了一红。

这种家庭欢聚的情景是很动人的。现在我描写完了一个家庭，不得不再描写第二个家庭。这两个家庭的密切关系，到后来自然会明白，先在这儿交代一声吧。

3

杜白索夫县的贵族团长家里有一位小姐——仅仅这件事，对于我们可敬的卡尔普·康特拉切奇，同时对于可爱的华尔华拉·卡尔波芙娜，并不算坏，但是卡尔普·康特拉切奇除了小姐之外，还有一位太太，在家中称为华华的小姐华尔华拉·卡尔波芙娜，除了父亲之外，还有一位母亲——玛丽亚·斯捷潘诺芙娜，这一来，事情就完全改变了。卡尔普·康特拉切奇在家庭生活中，可说是一位温和的典型，他从马房走进餐室，从谷仓走进寝室或是起坐室，如果有人见到他的神色改变，可以说是一件奇怪的事情。假使我们没有那著名游历家的可信的记录，证明一个英国人一方面是出色的农场主义，一方面又是家庭中慈和的父亲，也许我们以为这种两重人格是不可能会有的。可是仔细一想，就明白这是理所当然的。

越出家中一步，那就是说在马房或是在谷仓里，这位卡尔普·康特拉切奇是跟打仗一样，他是一个团长，身先士卒，要给敌人以最大的打击。所谓敌人，当然便是那些不听他指挥的叛徒——懒惰的、不肯忠心为他的利益而劳动的，不肯以献身的精神料理他那四匹栗色马的家伙。但是一走进家中的厅堂，情形便颠倒过来，贞淑的太太的温暖的拥抱等待着他，可爱的小姐的脑门等待着他的亲吻。他脱去地主在工作时穿在身上的甲胄，变成一个不仅仅是好人，而是非常善良的家庭主人卡尔普·康特拉切奇。但他太太的情形完全不是这样。她在家中已经打了二十年小规模的游击战争，有时为了佃户的鸡蛋、纺车之类的事，也来一下不大的突击战术，不过那是很少的事。与仆人、厨子、食堂管事的针锋相对，使她永远陷在焦灼中。可是为了她的名誉必须声明一句，她的心里绝非永远塞满这种无聊的不快的事情。比方表婶从莫斯科把华尔华拉带回家来的时候，她就满眼含着泪水，把十七岁的华尔华拉紧紧地抱在自己的胸口。

华尔华拉是在莫斯科女学校或寄宿学校毕业后回来了。这跟厨子使女不同，是自己亲骨血的女儿。同样的血流在他们的血管里，神圣的义务把他们互相联系起来。起先，让华尔华拉休息休息，逢到月夜，让她在园子里跑跑。在狭窄的小天地中受教育回来的女儿，对一切都感到新鲜而"美妙动人"。她望着月亮，想念自己最喜欢的朋友，而且深深相信那个朋友，这时候一定也在想念自己。她在树干上刻了朋友名字的第一个字母……这一时期在冷漠寡情的人看来，只是感到可笑，但我们却不禁微笑，而且这绝不是轻视的微笑，是我们见到孩子们在玩耍时而发的微笑，因为我们自己已不能玩，但愿孩子们能畅快地玩。刚脱离寄宿学校的少女们所必有的那种紧张和狂热，绝不是正常的状态。但在这样年龄的少女怀着的一切梦想、一切自我牺牲的念头中，在她想热爱人的心境，毫无利己色彩的，想舍弃自我而从顺他人的心境中——实在有一种崇高的真挚存在。

人生到达了一个转折点，但未来的幕还没有打开。这幕后边藏着可怕的秘密，富于魅力的秘密。心头确实在为一种未知的东西而痛苦，但这期间，身体各部渐渐地成熟起来，而神经却特别的敏锐，眼睛永远会流泪似的。以后再过五六年，一切都变了。这时候出嫁，自没有话说，要是不出嫁，只要有健全的体格，小姐们便不会等别人来打开这秘密幕，自己把它打开去窥望另一种人生了。假使女学生以二十五岁的眼光去看世界，那是滑稽的，假使女学生以二十五岁的眼光去看东西，那是可悲的。

华尔华拉·卡尔波芙娜不是美人，但她富有抵得上美貌的东西。这种东西好比上等的酒，只是为了知味的人才存在的。这一种东西还没有成熟，只不过是预约，但它与那使一切东西都光辉灿烂的青春融合在一起，给她一种特别的细腻而温柔的神圣不可侵犯的魅力。看了她的相当瘦削晒得黝黑的脸，不十分均匀的少女的身段、长睫毛的深思的眼睛，自然地想到现在还是谜样的她的思想感情，以及含着某种意义的目光，一旦得到解答的时候，这种轮廓将怎样地变化，成为定型。同时想到会把这可爱的头搁在自己肩上的那个男子，将怎样的幸福。但玛丽亚·斯捷潘诺芙娜对于女儿的外貌大为不满，老是叫她"傻丫头"，吩咐她每天早晚用黄瓜水洗脸，水中放进一种能使晒黑的皮肤变白的粉末，其实女儿的脸生成黑黝黝的，她却认为是被太阳晒黑的。家里有客来的时候，华尔华拉的行动更使母亲严加注意。华尔华拉是一个怕羞的姑娘，见了来客马上拿着书逃到园子里去，不肯向客人殷勤献媚。因为书是最直接的原因，被没收了，以后是父母的永不会完的教训。玛丽亚·斯捷潘诺芙娜觉得华尔华拉不但不高高兴兴地聆听自己的教训，反而皱起眉头，有时还要顶嘴。这在读者也可以看出，要治好这种脾气，是必须采取严厉手段的了。

玛丽亚·斯捷潘诺芙娜暂时抑住自己对女儿的温情，开始紧迫着她，一步也不放松。女儿要散步的时候她不许她出去；要想在屋子坐坐，又差她到外边去。她也不管女儿不愿意，硬叫她吃许多东西，而且每天责备女儿为什么不胖起来。母亲的压迫使华尔华拉的性情警惕起来。她变得更加胆怯，更加瘦弱。

卡尔普·康特拉切奇有时候觉得玛丽亚压迫这可怜的女儿，结果不会有什么效力。这件事他好久以来便想和她谈一谈，但是话正说到紧要关头，他心里忽然害怕起来，没有力量战胜这个害怕，连忙溜到谷仓去了。于是，刚才那一刹那恐怖的代价，便报答在用人们的身上，声势汹汹地将他们骂个不休。由于玛丽亚·斯捷潘诺芙娜的缘故，田地差不多都闲起来了，因为她跟发疯一般买了布匹、台毯、餐巾，预备做女儿的嫁妆，叫七个女用人织花边，织得眼睛都快花了，另外三个女用人为华尔华拉刺绣毫无用处的东西，同时把华尔华拉当作自己的仇敌一样，用叫人难以相信的严厉手段，加以驱使和压迫。

当他们到 NN 城参加选举的时候，卡尔普·康特拉切奇很费力地穿上了贵族礼服，因为三年以来，他胖了许多，制服却相反，缩紧了不少。他去拜访省长、省贵族团长，他对贵族团长与对省长不同，特地称之为"阁下"。玛丽亚·斯捷潘诺芙娜则忙着指挥仆人装饰客厅，整理用四辆大车从乡下运来的一切杂七杂八的东西。出世以来头发从没梳过的三个男仆，担任她的助手。他们穿着既非呢又非毛的灰色半截燕尾服。工作进行得很热烈。突然，太太头脑里出现了一种自己也料想不到的念头，连忙停下手来，照例用尖锐的嗓子叫道：

"华华！华华！你躲在哪儿了？"

可怜的姑娘觉得事情不妙，迟迟疑疑地走进屋子里来。

"我在这儿，妈妈！"

"你脸色多难看，身体不舒服吗？真的，叫别人从旁边见了，好像你在自己爷娘家里生活得很不好似的。啊哟，你们这般从寄宿学校出来的人！到妈妈跟前来，扮着一副什么嘴脸！"于是玛丽亚·斯捷潘诺芙娜大大斥责了女儿的忧郁的脸容，"我也当过女儿，在那时候，妈妈一声叫，便笑嘻嘻地跑过来。"于是，她又做出笑嘻嘻的脸色，"可是你只是愁眉蹙额……浑蛋，要打破的呀！站在这儿笑什么？土老头！你永远学不会……好吧，我的好孩子，闲话少说，我最后一次好好地对你说，你这种行动，叫我非常担心。我在乡下没有作声，到了这儿可不能再不说了。我跑这么远，并不是为了叫人家指着我的女儿说：这个傻丫头，到了这儿，再不许你一个人坐在角落里。为什么你不能使一个男人看中你？我在十五六岁的时候，就离不开男人的身边。你这年纪，是应该决定终身的时候了。听见了没有……啊哟，你这浑蛋，刚才对你说过要打破的！拿过来，给我看！啊，浑蛋，不是打成两片了吗！好，等你老爷回来，给你点儿颜色看。我真想拉着你的头发打旋旋，不过见了你这种讨厌的样子，心里也受不了，怎，这头发上满是油。一定是米契加这贼骨头从厨房里偷来给你的。好的，等会儿也收拾他……华尔华拉，你的婚事让我来给你做主，我找一个好女婿给你。我再不让你糊糊涂

165

涂了。你对自己的事到底在转些什么念头，也许你以为自己长得漂亮，人家都看中你吗？可是你对自己的面貌身体一点儿也不关心，衣服也不知道打扮，在陌生人面前一句话也不会说。这难道算是莫斯科读过书吗？听我的话，你以后把书本丢开，念书已经念够了，念够了。现在应该动手做更重要的事，你要不把你的行为改过，我不许你再留在家里。"

华尔华拉呆立着，好像一个受死刑宣告的人。只有母亲的最后一句话，略略给她一点儿安慰。

"你绝没有找不到一个女婿的道理，你有那么出色的三百五十个农奴，每个农奴，跟近村的农奴比起来，都是一个抵得两个。你的嫁妆，比谁也不弱……啊哟，怎么啦？你哭了。哭起来眼睛要红的，真是没办法的孩子，只叫做妈的操心……"

她走近女儿的身边。华尔华拉的头发一点儿油也没有，是蓬松松的。因此这时候要不是那个穿半截燕尾服的熊一般的仆人打破了一只果盘，这母亲的慈训还不知要什么时候才完。玛丽亚·斯捷潘诺芙娜的怒气完全转到他的身上了。

"谁打破了盘子？"玛丽亚·斯捷潘诺芙娜哑声地喝问。

"是它自己破的。"耐不住她那怒声的仆人这样回答。

"怎么，它自己破的？它自己？亏你对我说这种话，它自己破的！"以后她再不用嘴说，却挥舞起手来。她大概以为要表示这激昂的情绪，用表情要比用嘴更来得有劲。

苦恼的女儿已经再也耐不住了，她突然哇的一声哭起来，发了剧烈的歇斯底里，昏倒在沙发上。吓得母亲大声叫喊："快来人！丫头，拿水！拿滴药来，快去叫医生，叫医生！"女儿的歇斯底里发得相当厉害。可是医生却不来，第二次差去接医生的人依然带来同样的回音："说是请稍微等一等，正在看一个难产的女人。"

"呸！该死的，到底哪个女人偏偏拣了这个时候生孩子？"

"检事老爷家里的厨娘。"差去的人答道。

这一句回答不打紧，对玛丽亚·斯捷潘诺芙娜的悲剧情况更其火上加油。她满脸涨红，在平时那脸色已经不敢领教，这一来更加丑得可怕。

"厨娘？厨娘……"她只说了这一句话，气得再也说不出来了。

卡尔普·康特拉切奇满脸得意地走进来。省长亲热地跟他握了手，省长太太亲自带他看从彼得堡带来预备铺在客厅里的地毯。他看了那地毯，做出一副古君子似的诚实脸色。在这副脸色后面，其实是藏着阿谀和卑鄙，而且说："果然，太太，尊府这样好的地毯，别人家决计没有。"这一切使他很是得意，特别得意的是回答得那么流畅得体。可是突然这家庭内的场面侵袭到他头脑中来。女儿在发歇斯底里，太太发疯地吵闹，一只盘子打破在地板上。玛丽亚·斯捷潘诺芙娜的脸色不比平常，而且她的右手掌发了红——差不多跟仆人捷列什卡的左面颊是同样的颜色。

"这是怎么回事？华华怎么啦？"

"这不是赶了这么多的路，到底是一个小姑娘呀。"母亲慈爱地说，"在马车上摇晃了一百二十俄里，受不住了。我叫你等到星期三动身，如果听我的话就不会有这样的事情。现在人病了，你来说吧。"

"你说什么，到了星期三，路也不会缩短一俄里呀。"

"啊哟，你还不明白吗？还有那个杀人的克鲁波夫，以后不许他走进这个门口。这个共济会①的坏东西！我差人去请了两次。你要知道，我在这城里并不是下等人物呀……他为什么不来呢？这完全怨你，因为你的势力不大，不像法院院长那么有权有势。我差人去请他，他反而侮辱我，说是检事老爷家里的厨娘在难产，他没有工夫。我家小姐快要死了，他还守住了检事老爷的厨娘不放……简直是雅各宾党人②！"

"简直是卑鄙的浑蛋！"贵族团长也下了这样的结论。

玛丽亚·斯捷潘诺芙娜的谈话如江河决口一般，直到通外廊的门打开，克鲁波夫老头儿脸色认真地拿着手杖走进屋子里来，才停止了。克鲁波夫医生的神气也比平时更为得意。他的眼睛里含着微笑，也不留心主妇太太没对他招呼，便问道：

"府上哪一位要我看病？"

"我家的姑娘。"

"啊，是薇拉·米哈伊洛芙娜吗？她怎么啦？"

"我家姑娘的名字叫华尔华拉，我的名字叫卡尔普。"贵族团长略略表示威严地提醒了他。

"啊，对不起，对不起，华尔华拉·基里洛芙娜怎样不舒服？"

"先生，请您先放心吧！"玛丽亚·斯捷潘诺芙娜插进嘴来说道，她的声音由于狂怒而有些颤抖，"倒是检事老爷家里的厨娘，生产得怎样了？"

"很顺利，嗨，真顺利！"克鲁波夫精神饱满地回答，"那样的难产，我生平还是第一次碰到。老实说，我以为母子都不中用的了。

---

① 共济会是18世纪在欧洲各国产生的一种带宗教色彩的秘密结社。
② 18世纪末法国革命中革命的资产阶级一派（雅各宾派）的成员。

母亲是很厉害的难产，我又是这么大的年纪，只当这一回是不行的了。您说，太太，那脐带头……"

"啊哟，先生，你发疯了，我不要听这种讨厌的话！您到这儿来特地来告诉我这种话吗！我们村子里的乡下女人，五十年来每年养孩子，我的耳朵里可不曾听到过这么肮脏的话。"她这么说着，呸地吐了一口口水。

克鲁波夫这才有点儿明白是怎么一回事了。他整夜在闷热的厨房里照顾那个可怜的产妇，结局总算很幸运，这印象现在还留在他心里，所以开头他不知贵族团长太太的话里有点儿不高兴。太太接着又说：

"检事老爷一定送了您不少钱，所以连我家小姐快要死了这样紧急的时候，您也不肯离开那个婆娘。"

"是的，太太，一分钟也没有离开，一分钟也不能离开，不管是您府上的小姐，或是别的什么人，都没有工夫去诊治。您看，您小姐并没有什么大毛病，用不到那么着急地来请我，我早就知道是这么一回事。"

这番话把慈爱的双亲难倒了，但母亲立刻想了一想，反驳道：

"嗯，好像好了不少了。所以我现在请您不要碰我的女儿，您的手一定还没有洗过。"

"大夫先生，我老实对你说。"贵族团长接上来说，"我做梦也没有想会看到您这位德高望重的老医师这么大模大样的态度，听你这样大模大样的解释。要不是我对您挂在胸口的十字架还存着敬意，我是不肯就此甘休的。我自从当了贵族团长以来——已经六年了，从来没受过人家这么大的侮辱。"

"对不起，假使你心里没有一星儿对人类的爱，至少也得想想，我是这城里的医务局长、医师法的监督人，我怎么能丢开处在生死关头的女人，跑来看一位健康的小姐？这小姐不过是头痛脑涨、歇斯底里，要不，就为了家里淘闲气，突然昏倒罢了！我要是这样做，就是违法，您们却还要生气！"

这里要补充说明，卡尔普·康特拉切奇原来是个胆小怕事的人，因此一听医生的口气，好像怪他违反了自由思想，他的眼中马上现出和颜悦色的样子，慌慌张张地说：

"啊哟，我不知道，我实在不知道。我在法律的权威面前，一句话也不会说。啊，华华自己要爬起来了。"

克鲁波夫医生走到华尔华拉身边，望了望她的脸，捏了捏手，摇摇头，问了几句话，知道非出一张方子不能走开，就随便开了一张方子，然后又说："顶要紧的是安静，要不，还得厉害起来呢。"便立起来走了。

被女儿的歇斯底里骇了一跳，玛丽亚·斯捷潘诺芙娜也稍微变得温和一点儿。但是一听到人家谈起别里托夫，她的心口立刻又大跳起来。这心跳得很厉害，六年以来，跟手帕鼻烟盒一同永远躺在她膝头上的绒毛狗，骇得吠了起来，嗅着鼻子，找寻这鼓动的来源。别里托夫这个人，正值得做女儿的丈夫；也正是别里托夫，是我们所需要的！不消说，别里托夫也拜访了卡尔普·康特拉切奇。第二天，玛丽亚·斯捷潘诺芙娜硬叫丈夫到别里托夫那儿去回拜。

以后约过了一星期，别里托夫收到一封信，这封信是马车夫送来的，还带着从马车夫胸头沾染来的羊皮袄的强烈的臊气，染了一些油污。内容是这样的：

明日下午三时，午餐候教敬祈光临

此致

别里托夫先生

杜白索夫县贵族团长及夫人谨具

席设本宅

　　别里托夫看了这个请帖不禁一阵战栗。然后把它放在桌子上，心里想："为什么大家这样喜欢请我？这不是很花钱的吗，平常他们又是那么吝啬。这种宴会无聊得要命……可是没有法子，非去不可，不去就得罪人。"

　　邀请午餐的两天以前，华尔华拉已经开始练习和准备。母亲从早到晚替她打扮，她甚至想给女儿穿红丝绒的衣服，认为这对女儿的脸蛋儿最相配。但这件事，经过常在省长太太家里出入的表妹的劝告，算是作罢了。母亲认为表妹对于一切时装是颇有心得的，何况省长太太已经约定明年夏天带她一同到卡尔斯伯特去。头一天晚上，玛丽亚·斯捷潘诺芙娜拿了第二天用在果冻里的杏仁粉，告诉女儿怎样用它来搭抹颈子、肩头和脸孔。而且竭力忍住了要想骂的恶声，用严厉的口气说道：

　　"听着，华华!"她说道，"要是上帝完全接受我的祷告，将你嫁给别里托夫，我就不知要怎样地宝贝你。你也应该叫你妈妈安心，你也不是没有感觉的人，不是木头，难道办不到这一点吗？要博取一个青年男子的欢心，是很容易的! 这城里虽有不少的姑娘，不过，

171

那没有多大的关系，真正算得上的不过两三个。市议会会长的几个闺女，虽然是有名的美貌，不过在我看来，这几个姑娘脾气很讨厌。还有书记官的几个闺女也颇有名气，不过她们的门第配不上，她们爸爸是当会计主任出身的。所以只消你用一点儿心思，你很容易把她们打倒……只是那些不要脸的姑娘，每天坐着敞篷马车，在他那旅馆附近招摇过市，这样下去，我的希望便渐渐淡下来了，所以我心里非常着急。瞧瞧你，简直像个木头人，我也是前世的冤孽，弄了这么一个木头人当女儿。"

"妈妈，呃，妈妈！"华尔华拉眼中现出绝望的神色，结结巴巴地说，"我怎么好呢，我实在没有别的办法。何况，你也明白，我一点儿也不认识这个人，也许他连理也不理我呢。我总不能够吊到他的脖子上去呀。"

"啊，你这个傻孩子！谁叫你吊到他脖子上去？你是想这样去实行妈妈的意思吗？这种姑娘简直没有见过！要是你妈也跟你一样傻，或者是一个酒鬼，不能给你找女婿，你怎么办呢？真是要命的小姐……"

她说到这儿停住了，害怕说得过分，女儿又会哭起来。哭了之后，到明天眼睛会发红的。

考验的日子终于到了。从十二点左右起，大家就给华尔华拉梳头发、搽头膏、喷香水，玛丽亚·斯捷潘诺芙娜亲自帮助她。已经那么瘦的华尔华拉，又束紧了腰围，变得跟一只黄蜂一样，可是玛丽亚·斯捷潘诺芙娜很巧妙地给她在身上各处塞饱了棉花，把她弄得秾纤适度。不过还不十分称心，比方领子好像太高一点儿，华尔华拉的一边肩头又好像稍微低一点儿。这样那样地，她生着气，起劲骂着用人，一会儿跑到餐室里，一会儿又教女儿怎样做媚眼，或是教饭厅管事怎样布置餐桌，等等。这一天，玛丽亚·斯捷潘诺芙娜是大忙特忙的一天，不过母亲的慈爱，是什么大事都担当得了的。

很显然，这一切做治家之道，是很好而且必要的。无论如何，女儿的命运、女儿的幸福是不能不关心的。但是像这种幕后的准备措施，要是夺去了女儿第一次在公众场面上遇到的那种出乎意外的最美丽的一刹那，或是把还不能揭晓的秘密在女儿的面前揭晓，使女儿过早地知道一个人要得到成功，不需要同情心和幸福而需要虚伪，这实在是很大的不幸。这种工作把人类相互间的关系弄得非常庸俗化，而人类关系只有在未被庸俗化的时候，才能成为真实而神圣的东西。严格的道学先生大概还会补充一点：这种类似的措施，比起我们不常陷入的那种道德上的堕落，对姑娘的心地更其有害。不过无论谁说什么话，姑娘们总是要出嫁的，她们出世就是为了这个。我想，无论哪一个道学先生，大家都会同意这句话。

三点钟的时候，华尔华拉已经打扮舒齐，坐在客室里。过了半个钟头光景，有几位客人到了。沙发前托盘上的鱼子、熏鱼等等已经少了一半。这时候，执事忽然走进屋子来，送一封信给卡尔普·康特拉切奇。卡尔普·康特拉切奇从衣袋里拿出眼镜，用肮脏的手帕擦了一擦镜片，一个字一个字地慢慢念下去。读完了这张仅有两行的信纸，默默地想了一想，立刻失掉了镇静似的对妻子说：

"玛夏，符拉基米尔·彼得洛维奇来了一封道歉的信，说人有点儿不舒服，受了一点儿感冒，一心想来，总是不能出门。你对那来人说吧，实在是失望得很。"

玛丽亚·斯捷潘诺芙娜脸色突然转变，而且向女儿白了一眼，

173

好像是华尔华拉害别里托夫受感冒似的。华尔华拉是完全胜利了。玛丽亚·斯捷潘诺芙娜显得从来没有的可笑，可笑得甚至有点儿惹人可怜。她心里充满了怨恨，怨恨这别里托夫，喃喃地自语道："哪有这样重大的侮辱！"

"请大家坐席了。"执事说。

县贵族团长携着玛丽亚·斯捷潘诺芙娜的手走进餐厅里去。

这件事发生以后的两星期，有一天，玛丽亚·斯捷潘诺芙娜请客人喝茶。她在独自一人，或者跟亲近的人在一起的时候，就喜欢挨着辰光慢慢地喝茶。她更爱弄一点儿甜食放在口里，从碟子里喝茶。因为这方法可以省一点儿白糖。在她对面的椅子上坐着一位戴着便帽、身材瘦长的干瘪的妇人。这妇人的头不住地微微晃动，因此连便帽的流苏也不住地轻轻摇晃。她戴一副很重的眼镜，手里拿着两根粗大的编针，在结毛绒线的肩巾。这眼镜大得了不起，边是银子的，似乎打来不是架在人的鼻子上，倒有点儿像大炮的架子。看她身上那件颇为陈旧的暗黑色的衣服，和一只突出几根编针的很大的手包，可见这贵妇人是认的亲戚，而且境况不见得十分宽裕。看玛丽亚·斯捷潘诺芙娜同她说话的口气，更可以明白这不宽裕的境况。

这个老太太的名字叫作安娜·雅基莫芙娜。她是很好的贵族人家出身，年轻时候没有了丈夫，一直守寡到现在。说到她的庄园，只有四个农奴，这是她从有钱亲族中所承受的遗产的十四分之一。这些亲族因为她落入寡妇的境遇，特地为她和她的农奴分拨了一些住着许多田鹬和野鸭，对这个安居乐业的耕作全不相称的沼泽地。因此安娜·雅基莫芙娜不管如何专心尽力，总不能在这田产中收到多少租息。她从亡夫所得的遗产也不多。一个陆军中校的衔头，一个独养儿子，还有一束医治马蹄肉肿和鼻疽病的单方，就是这一些东西。这些单方，每张上都写有神效的实例。儿子十九岁进了联队，但因酗酒和暴行，立刻丢了差事，回到老家来。从此一直住在安娜·雅基莫芙娜家的偏屋里，每天喝着用柠檬皮煎的便宜酒，常常跟用人和好朋友吵架。母亲跟火一般害怕这个儿子。金钱和贵重的东西都不让他过目，在他跟前发誓说自己已经一个钱也没有。

自从有一次儿子用斧头砍破了母亲的保险箱，拿走了放在里边的七十二个卢布和土耳其玉嵌镶的戒指以后，就把钱藏得更紧了。那戒指是她亡故了的唯一心上人的纪念品，她已经保藏了五十四年。除了农奴和单方之外，安娜·雅基莫芙娜家还有三个年轻的女佣、一个老婆子和两个跟班。安娜·雅基莫芙娜从没替这些年轻女佣做过一件新衣服，奇怪的她们却永远打扮得漂漂亮亮。不管安娜·雅基莫芙娜一天到晚亲自跟她们一块儿干活儿，看见她们仍有工夫挣到自己的衣服，心里非常高兴。因而，她有时见到家里有什么不顺眼的事，也就和和气气不作声了。两个跟班都是残废的老头儿，只是喝酒过日子，他们跟女佣各自住半间屋子，永远用气味很重的羊皮缝制都市中流行的靴子。当然，雅基姆·奥西波维奇也巧妙地利用人性的弱点，不肯错过谋自己利益的机会。

这位可敬的宗法社会中的家长安娜·雅基莫芙娜，在玛丽亚·斯捷潘诺芙娜家里喝干了第四杯茶，她又说起已经说过一百次的那位已亡故的陆军大将格鲁吉亚公爵怎样向她求婚，1809 年她怎样到彼得堡亲戚家里去，全彼得堡的将军每天怎样聚会在这亲戚的家里，她怎样只因涅瓦河的水不合她的口味，对她的身体不合宜，所以没有在那儿住下来。她喝完了第四杯茶，同时也结束了那贵族的回忆谈，突然大声地把茶杯复转（这是一种故意的暗示），在杯底里放上一小块糖说：

"玛丽亚·斯捷潘诺芙娜太太，上帝要是也给我一个像府上华尔华拉·卡尔波芙娜小姐那样文雅的姑娘，我一定也跟您一般，再也没有别的奢望了。每次到府上来，心里总是欢欢喜喜的。你们府上生活富裕，谁都尊敬你们。您太好啦，只有享福啦。"

"啊哟，为什么把茶杯复转了？再喝一杯呀！"

"不，喝得太多了。我通常总是喝三杯，可是到你们府上，却已经喝了四杯，谢谢您，你们府上的茶真是与众不同。"

"所以我常常在说，一卢布一磅的不够味儿，那只是有个茶的名儿罢了。好，再来一杯！"于是安娜·雅基莫芙娜喝了第五杯茶。

"这当然是上帝的意旨，安娜·雅基莫芙娜，我们华华年纪还轻，暂时还不能出嫁，不过说实在话，不好的女婿是只会糟蹋姑娘的。而且一想到我要跟她分手，我心里就难受，没有了她，我一个人怎么能活下去呢。"

"太太，上帝会保佑您的。天下哪有不出嫁的姑娘？这种东西是不能藏得过久的，藏得太久了是要陈旧的。不，在我看来，做母亲的只要托圣母娘的恩惠，应该早点儿给女儿找对象。这么一说，倒记起来了，苏菲亚·亚历克谢耶芙娜的少爷到城里来了。他跟我们还带着一点儿远亲，固然，现在的世界上还有什么亲戚不亲戚，人家早忘记了，尤其是穷亲戚，更没有人记起了。不过那少爷却有相当的财产，仅仅一处就有两千光景的农奴，田产上的出息也非常好。"

"可是，人究竟怎么样呢？您老是说钱呀钱的，可是有钱的人，心事反而比福气大，样样事都得劳心费神，当然吃的油穿的绸，远远看起来是好的，可是仔细看看，有了钱反而糟蹋身体。我也认识苏菲亚·亚历克谢耶芙娜的少爷，和我们卡尔普·康特拉切奇也有点儿交情，所以不消说，我们对他也很熟的，大家常常交往，不过一看他的神气，立刻看出是游荡子弟的样子！那份子派头，真有他的！走进人家贵族府里，就跟走进菜馆子里一样。你看见过他吗？"

"在街上远远望见罢了，他常常坐马车经过我家门口，有时候步行。"

"他每天走过您家门口到什么地方去呀？"

"那倒不知道，太太。像我这样老的年纪，再加背了这样的重病（她说到这里，深深叹一口气），就够伤神的了，哪有工夫想到人家到什么地方去哩……不过，在太太面前，跟在上帝面前一样，什么事情也不能瞒您，说实在的话，雅基沙又胡闹起来了，我的寿命总是不长的了……"于是，她哭了。

"您到教堂里跟挂十字架的长老去商量商量看，这真是灵验得出奇。那长老拿来一种猛烈的酒，供作祈祷，弄一点儿给病人喝了，把剩下来的自己喝干。只消这样一来，病人就会发现各种恶魔的诱惑，立刻好起来，跟用手拭掉一般。"

"这恐怕要花很多钱吧！您是知道我的情况的。"

"不，不，我家厨子托他医病的时候，只给了他一张五卢布的钞票。"

"医好了吗？"

"医是医好了，不过后来又发作了。卡尔普·康特拉切奇又给他

177

另外一种医法。他大骂了一顿：'啊，你这浑蛋，你忘记了主人的恩典吗？我为你花了五个卢布，你的病还不肯好，你这骗人的东西！'哎，你知道，这是俄国式的医法。从此以后，他真的连一点儿酒也不喝了。所以我劝您去找那位长老呀。不过，又说起那个别里托夫了，我总想知道一下这个青年男子去的是什么地方。"

"不，我也问过我家的华西里斯卡……她是我家里最伶俐的女佣……我在闲着的时候就跟她说，你看看那个少爷坐车到什么地方去。她第二天就来报告我：'您昨天问那位别里托夫少爷到哪儿去，原来他常常同一位老医师到纳格洛夫家的家庭教师那儿去。'"

"跟克鲁波夫一道，到纳格洛夫家的家庭教师那儿去?"玛丽亚·斯捷潘诺芙娜问道。她自己也不大明白是什么缘故，感到一种激动，而且掩饰不住这种激动。

"是的，太太，那人是这城里的中学教员，在教着什么……"

"果然是到这种地方去的吗？我早看出他是一个游荡子弟，所以也不奇怪。他的家庭教师，从他小的时候，就拉他加入了共济会。以后哪里会走正路呢？年纪轻轻的，没有人管束就住在法国京城里，你只要一听'巴黎'这两个字，就会想象出那里的道德怎样了……他对纳格洛夫那个养女有了不端的念头了，真干得好事。唉，世风不古！"

"那个丈夫倒实在可怜，玛丽亚·斯捷潘诺芙娜，虽然是别人家的事，代为想想也难受。听说还是一个很正气的人呢。那女的出身就不好！我这一辈子见过不少的人，农奴血统绝没有好东西！"

"还有那个克鲁波夫大夫，倒也干了一份好差事！干得真不错，这个老不死的，连上帝也不怕了！原来他也是共济会，所以替同党帮忙，而且一定从别里托夫那里拿了不少的钱。这又为什么呢，把一个女人糟蹋了。安娜·雅基莫芙娜，您觉得怎样？这个吝啬鬼还要钱做什么用？一个孤老头儿，半个亲人也没有，这个该死的守财奴，他对于穷人是连一个铜子也不施舍的。简直是以色加里亚地方的犹大！这种人结局不知怎样？一定是关在牢里跟狗一样死去！"

安娜·雅基莫芙娜谈话谈得忘神，又喝完了三杯茶，终于准备回家了，把眼镜取下放在盒子里，叫人到门房里问问她的跟班马克修特卡已经来接没有，知道马克修特卡老早已经等在门房里，站起身来，又用同样的神情在老题目上谈了约十五分钟。玛丽亚·斯捷潘诺芙娜好久以来对这位寡妇已经不十分殷勤招待，因此只送她走出廊下。胡子蓬松的马克修特卡已经等在那里，他是一个六十光景、样子可笑的老头儿，穿着黑领子粗呢外套，样子很肮脏，发散着粗陋的味道，一只手拿了安娜·雅基莫芙娜的兔毛大衣，另一只手放进衣袋里捏着一只鼻烟壶。他心里很不高兴，因为他刚在门房里同人家下棋，差一点儿就将杀了人家的皇后，正当肮脏的指头放到棋盘上去取它的时候，门打开，女主人走进来了。"呸，杀头老鸦！"他在寡妇太太安娜·雅基莫芙娜的干瘪的肩头给她穿上兔毛大衣，嘴里不觉怨骂了一声。

"真是无用的东西，怎么样穿大衣，教了不知好多次，总是教不会。"安娜·雅基莫芙娜申斥了一句。

"太太，我也到了应该告退的时候了，以后您另外去找一个伶俐点儿的用人吧。"马克修特卡又喃喃地说。

"唉，太太，做寡妇真不容易，我受尽一切人的气，就是一个无聊小子的闲话也不能不忍气吞声。有什么法子呢，天生是个女人。

179

要是男人还活着，这种浑蛋东西谁还理他呢……他也会规规矩矩了……但愿上帝别让太太也受这样的磨难。"

这些话也一点儿没有感动马克修特卡。他扶着女主人的手臂走下阶沿，回头望一望送客的人，向安娜·雅基莫芙娜投了一个眼色。杜白索夫县贵族团长府上的用人们见了，心里大大地高兴。

善良的玛丽亚·斯捷潘诺芙娜听到了这样的新闻，捉住了不仅别里托夫，还有克鲁波夫的丑史，从此可以到处去吹。读者可以想象得出，她是怎样的高兴和得意。毁坏一个女人的名誉的谣言，是最容易传播开去的。这实在是不胜遗憾，但有什么办法呢？一个人的人格成为大阴谋的牺牲品，这种情况是常常有的。

4

可敬的寡妇安娜·雅基莫芙娜，在同属可敬的太太玛丽亚·斯捷潘诺芙娜家里喝着茶，满怀着女人心中特有的柔和的感情，忘神地谈到了别里托夫。正在这个时候，别里托夫本人满脸愁云，坐在自己的屋子里，很忧伤地在想着一件苦恼的心事。假使他有千里眼的本领，也许他还容易排遣，越过一条肮脏的大街，再越过一条也是肮脏的小巷，他就立刻可以清楚地听见两个妇人正怀着对他的命运的真实的同情，在那儿谈他。一个妇人讲，另一个妇人在脸上表示自己也很关心地听着。可惜别里托夫没有这种千里眼的本领。不，要是他不是一个被西欧新文化所毒害的俄国人，至少他也得打几个嗫。这种打嗫，证明远方有谁在想起他。但在今天这否定的时代，打嗫已失掉它的神秘性，只不过是胃脏的一种现象罢了。

不过，别里托夫的忧郁症，跟那两位太太喝第六杯茶时所谈的事完全没有一点儿关系。这一天，他起得很迟，感到头昏脑涨。昨晚上他看了很久的书，而且是在半睡半醒中模模糊糊看的。近来他得了一种恍恍惚惚的毛病，越来越厉害了。头脑总是不清醒，永远有一种苦恼的思想压迫着他。他永远觉得爽然若失，心思不能集中在任何一件事物上。他整个钟头抽雪茄，喝咖啡，好久好久地想着今天该做些什么事。看书，还是散步呢——后来，他决定还是散步，便脱去了软鞋。但是，忽然记起自己规定每天早晨读政治经济学方面的新著作，他又穿上软鞋，拿起一支雪茄。这样把攻读政治经济学的准备都做好了。可是不幸得很，雪茄盒旁边放着一本拜伦的诗集。他躺在沙发上看《唐璜》①直看到五点钟。他看完了再看看表，已经很迟了，不觉吃了一惊，连忙叫执事赶快准备服装。但是，他感觉到惊异以及发出命令实际都是出于本能，因为他并不要往哪里去，是上午六点钟也好，是半夜十二点钟也好，对他反正都是一样。在国外住久了的俄国人，老爱把服装弄得整整齐齐，但是一到乡下住下来，又放弃了这种习惯。这时候，他下决心要攻读政治经济学了，依然躺在原处，打开了一本讲亚丹·斯密②的英文小册子。执事拉开一张小桌子，预备吃饭了。执事在国外获得的东西，比他的主人要多，他不慌不忙地布置食桌，放好水瓶和葡萄酒瓶，又搬来一张桌子，放上一小瓶苦艾酒和一碟黄油，然后再把自己布置好的东西重新看了一看，看看一切已经准备舒齐，便出去端汤去了。约莫过了一分钟，他没有拿汤却拿了一封信进来。

---

①　英国浪漫主义诗人拜伦的讽刺长诗。
②　亚丹·斯密（1723—1790），英国资本主义发展时期的经济学家。

181

"哪儿来的?"别里托夫眼睛不离开亚丹·斯密的小册子问道。

"恐怕是外国来的,邮戳不是我们俄国的,还是一封双挂号。"

"哦,拿过来,"别里托夫放下了书。"是谁寄来的?"他想了。"奇怪,是日内瓦来的……不,不会是他……不会……真奇怪……"

不必做这样的推测,只要拆开来看第四张信笺末尾的署名,岂不是立刻就可明白,这是毫无疑问的。但大家为什么都爱瞧着信皮,做这样的推测呢?这实在也是一种人心的秘密,因为谁都喜欢自己有料事的本领。

终于别里托夫拆开来看了,一行行看下去,他的脸色一点点苍白起来,泪水充满在眼睛里了。

这封信是乔塞夫的外甥写来的,他向别里托夫报告舅父的死讯。那位朴实和蔼的老人一辈子生活过得像流水一样的平静,没有一点儿阴影,他的死也是同样的平静。他在日内瓦附近一个乡村学校里当了多年专任教员。有两天工夫,身子不大舒服,第三天自己觉得好多了,蹒跚着到学校上课去,他在讲堂上昏倒了。人家赶忙将他抬回家里,给他放血。他神志恢复过来,头脑很清明,对惊慌得茫然若失的、围在他床前的孩子们告了别,嘱咐他们常常来望望自己的坟墓。以后又叫人拿了符拉基米尔的画像来,恋恋不舍地望了好半响。对他的外甥说:"这个人会变成怎样一个出色的人物……只有我这老头儿知道得最清楚……把这张画像寄给符拉基米尔去……他的地址在我那只外边贴着华盛顿照片的旧纸夹里……唉,符拉基米尔,真遗憾……真遗憾……"

"以后,"他的外甥在信里写着,"病人开始呓语,他的脸上露出生命在最后一刻的沉思的表情。他叫人把他扶起来,张开了明亮的眼，对孩子们想说什么话，但舌头已经不听使唤。他向孩子们笑了一笑，白发苍苍的头向胸前垂下来。我们已将舅父的遗体葬在村中公墓里，葬在一位钢琴演奏家和一位画家的墓中间了。"

别里托夫看完了信，放在桌上，揩一揩眼泪，在屋子里踱起步来。后来站在窗边，再拿信从头到尾看了一遍："真是一个难得的人，一个难得的人！"他低声喃喃地说道，"他又是一个多么幸福的人。对一切境遇都满足，能够孜孜不倦地工作。不管命运将他抛到什么地方，他都能够有所作为……唉，现在这世界上，我的亲人只有一个母亲了，再也没有别人……再也没有别人。只要能偶尔得到他的音讯，就多么好呀……只要知道他还活在这个世上，我就十分满足了。可是，他已经死了！唉，这叫人多么难受呀！人要是完全明了将来的事，还有哪个愚人愿意活下去呢。"

"汤冷了，符拉基米尔·彼得洛维奇。"执事明白信里一定不是好消息，带着同情的神色说道。

"呃，格里戈里，"别里托夫问道，"从前住在我们家里的那位先生，你还记得吗？"

"那位瑞士先生吗，那怎么会忘记呢！"

"他，他死了。"别里托夫说着，为了掩饰自己的激动，转过脸不看格里戈里。

"愿他早升天国！"格里戈里又说，"他真是一个好人，对待我们也一点儿没有架子。不久以前，我刚和家里的总管马克西姆·费陀洛维奇谈起了您，老实说，马克西姆·费陀洛维奇对您敬佩不置。我是托您的福，跑了好多国度，见识了不少地方。他一辈子没有从这个乡下地方走出过一步，但他却也感到惊异，他说：'不消说，少爷那种好脾气，是老爷太太的遗传，不过那位先生的感化，也占了一大部分，他是多么尽力地教他啊。我现在还记得，村子里农家的孩子来给少爷请安，先生一定要叫少爷脱帽还礼。这种人简直像天使一样了。"

别里托夫不作声，悲伤地喝着汤。

乔塞夫的死讯，自然而然使别里托夫回忆起青年时代的一切，接着，又想起整个生涯。他记起乔塞夫的谆谆教诲，他是多么热心地接受了，多么真心地相信了！可是一见到现实的社会，一切都和乔塞夫所说的相反。而且更奇怪的，乔塞夫嘴里说的话，都是很可靠很正确的，无论到哪儿去都是正确的，可是对于别里托夫，一切都变成谎话了！他将当时的自己与现在的自己比较，把这两个不同的人物联系起来，除了一条记忆的线索外，再没有一点儿共同之处了。当时的自己，充满着希望，怀着自我牺牲的信心，秉着一股勇往直前的气概，不管如何艰苦的工作，不管如何没有报酬的辛劳，都肯上前去干。但现在的自己，完全屈服于外界的环境，失去了希望，只是寻求着消遣的场所。

当格里戈里拿来了邮局送来的画像，别里托夫急忙打开纸包，迫不及待地拿出画像来……一看到过去自己的面影，他突然变了脸色，几乎不敢去看这张画了。在这儿，正呈现出他刚才在想的情形。这洋溢着青春的脸，是多么光辉多么富于朝气！脖子敞开着，衬衫的领子披在肩头。一种不能描摹的思索的神情掠过在他的唇边眼角。这种思索的神情，预示对未来的强烈的信念。"这个青年会做出伟大的事业来！"每个理论家都会这样说。乔塞夫先生也这样说过。可是他只成了一个虚度岁月的游历者，最后在这 NN 城歇下来，想从贵族选举中谋到一个职位。

别里托夫眼里显出责备的神色，凝然望着画像思忖："那时我十四岁，现在我已经三十岁了，以后到底还有什么呢？不是只有灰色的暗影吗？只是继续过那忧郁枯燥的生活吗？要开始新的生活已太迟了，但是再继续旧的生活也不可能了。几次开了个头，几次相会过……但结果终于空虚，孤零零地被丢弃了……"

这条沉痛的思想的线索，被克鲁波夫大夫跑来打断了，不过这思索现在是用对话的形式继续下去了。

"怎么样，别里托夫，身体还好吗？"

"啊，您好，谢缅·伊凡诺维奇！您来得正好，我正忧郁悲观，非常难受。也许我身体不大好吧！不知有没有发热。虽然不是什么大不了，总觉得老是这样紧张。"

"您的生活方式恐怕不大好吧？"克鲁波夫医生为了仔细按一按脉，一边卷起呢外套的长袖子，一边说道，"脉不大好。您的生活要比平常的人过得快一倍，您既不爱惜车轮，又不爱惜润滑油，这样是走不了长路的。"

"我觉得自己精神上、肉体上好像都不行了。"

"还早着哪。现在这时代的人，生活都过于紧张。您必须当心身体，万事节制呀。"

"怎样节制呢？"

"方法很多。早睡，早起，少看书，少思想，多散散步，摒除烦恼的念头。酒可以稍微喝一点儿，不过浓咖啡应该绝对禁止。"

"您似乎以为这一切都很容易办到，特别是摒除烦恼的念头……我应该长时期这样疗养吗？"

"一辈子。"

"哎呀，我的老先生，这样一来，人就要闷死了，腻死了，而且，终日奔忙，又为了什么呢？"

"你说为了什么？我觉得一个人要长寿，活得比别人久，自然需要相当的牺牲呀。"

"那么，要长寿做什么用呢？"

"你这话问得真怪！做什么用，这为什么要问呢？我也不知长寿做什么用，不过，活着就是了，无论如何，活着总比死好，一切生物都爱生而恶死。"

"假使有人不爱生怎么办呢？"别里托夫苦笑着说，"拜伦说得很明白，一个坚强的人，不能活到三十五岁以上。那么，到底有什么长寿的必要呢？长寿岂不十分无聊吗？"

"您一定受了那些讨厌的德国哲学家的影响，听信了他们的那些诡辩了。"

"在这点上，我是拥护德国哲学家的。我是俄国人，所以我学着通过生活去思想，决不从观念去生活。今天我们碰巧谈到了这个问题，让我听听您的高见。比方我以后不是十年，而是还有五十年好活，您想这到底有什么好处呢？在我的生活中，除了母亲之外，还有谁需要我呢？而母亲自己，对我的前途也没有什么希望。我精力衰弱，性情又有许多缺点，说实在的话，已经是一个没有用处的人。同时，我相信我是自己生活的主人。当然我厌恶生活还不致用手枪打自己的脑袋，可是我爱生命，也不至于遵照医生的话拼命去调养，为了长期维持病人的生活，而竭力拒绝强烈的感动和美味的食物。"

"您简直愿意过慢性自杀一般的生活了。"克鲁波夫气鼓鼓地反驳，"照我看来，您只因不做事逛逛去，所以对生活完全厌倦了。不做事，的确是无聊得很。您跟一切有钱人一般，没有劳动的习惯。要是命运给了你固定的工作，把你的田产'白田'夺去，这样，您就会劳动了，你为自己和为面包而劳动，可是，这对于别人也有用处。世界上一切事情都是这样。"

"对不起，谢缅·伊凡诺维奇，您以为除了饥饿以外，再没有使人投身劳动的强烈的冲动了吗？但是，仅仅想对别人显显自己的本领这种欲望，也会使人劳动的。仅仅为了面包，我是不会去劳动的。为人一生劳动，固然可以不致饿死，但劳动不只单单为了不饿死——这才是有益而聪明的生活方法呢。"

"那么，你吃得饱饱的，又有表现自己的欲望，结果做了些什么事呢？"老医师已经完全生气了，恨恨地问。

"毛病就在这一点上。当然我也不是出于自己高兴，给自己挑选了这种空虚无聊的生活。我生来没有那种可以做专门学者的天资，同时也没有生来当音乐家的才能。可是要走其他的道路，我觉得我更没有那种天资……"

"您这么说，是安慰自己吗？这地球对您是太窄了，地方太少了。因为您没有坚强的意志，没有不屈不挠的精神，那就是所谓'gutta cavat'（拉丁文：雨滴）……"

"'Lapidem'（拉丁文：石头穿）是不是？"别里托夫接着说下去，"您确是一个积极的人，所以你提出了意志的问题。"

"您就是一张嘴，说得漂亮。"克鲁波夫说，"不过无论怎么说，我总以为一个好的工人，一天不工作就一天活不下去。"

"那么我问您，那些里昂的工人①，要做工没有工做，终于饿死，又有什么法子呢？他们是开玩笑开得失掉了理智还是什么事情不会做？哎，谢缅·伊凡诺维奇，不要忙着下诊断、开方子，什么要精神上安静，吃什么密酸模②吧。精神上安静是办不到的，密酸模又有什么效验。即使是毫无用处的力量，只要能意识到它的存在，总比害病好一些。那还用得到什么调养。您记得拿破仑对安东马克医生说的话吗：'这不是长在体内的癌，是长在体内的滑铁卢。'每个人心中都有滑铁卢！好吧，谢缅·伊凡诺维奇，到克鲁采弗尔斯基家去好吗？到他家里，我有两次治好了忧郁症，这种药物比世界上一切的煎药都有效果。"

"啊，对不起，对不起，我忘记了！您的确是一位名医，谢缅·伊凡诺维奇！"别里托夫放下雪茄，对医生笑着回答。

在这儿，我们也得跟玛丽亚·斯捷潘诺芙娜一起，提出一个疑问：在那个教员的寒酸的家庭里，到底有什么东西使别里托夫这样牵挂？是别里托夫在克鲁采弗尔斯基身上发现自己的共鸣者——朋友了吗？他是不是爱上了克鲁采弗尔斯基的太太？对于这个疑问，即使别里托夫自己真想说实话，要他明白地回答也有很大的困难。总之，他在种种方面和这个家庭接近了。

选举在举行聚餐和跳舞会后结束了。不用说，别里托夫在选举中落了选，但他在民事法庭还有一件案子，需要了清后才能离开 NN 城。如果他不跟克鲁采弗尔斯基一家接近，留在 NN 城对他将多么无聊，这在读者也是容易想象的。

---

① 这里指 1831 年和 1834 年里昂工人武装起义时的艰苦处境。
② 一种植物。

克鲁采弗尔斯基家的安定平静的生活，对别里托夫来说是一个完全新颖的吸引人的地方。他埋头在一般的问题、学问和理论之中，在国外都市里，经历了过去的生涯。在这些都市中，接近家庭生活是很困难的。他在彼得堡也住了几时，在那儿也不大有这样的机会。他以为家庭的幸福只是无聊的庸人的念头，也是他们独有的东西。但是克鲁采弗尔斯基夫妇的情况就不一样。

克鲁采弗尔斯基的性情很难确定，可说是一种极端温文可爱的谦和的女性的性格，他是这样的淳朴纯洁，使任何人都不能不爱他，虽然这纯洁，有些像不知世故、天真烂漫的孩子。像他这样不知道现实生活的人是难得看见的。他所知道的一切，都是从书本上得来的，所以很不可靠，带有罗曼蒂克的、外表上华丽的色彩。而且他彻底相信茹柯夫斯基在诗中所歌咏的世界的真实性和飘浮在太空中的理想。他自从结束了与社会隔绝的学校生活，就马上投身到从来只有在莫斯科戏院的舞台上才见过的热情和斗争的世界中。在一个灰暗的秋天，他很平静地开始了生活，在那儿等着他的，是可怕的贫穷的生活。他看一切事物都好像与他有不共戴天之仇，都是异己的。青年学士渐渐学会只有在幻想的世界中能找到欢乐和平安，他便逃避了世界上的人事，沉浸在幻想中。那种外部生活的贫穷，将他赶到纳格洛夫的家里。跟现实生活的接触，使得他更孤芳自赏，不和人交往了。他的天性柔和，没有想到会跟现实生活交锋，遇到现实生活一开始进攻便退却了。他只希望人家让他过清静的日子。但在这个时候，心中却滋生了爱情。这样的爱情既不疯狂，也不盲目，却是一种永恒不变，一种在自己胸头再没有留一点儿，将自己整个儿献给对方的爱情。神经的兴奋，不绝地将他陷入了一种忧喜

189

无常的状态，他永远准备日坐愁城，以泪洗面了。他喜欢在静谧的黄昏时久久地望着天空，谁也不知道他在这静谧之中望见怎样的景色。他又常常握紧妻子的手，眼中现出一种不能言说的欢喜的神情，凝视着她的脸。但是在欢喜中含着深刻的悲哀，使柳波芙·亚历克桑特洛芙娜不能忍受而悄然地流下泪来。在他的行动中，可以看见与他脸上所表现一般的柔和、镇静、诚恳与谦和的深思。这样的人，怎样爱着他的妻子，是不必再说的了。他的爱不断地深化起来，因为再没有别的东西牵惹他的心，更使他一往情深。他不能两个钟头不看见妻子的深蓝色的眼睛。她出去不在预定的时间回来，他心里就焦灼不安。总之，事情十分显然，他在妻子身上扎下了生活的根。而他的生活环境，又加深了他这一点。

NN城中学的教员，正如我国过去学校的先生一般，大部分都是被乡村生活弄得迟钝而疏懒的人物，大家都受严重的物质生活的压抑，完全失掉了进修的欲望。我们虽然不以为克鲁采弗尔斯基具有钻研学问，将全部生活贡献于学术问题，从这儿解决自己的生活的才华，但他对学问有相当的兴味，除了没有得到财产而外，确也得到了一些东西。他完全没想到自己去订购书籍。学校里虽然可借到书，但没有一本可以引起青年学者的兴味。原来乡村生活对于想多多积蓄不动产的人，对于不愿使自己身体不活泼的人都是有害的。在完全缺乏探讨理论的兴趣的生活中，有哪一个人能在精神上昏昏欲睡的环境中，不做着不是甜蜜的然而却是长久的梦呢？人们必须有外部的刺激，必须有每天使他和全世界的事件发生联系的报纸，必须有杂志向他报告现代思想的动态，与别人的谈话也是必需的，戏剧也是必需的。和这一切完全隔绝当然也可以，有人以为这些都是无用的。但这样一来，这一切固然变成真正的无用，同时连这个人也完全变成无用的存在了。

克鲁采弗尔斯基远不是那种意志坚定、性格强韧、能够自行创造自己四周没有的东西的人。对于自己周围的事物完全缺乏人类所固有的兴趣，这件事对他来说，与其说是发生了肯定的影响，还不如说发生了否定的作用。特别是刚结婚以后，即在他一生中最幸福的时期，更是如此。后来他养成了习惯，独自沉溺于梦想，重新想着已经继续想了好多年的思想，热衷着研究学问，或是埋头于早经解决的问题。他在爱的生活中，去追求满足更现实的精神上的要求，而且在妻子的坚强的性格中，发现了一切。已经继续四年之久的与克鲁波夫医生的争论，也像乡村生活一样停滞不前。两个人在这四年中，每天每天讨论着几句重复的话。克鲁采弗尔斯基拥护唯神论，克鲁波夫老人用医学唯物论给他毫不容情的迎头打击。两个朋友的生活就像河水在静静的河床里潺潺地流去。

正在这时候，一个具有不同性格的人加入到他们中间来了。这个内心非常活跃的人，对现代的一切问题都抱有兴味，有百科全书一般广博的知识，而且有天赋的大胆敏思的才能。克鲁采弗尔斯基不知不觉地钦佩起这位新朋友的富于精力的天资来。同时，在别里托夫一方面，再也逃不开克鲁采弗尔斯基太太的影响。有坚强的性格而无专门的事业的人，几乎是不可能避免富于精力的女性的影响的。当一种坚强的精力力量用美丽的女性的外形显现在跟前的时候，能够不受她的影响而茫然保持自己独立性的，只有眼界狭窄的人，特别钝感的人，或是完全没有性格的人。事实上，别里托夫天生一副热烈的性格，缺乏自制的习惯，因之便成为一个容易着迷的人，一见到女性的妩媚和美好的脸就会动心。过去他已经有过许多次很疯狂的恋爱。他的对象，有歌剧明星，有女舞蹈家，也有在温泉独居的来历不明的女人，也有永远想仿照席勒式的恋爱，在夜莺的歌声中间，到处在人的面前发誓永远爱他的、脸腮红红的金发的德国女子，也有纵饮作乐、不顾面子的火一样热烈的法国女子……但是别里托夫从这些女子身上从不曾受到过像这位克鲁采弗尔斯基夫人那样的影响。

别里托夫刚和克鲁采弗尔斯基家认识的时候，就有与她相好的心思，对于这种事情，他有的是相当丰富的手段。贵族的环境或虚伪的礼仪是拘束不住他的，而且因为一向惯于对付那些容易上手的女性，颇有相当的自信。他为人机智，善于花言巧语，他具有一切可以博取乡村女子欢心的东西。可是这目光敏锐的别里托夫，终于明白对付这一次的猎物，那种网罟是太无力了，便停止了这种庸俗的求爱方式。在这僻远的地方出现在他面前的女人，是一个那么朴实、那么天真、那么头脑灵敏和精力充沛的人，使得别里托夫急欲把她弄到手里。开始时对她进攻非常困难，因为她对自己既不防备也不警戒。可是另一种更富于人情味的关系，使克鲁采弗尔斯基夫人和别里托夫很快地接近了。克鲁采弗尔斯基夫人很了解他的悲哀，很了解萦绕在他心头使他苦恼的原因。她比起克鲁波夫医生那些人来，更深刻更正确地了解他，例如，她了解她不能够对他采取旁观的态度，对他不表示同情，当她注视他的时候，她觉得越来越理解他，对这个由于精力过多和见识过广而苦恼的人，她一天比一天发现他新的方面。别里托夫马上明白克鲁波夫医生的好心的道学的同情，动不动流泪的德米特里·亚科夫列维奇的罗曼蒂克的同情，和他在克鲁采弗尔斯基夫人身上所见的衷心的同情，它们之间不同。当他们四个人坐在同一屋子里的时候，别里托夫多次遇到述说藏在自己心坎深处的信心的机会，但他因一向的习惯，终于隐忍了。而且照他的脾气，稍稍露出口来的时候，也差不多总是夹进俏皮话，或是把它轻轻地带过去，所以听的人多半总是搭不上腔来。但他只要把含愁的视线投到克鲁采弗尔斯基夫人的脸上，便有一丝轻轻的笑影掠过他的两腮，因为他明白她是一切都了解的。这两个人便不知不觉地陷入过去柳波尼加与德米特里·亚科夫列维奇在纳格洛夫家同样的情境（做这样的比较是很遗憾的，但是没有别的法子）。

在那时候，柳波尼加和德米特里只消说上一言半语，便已经互相了解。这样的同情是不能推进，也不能压抑的，它不过表示两个人中间成长着真实友谊的事实，不问这两人是在什么地方和怎样的情形下相遇。要是两人互相了解，懂得互相亲热的关系，一旦环境需要，每一个人都会为了进一步发展亲热关系而牺牲一切。

"猜猜这个是谁？"别里托夫把自己的画像递给克鲁采弗尔斯基夫人，说道。

"这是您呀！"夫人差不多像叫唤似的说，脸涨得通红，"您的眼睛……您的额角……您真是一个美少年！好一张无忧无虑的、大胆的脸……"

"嘿，拿一张十五年前的画像给一位太太看，这是很需要一点儿勇气的。可是我总忍不住不给您看，使您亲自见到：'美丽的姑娘呀，我是这样年轻吗？①'可是您一眼就知道是我，这倒实在有点儿奇怪。那时候的面目，现在一点儿也没有留剩了。"

———————

① 这句诗引自普希金的长诗《叶甫盖尼·奥涅金》。

"这是很容易看出来的。"克鲁采弗尔斯基夫人依然眼睛望着画，答道，"您为什么不早点拿来给我看？"

"我今天才收到它。我的好朋友乔塞夫在一个多月前死了，他的外甥把这张画像同信一起寄来。"

"啊，可怜的乔塞夫！我自从听您讲过他，他也变成我最好的朋友了。"

"这位老先生是在平静地授课的时候故世的，无论是没有见过他的面的您，无论是受过他教育的一群孩子，或是我和我的母亲，都怀着深深的爱和悲哀悼惜他。他的死给许多人一个猛烈的打击。这一点，我就比他幸福得多了，我要死在我母亲的后头，大概不会使谁悲哀吧，因为我对谁也没有什么关系。"

别里托夫说的虽然是老实话，其实却带一点儿故意造作的意味，他希望从柳波芙·亚历克桑特洛芙娜那里得到温暖的回答。

"您不要这样想。"克鲁采弗尔斯基夫人注视着别里托夫的脸回答。别里托夫垂下了眼睑。

"咳，我死了之后，谁哭谁笑都没有关系。"克鲁波夫医生说。

"这个我可不能同意。"克鲁采弗尔斯基插进嘴来，"我非常了解，如果在死的时候，不但没有一个亲人在旁边，而且在整个世界上也没有一个亲人，只由陌生人冷冰冰地在坟上扔一把土，然后就把铁锹轻轻放下，拿起帽子回家，那是多么可怕的事。所以，柳波尼加，假使我死了，您一定要常常到我的坟前，这样，我就会轻松一点儿……"

"不错，是会轻松许多的。"克鲁波夫恼怒地插嘴说，"这就是说，轻得连称药的戥子也称不起了……"

194

"您这样说，好像除了乔塞夫先生，您一个朋友也没有了？"克鲁采弗尔斯基夫人问道，"果真是如此吗？"

"有是有过许多。热情相爱、衷心信赖的朋友，在过去的确不少。我在年轻的时候，也就是这样的人。但现在我变成完全不同的人了。唉，我已经不需要朋友了，友谊是青年时代的一种可爱的病毒。糟糕的是不能约束自己，认为所有的人都可以结交朋友的。"

"但是照我所知道的，乔塞夫先生不是您一辈子最好的朋友吗？"

"这是因为我们住得很远，十五年来，我们只碰见了一次，所以我们还可以做朋友。在那次一眨眼就过去的会晤中，我谈了许多过去的回忆，立刻就把我们两人间一向的距离轻轻掩过去了。"

"乔塞夫先生回瑞士以后，您还碰见过吗？"

"见过一次。"

"在哪儿？"

"在他死的那个乡村里。"

"已经好久了吗？"

"大概在一年以前。"

"那么您再不要讲这些丧气的话，最好还是谈谈跟乔塞夫先生见面时候的情形吧。"

"好吧。我很愿意讲给您们听，我最爱谈到他。事情是这样的：

"去年初头，我从法国南部到日内瓦。为什么要去日内瓦？我很难说明。我不愿意到巴黎去，因为我在巴黎什么也不能做，一到那儿，我心里就嫉妒起来：四周的人们都忙忙碌碌地做着事，吵吵嚷嚷，但我只是到咖啡店里看看报纸，做一个好似很安逸而其实完全无缘的游客，在街上闲荡。我以前没有去过日内瓦。那是一个很幽

195

静的城市，所以我决定在那儿过冬。我想在那儿研究政治经济学，空下来的时候，考虑一番明年夏天到什么地方去度过，做一些什么。当然，我一到那儿的第二天或第三天，就到向导人和银行家那里去，到处打听有人知道乔塞夫先生没有，有人听到他的消息没有。可是没有一个人知道他。只有一个老钟表匠跟他很熟，说小时候和他一起上过学，自从乔塞夫去彼得堡以后，一次也不曾碰见过。

"这使我心中十分愤恼，便停止了探访。研究工作也进行得不好。初春的一天，是一个晴朗寒冷的日子。习惯了漂泊生活的我，又想到外面去溜达一番，我决定在日内瓦近郊走一走。道路对于我有很奇怪的影响。我一上路，精神就振奋起来，特别是步行和骑马，那比坐车有震动的响声，使人分心，而且有车夫在一起，又打扰了孤独要好得多。但是骑了马，或者手里拿根手杖独自信步走去，前面的道路真个是曲径通幽，无论走到哪里都碰不见人，只有树木、小河、在树枝间飞鸣的小鸟……风景多么美啊！

"有一次，我这样走着，走到离日内瓦有五六里的地方。我独自走了很多的时候……忽然，旁边的小路上跑出二十几个乡下人来，大家起劲地讲着什么，样子滑稽可笑。他们在我的身边走着，却没有留心到我这个陌生人，因此我完全听到了他们的话。好像是选举省会议员，乡下人分作两派，明天就要最后投票了。看他们的样子，完全被这选举问题迷住了。他们挥舞着手，把帽子抛向天空。我坐在树荫底下，这群选举人在旁边走过去了，但还有断断续续的煽动人心的话声，和保守派反对的论调，传到我的耳朵里来。每次看见这样忙着事务，热衷于事务的人，我总是怀着羡慕的心情……

"直到路上走来一位新朋友，我才从惘然若失的心情中恢复过来。这是一个体格强壮的青年，穿着宽大的工作外衣，戴顶阔边灰色帽子，肩头背着一只背袋，嘴里含着烟斗，他跟我并排坐在树荫下。一边坐下，一边用手在帽檐碰一碰，对我打了招呼。当我向他答礼的时候，他就把帽子摘下，揩拭脸上跟美丽的栗色头发上的汗水。我看出这是一个谨慎小心的人，向他笑了一笑。因为他特地使我知道不是为了我才摘下帽子的。这青年坐下来，马上向我问道：

"'上哪儿去啊?'

"'我实在也说不上来，我只是随便走走。'

"'您一定是一位外国人吧?'

"'我是俄国人。'

"'啊，好远的来客……这时候，贵国天气一定还很冷吧……'

"别国的人讲起俄国来，照例总不能不讲到寒冷和飞快的骡马车，虽然这时候天气并不特别寒冷，童话似的马车也不存在。

"'是啊，这时候在彼得堡完全是冬天呢。'

"'您喜欢这儿的天气吗?'这瑞士青年得意地问。

"'很好呀，'我答道，'您府上就在这儿吗?'

"'是的，我就是在这附近的村子里生长的。今天从日内瓦回到故乡村子里去参加选举。我虽然还没有正式的选举权，不过另外有一种选举票，不加入得票票数内，但是它有拉拢群众的能力。怎么样，假使没有事，一起到我家里去走走。一到家，母亲一定会给我们好东西吃。有牛油，也有酒。到了明天，再看看我们这一方面怎样打倒老年人。'

"'哦，这个人是激进派!'我想着，又重新望望这青年的脸。

"'那么，就到府上去吧。'我对他说，伸出自己的手，'我是没

197

有关系的。'

"'您见了选举的情形一定会感到兴趣。贵国是没有选举的吧?'

"'谁跟你这样说的?'我回答道,'你们学校里的地理教员一定很不行。俄国不但有选举,而且有很多。有贵族选举,有商人选举,有小市民选举,有村民选举,就是地主领地的农奴之间,也有选举首长的权利。'

"青年的脸红了。

"'我学地理是好久以前的事了,'他说,'而且学的时间很短。我们的先生,不瞒您说,实在是一位很好的先生。他本人就在俄国住过,您要是愿意,我可以给您介绍。这先生是一个了不起的哲学家,他可以做一个伟大的人物,但他却宁愿做我们的先生。'

"'这好极了。'我不想见这种乡村教师,不过随口这么说了一句。

"'那位先生,的确到过贵国的。'

"'到过什么地方?'

"'到过彼得堡和莫斯科。'

"'他叫什么名字?'

"'我们叫他乔塞夫老爹!'

"'乔塞夫老爹?'我疑心自己的耳朵,又重问了一次。

"'是的,你为什么这样吃惊呀?'那青年反问我说。

"不消说,经我问了几句话,知道这乔塞夫老爹一点儿不错,正是当过我教师的乔塞夫。我连忙站起来,加快了脚步。这青年给了我意外的喜悦,同时又使自己无限敬爱的乔塞夫先生也得到了意外的喜悦,真是高兴得不得了。我向这青年问起这位老人的生活状况,听他详细说了之后，马上明白先生跟过去一样，依然是那么朴素、善良、热情而年轻。我听了这些话，知道我的年龄似乎超过了乔塞夫先生，比先生老朽了。先生在这村子里当小学校长兼舍监，已经五年了。这五年中，他做了超过他的职务所需要的两倍的工作。他把自己的一小部分藏书向全村公开了。他又有一个园子，空下来就同孩子们一起在那儿游玩。

"当我们走到先生那座小巧精致的住屋面前，夕阳的余晖正映着这座倚山建筑的小屋，衬着背后高山的反射，显得更加明亮。我想突然进去惊吓这位老人可不大好，就请那青年先进去通报，说有一个俄国人要看他。乔塞夫先生正坐在园子里的长椅上，靠着锄头休息。他一听到俄国人这句话，吃惊地站起身子，急急向我走来，我俩投身在他的怀抱里。第一件使我惊愕的，是隐藏在时间中的强烈的破坏力。我离开他还不到十年，可是他变得多么厉害！头发差不多已经没有了，面容憔悴，步履已不怎么健朗，走起路来曲着腰，只有眼睛跟过去一般，依然发着青春的光辉。先生见我的时候是怎样地欢喜，我简直没法儿说出来。他哭着，笑着，问我许许多多的话，问我家那条纽芬兰种的狗还在不在，又记起我小时候顽皮的行为。他一边说，一边带我到一个亭子里，坐下休息了一会儿，便叫领我来的那个青年沙尔利，到地窖里去拿一瓶顶好的酒来。说实在的话，我无论喝什么上等酒，总没有这一次乔塞夫先生给我喝的带酸味的葡萄酒那样，一杯一杯地喝得高兴。我得意极了，满心感到幸福和青春。

"但是不久以后，乔塞夫先生问了一个问题，却把我的一天高兴打消得无影无踪了。

"'你一直在做什么事，符拉基米尔？'

"我向他讲了我自己失败的历史，最后这样地结束道：'当然我可以把我自己的生活弄得更有趣一些，但是这个样子，我却一点儿也不后悔。假使我没有青年时代的信仰，我自然可以获得健全的见解。这是很无味而忧郁的，但这也是真实的。'

"'符拉基米尔！'老先生反对道，'你不要太信任这种健全的见解。它会使你的心冷却，使你的心头消失了爱！我不能十分看透你的生活，你现在是很苦痛的吧，但是不要立刻放下武器。人生只有在斗争中才有价值……受过苦痛，才能得到报酬。'

"那时候，我对世事已经看得非常简单，但是这老人的话对我发生了极大的影响。

"'乔塞夫先生，还是谈谈您自己的事情吧，自从别了之后，您这些年怎么样呢？我的生活是全部失败，走了邪路。我正如从前译给您听的俄国民间传说中的英雄一般，走到了十字路口，叫喊着"这旷野上有没有活着的人呀？"但是终于没有一个活人回答我的呼声……这正是我的不幸……一个人在旷野中是算不得武士的……所以我丢弃了这个旷野，到您这儿来做客了。'

"'啊，你退却得太早了。'老人摇着头说，'我没有什么事情值得谈的，我不过静静地在这儿度我的余生。离开了你家以后，在瑞典住了一会儿。后来跟一个英国人到伦敦，在那边教育他的孩子，约有两年光景，因为我的思想方式同这位可敬的爵爷的意见是相去太远，结果就离开了他的家。我想念我的故乡，所以从伦敦就一直回到日内瓦来。回来一看，这儿只有我妹妹的一个小儿子，再没有别的亲人。这时候，我经过种种考虑，决定要在晚年做一番事业，正好这儿的学校缺一位教员，我就担任了这个职司，这工作对我十分满意。对啦，不是每个人都要站在第一线上的，各人应该做自己分内的工作，工作是随处都可以找到的。好好地劳动着，等最后休息的时候到来，再安安静静地休息。我们渴望得到光荣重要的社会地位，这种野心不过表示我们自己还没有成熟，表示对自己的很大的轻视而已。结果就产生依赖外界环境的心理。符拉基米尔，请你相信，事情就是这样的。'

"我们这样地谈了一个多钟头。

"我受了这次意外相逢的感动，心里特别愉快，情绪特别高涨。大半已经忘记了的青年时代的梦，又重新回来了。我看见了乔塞夫老人那张完全镇定的、一点儿烦恼也没有的脸，自己就感觉到一种非常的苦闷，我已经壮年了，这个事实很沉重地压迫着我。而乔塞夫老人是多么好呀！老年似乎有一种独特的美，这是不容易扰乱人的热情，而是相反地使人安静，给人平安。老人仅余的几丝白发，给晚风吹拂得轻轻地摇动。老人的眼受意外相逢的感动，含蓄着温和的光。我望着老人感到青春而幸福，我想起了古代天主教的僧侣。意大利学校里的音乐教师，也都是这个样子的。他们的头发虽然白了，看起来却非常的年轻。我心里想，他们虽然白发苍苍，而精神却是非常年轻。乔塞夫先生也正是这样年轻，倒是我反而暮气沉沉了。为什么我会知道许多他们所不知道的事情呢？

"乔塞夫先生站起来，要走进屋子里去，他拉着我的手，充满深深的爱，再三重复对我说：'你该回家啦，符拉基米尔，你该回家啦！'

"那天晚上住在他的家里。这一夜我翻来覆去地想着自己的前途，心里盘算着种种的计划。乔塞夫先生对我是太有力的实例。先生没有一点儿财产，而且到了这样老的年纪，还这样热心地开拓自己的事业，很镇定地献身于这个事业，而我却这样不安，离弃自己的祖国，成为一个一无所用的流浪者，在异国飘零着，做不出一点儿像样的事业……

"第二天早晨，我对乔塞夫老人表示，我立刻要回到故乡 NN 城去参加选举，做一点儿事业。老人流着眼泪，把手放在我的头上说：'好的，你回去吧。你知道，抱着一颗正直的心，专心致致于事业的人，他一定会完成许多的事业。'这样说着，老人又战栗着嗓子补充道：'这样，你的心也就安静了。'我们就这样分别了。从此我就到 NN 城来，而老人却到另世界去了。这就是全部的情况，这是我最后一次年轻的迷恋，从此我的教育就完毕了。"

柳波芙·亚历克桑特洛芙娜带着深深同情的目光注视着他。在他的眼和他的脸上，现出深刻的哀伤。他的悲哀不像克鲁采弗尔斯基那样出自天性，所以在别人的眼里，更显得强烈。观察深刻的人，马上会看出来，这是外在的环境长时间歪曲了这种明朗的性格，强迫它纳入阴暗的成分，渐渐侵蚀它，使它成为一个异样的形状。

"您为什么要到这儿来？"克鲁采弗尔斯基夫人小声问道。

"谢谢您，您问我这句话，使我要从内心感谢您。"别里托夫回答。

"当然啦！"德米特里·亚科夫列维奇说，"人到底为什么要有一种任何地方都不能使用的精力和意欲呢，这真是令人难解的。无论哪一种动物，都由于自然力而形成一种巧妙地适应一定的生活的方式。可是人却不然……这儿岂非有一种错误吗？人的心与头脑，大

202

概会反对人有一种专门折磨自己的强烈的精力和意欲吧。这到底是什么缘故呢?"

"您的话确实不错。"别里托夫起劲地反对了,"但是从这一点出发,您是不能解决问题的。问题是在于,精力这东西本身是不断地发展着和准备着的,而对于精力的需要是由历史来决定的。我想您一定知道,在莫斯科每天早晨有许多工人,打零工的和受雇佣的人走到劳动市场上去,其中只有一部分受雇佣去做工,其余的等待了好久,却悄然地耷拉着头回家,而且常常跑进酒店里去。人生的一切事业都是如此。大学毕业生跑到社会上,历史如果需要他们,他们就被雇佣。但如果不需要,他们就一直被生活折磨着。所以这一点,是一切活动家的最感兴趣的一点。比方法国需要将军——便有杜摩里、古雪、拿破仑带着一些元帅出来……数也数不尽。但一旦和平的时代到来,这种军事的才能,就一无所用了。"

"但是,那些剩下来的人怎样了呢?"柳波芙·亚历克桑特洛芙娜忧伤地问。

"是这样的,其中一部分,匿迹在群众中消失了影子。另外的一些,远远地逃到外国去,或者被流放或者供刽子手实习。当然这绝不是突然的。他们起先变成酒店的常客,变成赌徒,以后渐渐依照各人的职业,变成在大路上或者在小巷里的绿林汉。在这路上,忽然听到叫唤自己的声音,舞台上的场景立刻变换,强盗的影子消失了,变成了远征西伯利亚的英雄叶尔马克而出场了。在他们中间,差不多没有一个和善的人。他们坐在家中的火炉边,为毒害的思想所苦恼。实在地,人在没有出路的时候,那种想活动的热烈的欲望,便在他的心中变成一种病原体徘徊起来,一个人在不得不拱手而坐的时候……可是筋肉健全，血管里的血流得太多……那样的时候，人的头脑中就生长怪僻的念头。这时候，只有一件事能够救他，把他吞食……这，这便是那种意外的邂逅……便是碰到……"

说到这儿，他再不说下去了。

柳波芙·亚历克桑特洛芙娜不禁战栗了一下。

"这个头脑简直是支离破碎了！"克鲁波夫医生说，"他到底要说什么，糊涂得叫人难懂！啊哟，这种废话还说它做什么，我们的学士先生，要当陪审官或地方审判官了！"

大家扑哧地笑了。

5

NN城的许多名胜中，最引人注意的是公园。在俄国中部地带的丰富的自然中，公园完全是奢侈品，所以平常日子没有人去利用，不过每逢星期假日，在傍晚六点到九点，可以在那里遇到全城的人。但是这时候来的人，绝不是来看公园，而是互相来看大家的脸的。如果省长跟团长不闹意见，这时候军乐队便带着喇叭或大鼓到来。于是，大家立刻可以知道现在驻扎在这城里的是什么联队。

洛特伊斯加的序曲，白格达德酋长曲，使人想起古希腊自由时代的法国舞曲，和《莫斯科电报》等一起演奏起来，给那些穿缎子和丝绒做的夏服的商人太太，以及谁也不会对她们献殷勤的乡下太太（其中几乎没有四十以下的人）消遣。但是上面说过，平常日子公园是完全空的。因为没有马而不得不留宿在城里的旅客，也不会因看见这城跟别的城完全一样，便感到索然而想看看不同的风物跑到公园里去。正如诗人们在久远以前所观察到的，大自然对于人们在它的背上究竟做什么事，是极端不关心的，它见了诗不会哭，见了散文不会笑，只是自以为是地做自己的事情。在 NN 城，大自然也就是这样做的。公园里没有一个散步的人，它也不去瞧一眼。而那些在公园里散步的人，也没有一个人去注意公园的树木，大家只留神于那个融和着中国风味与希腊风味的美丽的亭子。的确，这亭子是很出色的。省长太太替它起了一个漂亮的名字，叫作"憩我亭"。特别使她满意的是：亭子顶上立着一只铁皮做的小马，代替了龙。这马儿不断地转着，发出如泣如诉的声音，在人们心头引起了一种梦幻似的感觉。同时证明把帽子从左边吹走的风确实是从右边吹来的。除了这假龙之外，在两条柱子中间，又抹着一个鬣毛蓬松、威猛动人的石膏雕塑的狮头。这狮头被雨打得有了裂缝，耳朵鼻子似乎快要剥落了。不管这假龙如泣如诉，也不管像大尼洛夫石窟里的狮子，有即将崩颓的危险，百不关心的大自然，还是显出了蓬勃的成长；特别是旁边的林荫路上，来得更加显明。当然这不是由于大自然有什么想谦虚，而是由于以前的那位省长下令把大林荫道两边的老菩提树的枝条都砍去了。这位省长老爷以为菩提树自由长出枝来，和完成自己义务的意志是不一致的。砍去了枝条的菩提树，把下面的枝条伸向天空，好像为防逃走而剃去半边头发的囚徒。这种风景，正是奥塞洛夫在下列诗句中所歌咏的一般：

诸神把大地交到恶人的手中。

但是小路上的树木，却自由地成长着，尽它想伸长的意志，以及所能得到的树汁的限度。在一个和暖的四月天（NN 市民知道接着五月还有一度寒冷），有一个戴白头巾的妇人和一个穿黑外套的绅士，在公园里的一条小路上散步。那公园开辟在山坡上，在最高的地方放着两把长椅。这长椅上永远有无名氏作者的粗糙的雕刻。警察局长花了很大的苦心，还是找不到犯人。于是没有法子，在节日的前几天，只好自告奋勇地派一个消防队员（消防队员对于这种破坏工作是拿手的）消灭在长椅上定期出现的雕刻艺术作品。妇人和绅士坐在那长椅上。

景色很好。一条泥泞的大路，沿着公园边境向河边伸下去。河水泛滥着，两岸上站着从大车、旅车、马车解下的马，挟着包袱的乡下女人，军人和小市民。两条船不断地从两岸来回，船里挤满了人、马跟车子，用桨缓缓地划着，好似挖掘出来的多脚蟹，拼命地抓爬着脚爪一般。坐在椅子上的两个人，耳朵里还听见各式各样的声音——大车的轧轧声，铃子的叮当声，渡夫的唤声，和对岸勉强可以听到的答应声，忙着赶路的旅客们的詈骂声，载在船上的马的蹄声，拴在车上的母牛的鸣声，在河岸篝火边聚集着的乡人们大声的话声。妇人和绅士停止了谈话，默默地望着这些景物，倾听着远处的骚音……

我不知道为什么这样远距离的事物，却这样有力地对我们发生作用，震动我们的心，不过我知道，只要听到这种声音，心脏常常会大声地鸣跳，好像听到拉夜纤的纤夫，用缓慢的调子唱着长声的歌。这凄凉的歌声，时时被水声和吹拂两岸垂柳的簌簌的风声所淹没。听到了这种单调而凄凉的歌声，我是多么惊奇呀！我总觉得，可怜的苦力们能从这歌声中逃脱自己这窒息的世界，遨游于别一天地。但他们自己却是毫不意识地发出深沉凄凉的歌声的。因为他们心中悲哀过深，他们生活苦痛过甚，他们的灵魂便发出这样崇高的叫声。这就是我在青年时代感受到的啊！

"啊，这儿多好呀……"戴白头巾的妇人终于开口说道，"北国的自然也不坏吧？"

"跟别处一样。人无论在什么时候什么地方，只要抱着一种真率、清净、洁白的心境去观察自然和生活，就会得到无限的欢悦。"

"这是不错的。人们只要心里愿意，世界上一切东西，都能发现它的美。我常常转一个奇怪的念头：为什么人能享受一切的事物，能发现美好的东西，独独对别人却不能呢？"

"这是立刻可以明白的，不过明白了之后，就不能快乐了。在我们人与人之间，总多少存在着恶意，所以人与人之间的诗的关系，马上被毫无价值的散文式的东西打破了。人每每在别人身上发现自己的仇敌，而且想和这仇敌战斗，巧妙地欺骗敌人，赶快和他缔结休战条约。这可还有什么喜爱呢？我们常常抱着这样的心境成长，无论如何也离不开去。我们常常在自己心中保守着小市民的虚荣心，因此不能不时时左盼右顾。但人对于自然，用不到竞争也用不到恐惧，因此我们在单独相处时，常能安乐而自适，完全委身于自然的印象。但是在人和人相处时，不管您接触怎样新近的朋友，这样就不行了。"

"我几乎没有遇到过特别可以接近的人，不过我想，这样的人是有的，至少人与人之间会存在着这样的共鸣，在这些人当中，完全没有外部障碍妨碍相互的了解，一辈子无论何时不会妨碍别人。"

"我怀疑这种共鸣是否能够永远继续，这不过是在嘴里说说罢了。完全共鸣的人，其实是不能谈到互相反对的问题的。可是这些人，迟早总要谈到这种问题的呀。"

"不过在没有接触到这种问题的时候，总可说是完全同情的时期了，可以谁也不妨碍谁，充分地享乐自然，享乐自己。"

"我也相信有这种时期。这是一种精神浪费的神圣时期。人在这时期中，毫无吝啬的念头，将全部东西给人，连自己都要会惊奇自己爱情的丰富和完美。不过这种时期很短促，其他大部分的时期，我们当时不能正确的估量，不能加以尊重，甚至常常从手指缝里一滴滴地漏下去，而且用一切无用的东西把它消耗掉。因此，这大部分的时期，在人的心里留下有害的痛苦。本来可以留下快乐的记忆的，却只留下可憎的回想。说实在的话，人对于安排自己的生活是极其愚蠢的。一辈子十分之九的时间完全消费于无聊的琐事，而其余的十分之一，又不能好好利用而完结了。"

"那么，人既然明了这一个时期的价值，为什么又会失去它呢？您是要负两重责任的。"克鲁采弗尔斯基夫人嫣然一笑地说，"因为您看得这样清楚，了解得这样透彻。"

"不，我不单尊重这个时期，我也尊重每一个欢乐。但是要不让这个时期失去，这在嘴里说说是容易的。可是只要有一丝儿虚伪的调子，全部管弦乐便破坏了。当你现在就在旁边看见人家点着指头威胁和大声喟骂等幻影的时候，你怎么能够安心呢……"

"什么幻影？这不是您自己的妄想吗？"克鲁采弗尔斯基夫人说。

"您说什么幻影吗？"别里托夫随着心的搏动，连嗓子也改了腔调，重复着说道，"我很难对您说明，虽然我自己非常明白。人总是竭力遏制自己，不让一种感情能自由流露。我举一个例子对您说，也许我不该说这种话，但是我大胆地说了……我这人一开头就不能半路而止。当我和您认识的头几天，我就爱上了您……我不知道这是友谊，是恋爱，还只是简单的共鸣……但是我知道，您的存在，对我成为绝对的必要。我知道，每天整个上午，我跟小孩子一般，来不及等时间过去，期待着傍晚的来临……终于到了晚间，我想着马上可以见您，我就心跳着向您的家里跑来。我不顾一切，即使四周的冷眼旁观，我也觉得您是我最后的安慰……这时候，我的心境简直不是笔墨所能形容的……我心头急跳着踏进您家的门口，一走进屋子，马上变成一副冷静的脸色，闲谈着度过几个钟头……到底为什么要演这种愚蠢的喜剧呢……我再多说两句，当时您也不是对我毫不关心的，有一天晚上，您大概在等待我。我在您眼中，看出您一见到我就透露欢喜的神色。那时候我的心跳得更厉害，几乎喘不上气来。但您却故意庄重地接待我，离开我坐得远远的，好像我完全是一个陌生人……这到底为什么呢……是不是在我的心和您的心里，盘踞着不得不自觉羞耻，不得不躲避人家耳目的东西呢？不，不对，有什么必须躲避人家耳目呢……而且比这个更可笑的，我们互相间也掩饰自己的接近。现在我第一次将这些话明白地说出来，我还觉得有一半隐藏着。无论怎样明朗的感情，要是害怕明说，加以隐藏，只想说一些心中所无的话，当然就迟疑而阴暗了。感情这个东西，一想到自己好似在做一种不好的事，就会不知不觉地变成这样。好像窃贼欣赏自己偷来的东西一样，关住了门，留心着外边的声音，偷偷地高兴着，结果这欣赏的对象，以及欣赏者自己，便降低了品质。"

"不，您的话不对。"克鲁采弗尔斯基夫人声音战栗着回答说，

"我从来没有隐藏对您的友谊，我没有这样的必要……"

"那我问您……"别里托夫抓起她的手，紧紧握着反问道，"我苦恼着想打开自己的心胸，苦恼着对一位妇人的爱情，为什么不能够走到这个人的跟前，拿起她的手，把心……心事说出来，在这个人的胸头，靠上自己的疲劳的头呢……为什么这个人不用我在她嘴边看出来的话来接待我？虽然这句话终于没有从这个人的嘴里说出来……"

"这是因为……"克鲁采弗尔斯基夫人显出一种绝望的努力，回答道，"这是因为这位妇人是属于另外一个人的，她爱着另外一个人……对不对？她是衷心爱着那另外一个人的。"

别里托夫放开了她的手。

"您大概知道我不曾期待这样的回答，但是现在觉得，要其他的回答是不可能了。不过我希望您再告诉我一句话，您为什么不得不放弃对另一个人的同情？好像人的爱是有一定的限度的。"

"这或许也有可能，但我总不了解同时爱两个人的心理。我的丈夫以他比谁都强烈的无限的爱，获得了爱我的重大而神圣的权利。"

"为什么您马上来保护您丈夫的权利？谁也没有想侵犯它呀。况且您这种拥护颇有自相矛盾的地方，假如您丈夫因为花了无限的爱才得到这个权利，那么另一个男子的深刻的忠心的爱，怎么就得不到这种权利呢？这不是太奇怪吗……请您听我说，柳波芙·亚历克桑特洛芙娜，我把所有的话都说了，让我一辈子就说这么一次，以后我什么话也不说了。只要您愿意，我可以立刻离开这儿。您刚才说，您不明白爱着自己的丈夫同时又可以去爱别人，您真不明白吗？请您探测一下内心深处，看一看此刻那儿蠕动着怎样的东西，再请您坦白地说，我的话并没有说错。要是不行，那请您说您曾经感到过这种心境，想到过这种事情。我知道，我看得明明白白，在您的头脑中，在您的眼色中正出现着这样的心意。"

"唉，别里托夫，别里托夫，您为什么要谈这一切，要说这样的话？"克鲁采弗尔斯基夫人的声调充满了深沉的悲哀，"我们过去很快乐……现在已经不行了呀……您也明白吧。"

"那么，我们再不能互相说自己的心腹话了？这岂不像小孩子吵嘴！"

别里托夫忧伤地摇一摇头，眨了眨眼睛。他的脸刚才还充满了感动人的丰采，透露出无限的柔情，现在却突然流露出一种嘲笑的表情。

惊骇的妇人，眼中含着泪水，脸上现出恐怖，注视着他的脸……这时候，克鲁采弗尔斯基夫人显出惊人的美。她脱下了帽，被润湿的晚风弄散了的乌油油的头发披散在肩头，脸上的每一根线条都精神奕奕，表达着一些什么，蓝色的眼中迸出一股爱的光芒，战栗的手时而揉拧着手帕，时而扭着帽上的带子。胸头时时起伏，但空气好像没有呼入肺叶里去。这个傲慢的人究竟想得到她的什么？他要得到她一句话，他要得到胜利，好像这句话是非常必要的。假如他的心更年轻点儿，假如他的头脑中不那么根深蒂固地盘踞着那种苦恼的奇怪的思想，他便不会要人家说出这样一句话了。

"您是一个可怕的人。"可怜的克鲁采弗尔斯基夫人最后喃喃地说，怯生生抬起眼来望他的脸。

他经受住她的视线，并且问道：

"克鲁波夫先生到什么地方去了？他说他马上就来。也许他在别的林荫路上找我们？好吧，我们去找找他，否则，一会儿就要完全黑下来了。"

她觉得这最后一句话的口吻，伤害了她的感情，因此没有动一下身子。沉默了一会儿，她又抬起眼来望着别里托夫，用静静的祈祷似的声音说：

"我在您眼中显得好像是一个不足道的女子，您忘记了我是一个纯朴懦弱的女子吧。"于是她的眼里滴下泪来。

这时候，女子的爱和温暖，照例战胜了男子的傲慢的奢望。心底深深感动了的别里托夫，拿起她的手放在自己的胸口。她听见他心的鸣跳，感到他一滴滴的热泪落到她的手上……他这样充满热情的时候，便变成一个非常善良诱人的男子……她的血沸腾起来，头脑昏晕了，胸头泛滥起种种的感情，变得非常的柔和了。一种出自本能的热情的迸发，使她倒在他的肩上。她的眼泪像雨一般落在别里托夫在巴黎缝制的花呢背心上。正在这时候，传来了克鲁波夫的声音：

"你们在哪儿？"他喊道，"在这边吗？"

"在这边。"别里托夫答道，用手扶起柳波芙·亚历克桑特洛芙娜。

别里托夫陶醉在自己的幸福中。他的沉睡着的灵魂，忽然尽所有的力量苏生了过来。一向压抑着的爱情，突然爆发了。他浑身感到说不出的幸福。他好像在一两天以前还不知道他在爱着别人和为人所爱一般。他从克鲁采弗尔斯基的家里，跑回到这个公园里来，坐到刚才那把长椅上。他的胸头饱胀，眼泪不绝地落下。他惊奇地发现自己身上还留着这样的青春和朝气……但是一会儿，在喜悦的情绪中，就夹杂一种局促不安的、使他蹙额的东西。他回到寓中，马上叫执事格里戈里拿来一瓶香槟酒和一点儿下酒菜，这局促不安的东西好容易在他的胸头消失，只有那欢喜的感情越来越高涨了。

克鲁采弗尔斯基夫人苍白得跟死人一样，同别里托夫一起走到自家门口，分别了。她不能明白了解自己所做的事，也不十分清楚地记得……不过有一种记忆，清楚得可怕地留在她整个的身上，那便是火一样热烈的长吻。她想把它忘却，但是它太甜蜜，用世界上任何东西，不能和这个记忆交换。克鲁波夫医生也送她到家，他要告别回家了，克鲁采弗尔斯基夫人吃了一惊，她一定要他一道进去。她已没有独自一个人踏进家里的勇气，她心里害怕得很。

他们走进屋子里去。德米特里·亚科夫列维奇·克鲁采弗尔斯基正伏在案上，起劲地读着一本杂志。他的神情比什么时候都安静，一点儿心事也没有。他和蔼地向进来的两个人笑了一笑，合上杂志，向妻子伸过手去问道：

"你们在哪儿散步？累我等了好久，真有一点儿心焦了。"

妻子的手冷而多汗，好像临终病人的手。

"我们到公园里走了一走。"克鲁波夫代她回答。

"你怎么啦？"克鲁采弗尔斯基向妻子问道，"你的手好冷！脸色也不大好。"

"哎，我有一点儿头晕，没有什么关系，德米特里，我到寝室里去喝一杯水来，马上就会好的。"

"不，不，匆匆忙忙地跑到哪儿去呀？让我看一看，您大概忘记我是一个医生了吧……到底怎么回事？她头晕，德米特里·亚科夫列维奇，您扶她坐在沙发上，搀住她的胳膊，胳膊……对，做得对。我在路上觉得她神色有点儿不对。春天的空气，血液流动得快，融解的冰蒸发了，各式各样垃圾也融化了……现在手边要是有英国芥末，可以用芥末疗法治一治。用芥子和一点儿黑面包和醋，在手心上搓一搓，涂上去……你们厨娘在家吗……叫人到我家卡尔普那儿去，他知道的……问他要一点儿芥末好了……涂在小腿肚上，如果不行，另外在肩头底下多肉的地方也涂上一点儿。"

"我没有病，我不是害病。"柳波芙·亚历克桑特洛芙娜恢复神志，全身战栗着，用低弱的声音说，"德米特里，走到我身边来，德米特里……我不是病，拿你的手来！"

"怎么啦，我的天使，你怎么啦？"丈夫问道，他本人已经像要病倒了一般，而且哭起来了。

她举起悲愁的目光注视着他，但是她说不出为什么要叫他过来。他又向妻子问了问同样的话。

"给我一杯水，让我稍微睡一觉，立刻就会好的。"

此后经过了两三个钟头，柳波芙·亚历克桑特洛芙娜内部受着良心的苛责，外部忍受着由别里托夫的接吻所换来的芥子膏，落在深深的昏睡状态，或是完全忘却的状态中，躺在床上。她的肉体受不住过强的刺激。

克鲁波夫医生留宿在这个家里，与其说了为了看护病人，还不如说是为了安慰心乱如麻的克鲁采弗尔斯基，他衣服也不脱地躺在客室的沙发上。不料这沙发的弹簧已完全失掉了弹性，睡下去硬得要命，就像迦太基的市民把统帅连古拉①放在里面转滚的那口水桶一样，害得克鲁波夫非常生气。可是隔了一刻钟光景，这位医

---

① 传说迦太基人俘虏了罗马统帅连古拉，把他放在一只里面钉满钉子的水桶中。

生像心中毫无牵挂、胃里没有积食的人一样，酣畅地打起大声的鼾息。

病人床边小油盏里点着灯芯，天花板上映出亮亮的光圈，跟着小小的灯芯头上火焰的震动，这光圈也忽大忽小地轻轻地摇晃。脸色苍白、心乱如麻的克鲁采弗尔斯基坐在放灯盏的小桌子前。凡是曾经坐在重病的朋友、兄弟或爱着的女人枕边伴过夜的人，特别是像我们俄国这样寒冷的冬夜，就很懂得现在这位神经质的克鲁采弗尔斯基心中正萦绕着怎样的念头。束手无策地茫然无力之感，未来的恐怖，和从不眠与疲劳而引起的极度的紧张，混合一起，使他陷入一种歇斯底里的状态。他不时地站起来，望望妻子的脸色，用手摸摸她的额角，热度的确退了。不过立刻又想到，也许这个反而不好，病不会进入体内去吧。他又站起来，把灯盏和药瓶的位置重新换过，望望表，再拿到耳边听听，却没有看时候，又放回原地方，以后又在自己的椅子上坐下来，注视着摇晃在天花板上的光圈，想起种种念头来。

他那种心神亢进的意象，完全是近于幻觉的。"不，不会有这样的事。"他想，"不会有这样的事，一定不会有这样的事。怎么会有这样的事呢！她是我世界上唯一的人，而且她还年轻。上帝会看见我的爱，上帝会怜悯我们。这是小病小灾，马上就会好起来的。是的，吹了潮湿的冷风，血液流得太快了，正在化冰的天气，唉，春天的伤风是很可怕的。它会引起心神亢奋，变成肺病……为什么现在医学的能力，还不能医治肺病？这是可怕的病！但是这种危险，一过十八岁左右就不要紧了。可是，我们学校里法文教师的老婆，已经三十岁了，不是害肺病死的吗？是的，死了。说不定……"他想，于是，他想象一口打开盖子的棺材放在客室里的情形，听见悲凄的念经的声音。克鲁波夫满脸悲壮地站在旁边。白头巾的奶妈抱着雅沙走来。后来，这情形更加可怕了，棺材已经抬出去了，屋子已经收拾好，地板也刷过了……只有檀香的气味留在空气中。他马上要昏倒似的站起来，走到妻子旁边去。妻子的脸烧得很红，气喘得厉害，好像噩梦正在不绝地扰着她。

克鲁采弗尔斯基手臂抱着胸口，悲伤地哭起来了……是的！这个人会谈情说爱，一看到他不会中意的。他跪在地上，捧起妻子火热的手放在自己唇上了。

"不，不会有这样的事！"他出声说了，"上帝绝不会将她召回，她不会弃我而去。她不在这个世上，我将怎么办呢？"

于是，他仰天祈祷了。

这时候，克鲁波夫医生睡意惺忪地走进来，他努力运动那条打开眼睛的肌肉，但左眼总是打不开来。

"怎么了？说了呓语吗？"

"不，她睡得很好。"

"我好像听见什么，难道是我做梦吗？"

"一定是先生在做梦。"德米特里好像一个被先生捉住了顽皮行为的学生似的反驳说。

克鲁波夫走近病床。

"发烧了，不过，没有关系。倒是您自己，德米特里·亚科夫列维奇，稍微躺一下吧。你这样苦了自己，一点儿用处也没有的呀。"

"不，我不想睡。"德米特里·亚科夫列维奇答道。

"让病人安静吧。"克鲁波夫一面走向鼓起的沙发，一面打着哈

216

欠说。于是，他就在这沙发上，睡到早晨七点半钟。这是他每天早上一定的起身时间，不管头一天晚上是十点钟睡，或是天亮七点钟睡，从来不误时。

第二天，克鲁波夫又给病人看了一次病，照他说，这不过是"一点儿感冒"，他还说现在这种感冒很流行。

这场病后的情形如何？我们让柳波芙·亚历克桑特洛芙娜自己来说吧。我们从她的日记中摘录几段来看看：

五月十八日

有好久没有记日记了，一个多月了……是的，一个多月了！不过我常常这样觉得：从害病那天以来，好像已经过了几年。最近总算已完全好起来了。生活又跟以前一样安定，静静地流过去。

昨天我第一次出去看看，敞开胸怀呼吸了新鲜空气，心里真是感到欣快！天气又是这样好……

但这次的病使我的身体完全衰弱了。在小院子走了两三次，眼睛觉得昏花，满身疲劳了。这使德米特里又惊慌起来，但眼昏马上就好了。哎，上帝，他是多么爱我呀！可爱的，可爱的德米特里！他多么担心地看护着我！我半夜里醒来，身体稍微一动，他立刻走到床边问我要什么，要不要喝水。可怜的人，他好像也害了一场病，他瘦了。爱的力量是多么强烈呀！我心不是铁石，我怎么能不爱这样的人！哎，我爱他，我怎么能不爱他！

公园里那件事，实在一点儿关系也没有。那时候，我已经有了病的先兆，我是在完全跟平时不同的状态中，我的神经非常兴奋……

昨天，我从得病以后第一次见他……我好似在梦中一般听见他的声音，但没有看见他的脸。他很兴奋，虽然他竭力遏制着。当他对我说"好容易，好容易您好起来了"的时候，他的声音战栗。以后他不大开口，好像有一种念头萦绕在他的脑际。他仿佛想驱散这种念头，几次用手擦着脑门，但是这种念头立刻又袭来了。没有一件事使人想起过去的事，他一定理解到，他也不过是一时的病态的兴奋。

我为什么不把这件事完全对德米特里说明呢？那晚上他那么亲爱地向我伸过手来，我投身在他的怀里，我想一切都说给他听。但是我没有这勇气，我糊涂了。而且我害怕，德米特里是那样爱我，我说了会使他难过。但我在最近一定要说出来。

五月二十日

昨天我同德米特里到公园里去，他要坐在那张长椅上，我说江风太大，不要坐吧，其实我害怕那长椅，让德米特里坐在那里，好像对他侮辱了。

同时爱两个人，这是一种真理吗？我不明白。不单是两个人，就是同时爱几个人也有可能的吧。但这种爱只不过是花言巧语罢了，用真正的爱去爱的，只能是一个人。我就用这样的爱爱我的丈夫。此外，我爱克鲁波夫先生，我可以毫无害怕地说，我也爱别里托夫。他是一个很坚强的人，所以我不能不爱他。他是负有伟大的使命，是个不平凡的人，他的眼中闪着天才的光。然而，他并不需要我对丈夫一般的爱。对于他，女人又是什么呢？女人会消失在他那无限的热情中……

他需要另外的一种爱。他感到痛苦，深深地感到痛苦，女性的温柔的友情也许多少能减轻他的痛苦。他永远在我身上寻求这样的友谊，他过于热烈地了解这种友谊了。其实他什么事都想得过于热烈。同时他对别人的关心同情又过于不习惯，他永远是孤独的，所以他的心里永远充满悲愤，突然有人对他说了同情的话，他便欢喜得不得了。这是很自然的情形。

五月二十三日

有时候，我希望过更完美的生活，心里奇怪地不安起来。这是对命运的不逊的态度，还是人天生就是这样的呢？总之，我常常这样感觉，特别有时候，我渴望……我很难明白写出我这种心理。

我从心坎里爱着德米特里，不过有时我的心，要求另一种不能从他身上发现的东西。因为他性情温和脾气又好，我甘心情愿对他倾吐常常出现在我心中的一切幻想，一切孩子气的念头，他对无论什么话，从不轻视、嘲笑，也不用冷淡的言语或高深的议论侮蔑我。但是，我觉得这还不够。我的心里常常要求一种全然不同的东西，我的心在寻找力量，寻找大胆的思想。为什么德米特里没有那种达到真理、苦苦思索的欲望？我常常对他提出深奥的问题、深刻的疑难，他总是安慰我，叫我放心，像哄孩子似的哄我，把问题混过去了……我可完全不想得到这样的回答……他也用这种孩子气的方法安慰自己。但我是不愿意这样的。

五月二十四日

雅沙病了。他发了两天烧，今天好像发了疹子。克鲁波夫先生还瞒着我。他要说了实话多好。应该刺激想象力，使它任意地发展是不好的，这只会更加想出可怕的不好的事。我不能正面看雅沙，孩子的痛苦神情使我恐惧不安，使我肝肠欲断。雅沙变得多么瘦了，可怜的孩子！他的脸色完全苍白了……可是稍微舒服一点儿，立刻眯眯地笑着，叫人拿小球给他。

我们大家为什么都这样的脆弱呢？我们有什么必要胡思乱想呢？正像吹来一种旋风似的东西，把一切好的和坏的都卷在里边，连我们人类也卷进去，忽然吹上幸福的顶巅，忽然又吹落到不幸的深渊。人以为自己能支配一切，而其实只是像江水中的木片样卷进小小的漩涡中，随波逐流，或是漂到岸边，或是流到海上，或是沉入河泥……这是多么寂寞恼人呀！

五月二十六日

雅沙的病变成猩红热了。德米特里有三个兄弟都是害猩红热死的。克鲁波夫大为悲观，性情变得暴躁，动不动就生气，一步也不离开雅沙的身边。

唉，上帝啊！为什么我们会遭受这样的苦难？德米特里连脚步也跨不起了。害您受这苦难的，就是我吗？

五月二十七日

时间静静地过去，一切还是依然。宣告死刑或是赐给恩惠……请赶快宣布吧。我自己也不相信我的身体竟能担当这种苦难！克鲁波夫只是说，不要性急，不要性急……雅沙，我的天使！别了……别了，可怜的孩子！

五月二十九日

这一天半，情势一直安静，危机过去了。但依然必须留意。

这几天我太紧张了，现在才开始感到可怕的精神疲劳。我决心说出我郁积在心中的许多话。假如我们能够互相信任，互相深切了解，互相同情，把一切都说了，将多么愉快呢！

六月一日

一切都好转了……这一回，好像一天乌云都吹散了。

今天雅沙在床上同我玩了两个钟头。他完全衰弱了，两条腿还不能自己站起来。

克鲁波夫真是好人，一个多么了不起的人！

六月六日

完全安定了，雅沙比以前好得多了。但是我病了，我觉得不大舒服。有时候我坐在雅沙的床边，不但不感到欢喜，反而会毫无什么外界的原因，忽然从心底翻起一阵闷塞胸头的悲哀。渐渐扩大起来，强烈起来，突然麻痹起来，感到剧烈的痛楚，仿佛要死去了。

这几天忙得我没有一点儿独坐深思的时间。我的病，雅沙的病，跟别的许多心事，使我没有一分钟想到自己的工夫。但等到一切安定、顺调了，一种悲哀痛苦的声音，命令我探索自己的心坎，但我却一点儿也不明白自己的事。

昨天午餐以后，觉得头晕，坐在雅沙身边，把脸偎在孩子的枕上，睡着了……不知睡了多少时候，忽然胸口一阵难过，张开眼来，别里托夫正站在我的面前，屋子里没有别人……德米特里到学校里授课去了……他眼中饱含着泪水，一眨不眨地注视着我。他一句话也没说，只默默地伸过手来，紧紧地握住我的手，握得我有点儿痛……然后，他走了……为什么他一句话也不说……

我想叫他回来，但我的嗓子发不出声音来。

六月九日

昨晚他一直在我的家里，他显得特别愉快，说了许多俏皮话，哈哈大笑，嬉闹着。不过我看出来，这都是勉强装出来的。我甚至觉得他喝多了酒，故意做出这样子来。他心里一定在难过，他故意这样子欺骗自己，他是不愉快的。我果真没有减轻他的烦恼，反而在他的心里增添了新的悲哀吗？

六月十五日

今天气候闷人，我热得非常难受。近午时响了雷，大雨倾盆，使我精神爽快不少，也许，我比草木更感到这清新的气息吧。

我们到公园里去，户外的景色非常宜人，树木散发出一种越来越浓的潮湿的清香，我觉得心头轻松了……

我第一次和往常不同地回想那天的事，觉得这儿有许多美妙的东西……天下可以有一种罪恶而充满了使人沉醉的幸福吗……

我们就在同一条小路上走着。有人坐在那把长椅上，我们走过去看，正是他。我心里高兴，几乎要失声喊出来。他满脸愁容，他说话的神情显得很抑郁，充满了悲哀和讥刺。他说人都是自己想出烦恼来烦恼自己，这句话很不错。唉，假使他是我的哥哥，我就会公然地爱他了，而且也可以对德米特里和所有的人说了……这样谁也不会觉得奇怪了。我觉得，他好像真是我的哥哥……如果那样，我们将会很好地安排我们的生活，安排这四个人形成的小小团体。我们四个人之间互相信任，有爱，也有友谊，我们互相让步和牺牲，我们没有藏在肚里不说出来的话。

当我们一道回家的时候，时间已经不早，月亮升起来了。别里托夫走在我的身边，他的眼光中有一种多么奇怪的魅力！德米特里的眼光像青空一般的平静，他的眼光像波涛汹涌一般，先是浪花飞溅，然后又退了下去。

我们不大讲话……只在分别的时候他对我说："我近来一直想着您……想把心里的话全部对您说了……""我也想您呀……再见，伏尔捷马尔①……"我自己也不知道为什么说了这样的话。我从没有这样称呼过他，但现在却好像没有别的叫法了。他听我这样称呼，吃了一惊，将身子凑近我，现出有时也显露的那种优雅风度，这样说道："这样叫我的，您是第三个人了。听了这叫声，我好像孩子一样欢乐起来。这样子，我可以有两天的幸福。""再见，再见，伏尔捷马尔！"我重复说着。他又想说什么，但想了一想，紧紧地握了握我的手，向我的眼中注视了一下，立刻走了。

六月二十日

我大大地变了。遇见伏尔捷马尔以后，我好似忽然变了大人。他的永远动荡的火一样的热烈的性格，触着我的心弦，给我的全身以很大的影响。我的心里发生了多少新的疑问啊！多少单纯平凡的事，我从来完全不留意的，现在却迫使我一一地想起来！我从来想不透的事，现在明白了。当然，在这一点，我不能不牺牲一向存在的幻想，一向郑重怀抱的幻想。

和他分别的一刹那我非常难过，但后来心头反而比以前轻松了，比以前更自由了。假使他离开此地，我一定很

---

① 伏尔捷马尔，即符拉基米尔。

难受。我没有去追求他，但发生了这样的事情，我们的生活碰在一起了。

自从我们萍水相逢以后，就再也分离不开，他给我的内心展开了一个新的世界。一个人在任何地方找不到自己的工作，找不到自己的安静，独自在世界上流浪，忽然在这小城里，在一个并无高深教养的贫苦的而且与自己的世界有遥远距离的女子身上发现了同情，这不是一件奇怪的事吗？他是不是错爱了我？这爱是从他的意志出发的吗？还有一层，他一向忍受着冷淡和无情，一旦遇到了温情，就甘心百倍地报答。

我总觉得我不能够让他依然孤独，依然漠不关心，这恐怕是一件罪恶……是的，他没有错，他有谈情的权利！

近来德米特里心情不佳，常常深思，比平时显得茫然。这虽然是他的性情，但渐渐厉害起来是可怕的。他忧郁，我也就不安了。我要马上好好把它弄清楚……

六月二十二日

大概是没有错。昨天德米特里脸色很不好看，我忍不住终于问他怎么啦。"我头痛。"他回答，"让我上外面走一走。"说着，他拿起帽子。

我说："一起去好吗？"

"不，亲爱的，今天不行，我走得急，你要累的。"他眼中含着泪走出去了。

我再也耐不住了，当他在外边散步的时候，我哭得很厉害。他回来时，我还伏在原来的窗边。他看见我哭，悲伤地紧握着我的手心，坐下来。我们默然相对。

约莫过了几分钟，他对我说："柳波尼加，你知道我在想什么？我想在温暖的夏夜，在什么地方的丛林中，把头枕在你的膝上一眠不醒，那是多么好呢。"

"哎，不许说这种话，德米特里！"我对他说，"您这想法多悲观，您果真不留恋任何人，而离开这个世界吗？"

"当然是留恋的。"他回答道，"对于你，对于雅沙，自然是十分留恋的。不过克鲁波夫说，我只能对雅沙的教育发生害处，我自己也同意，你一定比我教育得好。我到了那个世界，同在这里一样，永远祝祷你们的幸福，充满着信任和欢喜，为你祝祷。我在那儿可以找到安息的场所……亲爱的，我知道你是温柔的人，要为我伤心。但是，你一定能找到力量来经受住这种打击的，这你自己也不能不承认的。"

我听了他这一番话，说不出痛苦，我从这些话听出，而且也亲眼见到他心里一定感到不快。我止不住流起泪来，究竟这是怎么一回事呢？我开始觉得我给自己的生活招来了不幸。但是，我的心还是纯洁的……难道是因为我爱得不够，使他陷进这样的状态，还是……他心里已不像以前那样地信任我，这我也看得出来。不过，在他高尚的心中，当真有我所不希望的感情掺入吗？他当真疑心我已不爱他而爱了别人吗？天哪，我要怎样对他表白才好呢？我没有爱别人，我爱他。我也爱伏尔捷马尔。但我对伏尔捷马尔

226

的同情，性质完全不同……

真可笑，我还以为我们的生活更平静，比以前更宽广更丰富了呢，但是脚底下突然裂开了一个深渊……而我一定得抓住这个深渊的边……多么痛苦……假如我的钢琴弹得很好，我就可以把这种不能表达的心声借钢琴表现出来……这样，德米特里一定会了解，了解我心中是完全纯洁的。唉，可怜的德米特里！您为自己无限的爱而痛苦。我爱着您，我的德米特里！要是我起初没有隐瞒，一切都对他说明了，何致有这样的事呢！究竟是怎样一种不纯洁的力量阻挡了我？

等他心里平静一点儿，我要跟他谈谈，把一切都对他说……

六月二十三日

克鲁波夫对我的态度好像也有点儿不同了。到底我做了什么事呢？我一点儿不知道，我什么也没有做。

德米特里今天安静一点儿了。我跟他讲了许多话，却还没有完全讲出来。有时他好像很了解我的话，但有时我明白看出我们两人对于人生各有不同的看法。

我开始想，德米特里一向没有完全了解我，我们之间没有完全的共鸣，这是可怕的想头！

六月二十四日

人生！人生！在黑暗与悲哀中，在恐怖的预感与现实的痛苦中，忽然太阳出来，一切都变得光明灿烂。

刚才伏尔捷马尔来了。我们谈了好久……他也很悲哀，很痛苦，所以他的一言一语我都深深了解。为什么人们及四周的环境，要在我们的同情中添上别的性质，对它加以损害呢？为什么大家故意要这样做？

六月二十五日

昨天是圣约翰节，德米特里去参加一位同事的命名礼。他喝醉了酒，很晚才回来。我从来没有见过这样的情况，他脸色苍白，头发蓬乱，踉跄地在卧室走来走去。

"您不舒服吗？"我说，"给您拿一点儿水来吧？"

"嗯！"他激动得喘息着说，脸上现出和他性格全不相似的表情，"假使你要淹死我，你多拿一点儿水来，我谢谢您。"

我直视着他的眼，他笑了一声："你不要当我是胡说吧。"他这样说，大概留心到我的眼色，吃了一惊，"我不知怎么会喝这么多酒。因而发烧，胡言乱语……你出去一会儿，亲爱的，让我在这里休息一下吧。"他这样说着，就和衣倒在沙发里，立刻怀着沉痛的心情睡去了。

我一夜不曾合眼。他的睡脸上现出深深苦闷的神情，有时他在梦中笑，但这不像他的笑容……不，德米特里，您骗不了我！你不是偶然多喝几杯酒，你不是在神志糊涂中说着吃语，只是酒给你增加了在你心里从没有的残酷力量。天哪，为什么我们的头上落下了这样的不幸！这是超越人的力量啊！可怜的德米特里，你是痛苦的！我亲眼见到他的苦痛，而且了解这都是我造成的！

（三小时以后）

我还不能恢复以前那种井井有条的心情，好像暴风雨后波浪还不能平静一般，心中完全混乱了。血冲击着太阳穴，心跳得这样剧烈，不得不把胸头紧紧地按住。

唉，德米特里！你这样怜悯地了解我，不觉得有罪吗？可怜你正因此受到了多大的痛苦！应该减轻他的烦恼！是的，应该为他解忧……

唉，我的头晕起来，而且发烧了！不会再害热病吧？我跟德米特里谈话，我要他对他近来的忧郁和言语行动加以解释。是的，他对我已不信任了，他从没有了解我心中所想的事情。这是可怕的，因为我无法变成另一种样子……一切如在五里雾中，胸口隐隐作痛，战栗。我为什么要遇到伏尔捷马尔呢……

六月二十六日

人的头脑是多么奇妙，多么错综复杂啊！有时想起一些事情，不知是生气的好，还是发笑的好。

今天，我的头脑中忽然发生这样的念头：牺牲自己的爱，实在是最大的自私自利。最大的谦和与温柔，实在是隐藏着冷酷的可怕的傲慢。我这样想时，我自己也害怕起来。正如我还是女孩子的时候，因为不能爱葛拉斐拉·黎伏芙娜与亚历克绥·亚勒拉摩维奇，以为自己

229

是一个有缺憾的人、一个罪人而感到害怕一般。但是，我有什么办法来抛弃这种想法呢？这又为什么呢？我已经不是孩子了。

德米特里没有怪我，没有责备我，也没有什么要求，他比以前更加温柔了。更加温柔，可见这更加温柔之中，已经有一种不自然的东西。这儿有他的傲慢，有他对我的轻视，有使人非常难以了解的东西存在。他很痛苦，但是为什么要讲以毒药代爱情的那个女人的故事呢？唉，天哪，我难道存着这样的心思吗？

我坦白地对他说了，比别的女子说得更坦白。他显然对我让了一步，可是在他的心中，又郁积了全然另外的东西，他没有抑制这种东西的能力。

六月二十七日

他的忧郁现出了没有出路的绝望状态。自从做了一次充满悲愁的谈话之后，这些天来，有时候多少还有点儿心情明朗，但现在是完全没有了。我真不知道要怎样才好，我感觉无能为力了。使那么温和的人跌进绝望的深渊，必然不是寻常的事——而我却做出来了，显然我已不会维持这种爱情了。他已不再相信我的爱情，他在毁灭自己，倒不如我早点儿死了的好……唉，马上，现在马上我就死了吧！

我开始厌恶自己了。是的，最不行、最不可解的是我的心境完全平静。我对于自己所爱的人，把整个一生全献给我的人，给了可怕的打击，而我却还仅仅意识到这是自己的不幸。我觉得，要是我能够感到自己有罪，也许我会轻松一些。这样我就会投身在他的脚边，抱住他的膝头，向他忏悔赎罪。忏悔会消除我心头的污点。他是一个温和的人，他将不会反对我，而会宽恕我。于是我们虽然一度互相感到痛苦，依然会比以前更加幸福了。可是我不能从心坎中发出忏悔，多么可诅咒的傲慢呀！

　　我现在想独自一人跑到遥远的地方去，身边只带着雅沙。我徘徊在远方的不相识的人们中间，会渐渐变成一个坚强的人……唉，德米特里，你在自己的心中，总不能发现可以容忍的东西。唉，只要你能够了解我，你愿意了解我，亲爱的，我愿意将自己最后的一滴血都贡献给你。这样一来，你会多么幸福呀！可是，你由于自己极端认识不清而牺牲了。我跟着你落进这深渊去。我所以要跟着你跳下深渊，就是由于我爱你，就是由于有一种潜在的力量使我陪着你毁灭。

　　现在我觉得，我只要同伏尔捷马尔讲几句话，便觉得心绪轻松，但我害怕找寻跟他见面的机会。人言可畏呀！它们在我的心里注入了恐怖，将我的明朗的幸福的感情全部毁坏了。啊！让上帝饶恕你们无罪吧！连克鲁波夫也曲解我的心境……啊，连蔼然可亲的克鲁波夫也是这样！我只是可怜先生，先生什么也不懂，只对我说做母亲的神圣义务……我常常在想的这件事，难道先生的头脑里没有想到吗？人间的同情，有时候比人间的无情更加侮辱人……

友谊，总认为把友人缚上示众牌是自己最高的权利……而且不管自己对之劝告的友人，和自己站在怎样不同的立场，总是要求别人实行他的劝告……唉，这一切是多么渺小呀！

唉，我好像关在一间狭窄的屋子里，窗户紧闭，蝇鸣营营，我是多么气闷呀！

要是别里托夫不到 NN 城来，德米特里·亚科夫列维奇的安静的一家，大概会一直度着幸福而安谧的岁月吧。这是当然的事情。不过说这样的话，当然已经没有用处了。每当我经过失火后的房子边，看见墙坍壁倒，一片焦黑，只有凸起的烟囱时，我的头脑中常常发生这样的念头：要是火星不落在这个地方，便不会变成熊熊的火焰，这房子便会多年不坏，也许里边会大张筵席，笑语盈耳。但是现在呢，它只不过是一堆砖瓦而已。

我们的故事讲到这里，大致已经完结。我们一方面打住，一方面便是请诸位读者来判断判断，这到底是谁之罪。不过，此外还剩一些相当引起我们兴趣的情节，让我们再来谈一谈。首先，我们来谈可怜的克鲁采弗尔斯基吧。

克鲁采弗尔斯基当妻子病倒的时候，立刻注意到有一种深沉的思虑盘踞在她的头脑中。她总是在不安地冥想……她的脸上现出从来没有过的骄傲顽强的表情。克鲁采弗尔斯基的脑中一一地出现想入非非的奇怪的推想。他在心里对它们只是置之一笑，但一会儿又回到脑中来了。

有一次，她抱着雅沙坐着，忽然廊下有叩门的声音，有人喊："在家吗？""这是别里托夫。"克鲁采弗尔斯基说着，抬起眼来，看见柳波芙·亚历克桑特洛芙娜的脸上掠过一阵红晕，眼睛发出明亮的光。这样的眼光，她似乎从来没有对自己看过，不禁全身一怔，默然无语了。他很清楚地知道妻子和别里托夫非常亲密，本来也不觉得奇怪。但是她的眼光，她脸上掠过的红晕，又是表示什么呢？"难道有这样的事？"他想。于是他又看看他们的情形。别里托夫逗着雅沙玩，但他那充满柔情蜜意的眼光却停留在孩子的母亲身上！在这眼光中闪烁着爱的光芒，火焰一样热烈而幸福的爱的光芒，只要不是瞎子，什么人都可以立刻看出来的。她垂下眼睑站起身来，手微微地战栗着，现出很幸福的神情。德米特里·亚科夫列维奇随便谈了几句，走到别间屋子里去。"这难道是真的吗？"他担心地对自己发问。他的头脑混乱，耳朵鸣响，连忙坐在床边。他坐了有五六分钟，在这时间内，他什么也没有想，但胸头感到一种莫名其妙的重压，又回到那间屋子里去。他们两个人正谈得很亲密，很投机，他觉得他们俩完全不需要他了。

他在屋子里来回走着，他想起许多琐事来，这些琐事在当初都没有注意，可是现在却成了这件事情的证明和证据。

别里托夫回去的时候，她送他到门口去，对他微微一笑。唉，多么甜蜜的笑！"是的，她确实爱上了别里托夫。"当他意识到这一点的时候，他心里马上害怕起来，想摒去这种念头，但这念头顽固地缠着他，反而更加强烈地浮现出来。阴郁而疯狂的绝望攫住了他。"唉，我的预感不幸而中了！我要怎样才好呢？你，你已经不爱我了！"他把头发抓得乱成一团，咬住嘴唇。在他温存柔和的心里，出现了极度愤怒、憎恨、嫉妒和要求报复的念头，但同时也找到了遏制这些念头的力量。晚上，他很想哭，但是眼泪一滴也没有。他不时地蒙眬睡去，但立刻又出了一身冷汗，惊醒过来。他在梦中看见别里托夫眼中射出爱情的光芒，拉着柳波芙·亚历克桑特洛芙娜的手，她随他走去。他知道她永远不会回来了。后来，他又看见别里托夫，她向他笑，一切都那么可怕。他终于忍耐不住，爬起床来。

外面天已破晓。她睡得很熟，脸色非常安静。一个人睡着后的脸，常常有异常动人的美。柳波芙·亚历克桑特洛芙娜这时候的睡脸，正就是这个样子。这时候，她的口边蓦地露出了微笑。"她梦见别里托夫了。"克鲁采弗尔斯基想着，激起了憎恶和狂暴的心情对这张脸瞧了一眼。如果他没有现代人类爱好和平的习惯，一定会施出比奥赛罗①更残酷的手段，将她扼死了。但我们的这幕悲剧，还不能这样急转直下地收场。"她用什么来报答我这片无限的爱？唉，天哪，天哪！她用什么来报答这种爱！"他反复地这样想着，仿佛希望赶快死去，逃开这可怕的煎熬。他走到床边，雅沙伸开手脚睡着，一只小手放在面颊上，睡得很熟。"你也许马上会变成孤儿了。"德米特里·亚科夫列维奇站在孩子面前，想道："可怜的雅沙……我已经不是你的爸爸了。我再也不能忍耐了，我也不想忍耐了。可怜的孩子，我把你交给收养孤儿的人……可是，这孩子多么像他的母亲啊！"他哭起来。眼泪、祈祷、雅沙平静的睡容，稍稍缓和了他的痛苦。于是在他的稍稍恢复平静的心中，又涌上一片跟刚才想的完全不同的念头："我单单责备她难道是对的吗？她是存心去爱他的吗？而且他……连我自己不是也觉得他是那么可爱吗……"于是，刚才还被妒火烧得疯了似的我们的这位狂热的梦想家，这位受了委屈的

---

① 莎士比亚悲剧《奥赛罗》中的主人公。

234

丈夫，忽然决心保持沉默，以牺牲自己。"让她获得幸福吧，使她知道我能牺牲自己，成全别人的爱。我只要看见她，知道她活着就好。我只做她的哥哥，做她的朋友吧！"他感动得哭泣了。当他决心让自己做最大的牺牲，做一番超人的行为，他的心立刻舒畅了。他想到她一定为自己的牺牲而感动，略略感到一些安慰。但这只是精神紧张时候的想法，不到两个星期，他再也不能忍耐了，又被烦恼的重荷压倒了。

我们用不到责备他，一切违反人性的不自然的美德，勉强的自我牺牲，大半只是一种空想，实际上是不可能的。过了几天，便渐渐地表现出来。但是，那减弱他的英雄主义的第一个念头，是很偏狭很冷酷的。"她以为我还一点儿都不知道，她故弄狡猾在欺骗我。"到底他想的是谁呢？就是他那么热爱、那么尊敬的女人，就是他应该深深理解而终于没有理解的女人。接着，他的折磨自己身心的忧郁情绪时时从口头上表露出来了，因为口头上一表露出来，忧愁就减轻了。而且终于迫她说出自己所不能忍受，也是柳波芙·亚历克桑特洛芙娜所不愿意说出的事件的原委。

和她谈话之后，他更加痛苦了。他竭力避免见她的面，虽然他们一向过惯隐士式的生活，差不多时常总只有两个人在一起。他试着想多读一些书，但怎么也读不进去，他要么干脆不读，要么眼睛虽然对着书本，但脑中尽转着别的念头，回忆着过去欢乐的情境，在学术性论文的篇页上，常常像骤雨一样掉下眼泪来。他的心里一片空虚。这空虚尽是一点点地扩大起来。心中留着这种空虚，要生活下去是非常困难的。他开始找求排遣的方法。

圣约翰节那一天，他在学校的同事梅杜津家里喝得大醉回来。

235

这件事我们在柳波芙·亚历克桑特洛芙娜的日记上已经见到了。

顺便说一说，为了在这悲壮场面中透一口气，我们跑到梅杜津家举行的学术集会中去看一看。那我们先得认识一下可敬的主人，否则就不能参加他们的集会。而且认识这位主人是很愉快的事，所以我们还是到另外一章去讲吧。

6

伊凡·阿法纳西耶维奇·梅杜津是拉丁文教师，同时又是私立学校的校长，是一位根本不像蛇发女妖①的极漂亮人物，因为从外表看，他的脑袋是光秃秃的，从内部看，他的肚子里装的不是毒汁，而是果子酒。他得到梅杜津这个名字，是在神学校念书的时候。这理由，第一是必须有一个绰号，第二是这位未来学者的头发四散翘起，而且粗得异乎寻常，简直可以把它当作铁丝看待。不过时间的破坏力，连这样的头发"也如风扫落叶一般吹得精光"。

伊凡·阿法纳西耶维奇除了这可爱的神话式的姓以外，又从神学校里得到了根深蒂固的教育。这正是普通神学校出身的人一辈子不会消失的，无论穿着怎样的服装，叫人家一看就知道是从神学校出身的那种烙印。

这位梅杜津从来看不起贵族的生活方式，所以他不习惯称学生为您，而且在说话之中，也不会插进一些上等社会很少使用的字眼儿。伊凡·阿法纳西耶维奇年龄正当五十左右，起先他在各家公馆里当家庭教师，最后自己办了一所私立学校。有一天，他的一位朋

---

① 梅杜津的原字（Медуэа），是希腊神话中一个蛇发女妖的名字。

友，也是神学校出身的教师，叫作卡菲尔纳姆斯基——这是一个从出世以来，汗水没有干过的怪人。在零下三十度的严寒中，也要不断地挥汗，遇到寒暑表升到三十度的热天，脸上就汗流成雨。他在教室里找到了伊凡·阿法纳西耶维奇，故意当着大众说：

"啊，伊凡·阿法纳西耶维奇，如果我没有弄错，再过几天就是您的命名日了。当然我们要大大庆祝您一番，怎么，今年还是照样热闹一下吗？"

"啊，这个这个，是的。"伊凡·阿法纳西耶维奇苦笑着回答。但这一次，他不知为什么决定要在他的命名日比往年更热闹地庆祝一番。

伊凡·阿法纳西耶维奇的家事，并不是件件都上轨道的。他在这十五年中，一向没有跨出过 NN 城一步，可是却像昨天刚搬到城里一般，一切都还没有来得及整顿。这绝不是因为他吝啬，实在因为对于普通住在社交社会的人所必要的常识，他是完全缺乏的。他准备开舞会，便细细打量了一番家里的用具。原来他有六副茶杯，其中有两只已经打落柄子，变成酒杯了，而且放茶杯的碟子只有三只。茶炊是有的，餐桌上摇晃着几只菜盘，这是厨娘从货郎担买来的蹩脚货。此外有两只高脚酒杯，梅杜津很谦虚地把它们称作"我的伏特加杯"。其他有塞满烟油、大概怕里面通风的三只长烟斗。这便是他的全部用具。可是他请好了学校里的全体教师，那可怎么办呢？他想了好半天，终于向厨娘彼勒盖雅喊了（这儿得声明一句，他唤她的时候，从不叫巴勒盖雅，总是按正规叫法，叫她彼勒盖雅①的，好比"一

---

① 彼勒盖雅（Пелагея）这个名字，俄国一般人有时把它叫成巴勒盖雅（Палагея）。

星期""两星期"他从不把它们叫作"一来复""两来复"似的①)。

彼勒盖雅是一个勇敢兵士的妻子,她丈夫跟她结婚一星期之后就应募志愿兵出发打仗,从此没有回来,也没有来报过自己的死讯。所以彼勒盖雅不知道自己的丈夫是否还活着,一直疑惑着做了一个地位极不明朗的寡妇。这位又胖又高,束着头巾,脸上满是水瘰,眉毛漆黑的彼勒盖雅,在梅杜津家里不单掌握了厨下的实权,而且也掌握着梅杜津的心,这中间有很多的原因,但现在不必对你们说,因为个人的生活秘密,在我看来是神圣的。总之,这彼勒盖雅跑来了。他马上对她说明了自己遭遇的困难。

"啊,您这个人真没有办法。"彼勒盖雅答道,"这还算是一个学者吗!简直跟小孩子一样,一点儿没有打算,请了这许多客人!在别的时候,到洗衣店里花十个戈比还舍不得!现在怎么办呢?这个地方简直跟火烧过一般,只是在大家面前丢脸。"

"彼勒盖雅!"梅杜津大声喝道,"你当我总不作声吗!我要请朋友来过命名日,我就请了。用不着女人多嘴!"

发挥了西塞罗式的雄辩,对随便什么人都有效力。不过对于一听这个命名日的宴会马上发作起来的彼勒盖雅,就没把西塞罗的雄辩当作一回事。

"当然,我没有话说,这是您的事情。哪怕从窗户往外扔钱,只要您高兴就成。您给我五十卢布吧,那么,除酒以外,一切都可以办齐。"

---

① 原文引的例子,是 четверток 和 пяток,这是俄国人对"星期四""星期五"的比较粗俗的说法,一般都说 четведг 和 тятница。但无法在译文上表达出来,因此改用译文上的例子。

238

彼勒盖雅知道自己的回答，梅杜津听了一定不中意，因此她说了这话，故意装出沉思的神气，一只手支住另一只手臂，再用第一只手托着腮帮，静等自己的说话发生作用。

"这点点东西要五十卢布！你好大的口气，除了酒还要五十卢布！这是什么话？傻婆娘，你连一点儿主意也不能出！你还是马上到约翰尼基神甫那儿去，请他二十四号那天到家里来，再向他借一借这天晚餐用的食具。"

"那还不如挨门磕头去借盘碗哪！"

"喂，彼勒盖雅，你知道这个家伙的滋味吗？"梅杜津指着放在屋角的多节的手杖问道。

彼勒盖雅一见到她所熟悉的手杖，马上躲进厨下，穿上外套，戴上绸头巾，嘴里喃喃地说着什么，到约翰尼基神甫家里去了。梅杜津对着写字台坐着，沉思了一个钟头，忽然"用了他的手"①，拿出一张纸写起来。你们如果以为他要摘记维吉尔的诗篇《伊尼特》或罗马历史家幼托洛比所著简史的注释吗？那就大错特错了。他写的是：

一、俄国文法与伦理学 ………………………… 酒量很好

二、历史与地理 …………………………………… 最不小

三、应用数学 ……………………………………… 不行

四、法文 …………………………………… 喝不少葡萄酒

五、德文 …………………………………… 大喝啤酒

---

① 这句话的说法，出自果戈理著《死魂灵》，那时 NN 城的居民说话硬装文雅，对于"我吐口水"这句话从来不说，而说成"我用了我的手巾"。

写完了这人类学式的表格，伊凡·阿法纳西耶维奇又做了和这个对称的下列的表格：

桑都灵酒　一桶	……………………………	十六卢布
果子酒　半桶	……………………………	八卢布
啤酒　半桶	……………………………	四卢布
蜂蜜　两瓶	……………………………	五十戈比
苏达加酒　十瓶	……………………………	十卢布
耶马伊酒　三瓶	……………………………	四卢布
甜伏特加　一罐	……………………………	二卢布五十戈比
合计		四十五卢布

梅杜津对于自己的预算十分满意，这不仅仅为了要好好花一点儿钱，也为了要好好喝一顿。此外，他又拨出大笔款项，准备买炸包子里用的鱼干、火腿、腌鱼子、柠檬、鲱鱼、烟草和薄荷甜饼干——这最后的一项已经不是必要，而是一种奢侈了。

客人在七点左右到齐了。到了九点钟，卡菲尔纳姆斯基的脸上已跟下大雨一般流着汗水。十点左右，地理教员跟法文教员大谈自己太太死时候的情况，捧着肚子大笑，而且他一点儿不知道在这位

---

① 我原来写的是"宗教教师神父"……书报检查官把它改为"希腊文教师"了！——原注

可敬的太太临终的时候，到底发生了什么滑稽的事情。可是，最引人注意的是郁郁寡欢的孤独者法文教员，只喝了一点儿葡萄酒，已经是大醉的样子，望着对手的脸，哈哈地笑个不住。

梅杜津对客人以身作则，凡是彼勒盖雅给他斟上的不管什么酒，都一口一口地喝下去——不管是果子酒、啤酒、伏特加、桑都灵酒，最后连只有两瓶的蜂蜜，也喝上一杯。客人们见了这模范，增加了勇气，不肯落在主人后面，大喝而特喝。只有克鲁采弗尔斯基一个人，在城里的学者中间地位最高，主人是为了表示敬意特别请他来的。克鲁采弗尔斯基没有加入大家的胡闹，他坐在角落上抽烟，主人这对处处关心的眼，终于抓住了他。

"德米特里·亚科夫列维奇，果子酒里放点儿柠檬怎么样……哎，真的，您垂着头坐在那里，叫别人见了也难受呢。"

"不，伊凡·阿法纳西耶维奇，您知道我一点儿酒也不会喝。"

"我知道，老兄，您不要说这种没有意思的话吧。平常喝不喝别去管他，跟朋友在一起，没有不喝的道理。朋友在一起叙谈，应该畅饮。喂，彼勒盖雅，拿一杯果子酒来，要极浓的。"

这最后一句话，主人是故意说的，他知道无论怎样淡的酒，克鲁采弗尔斯基也是不想喝的。

彼勒盖雅拿来一杯基滋略尔葡萄酒①，其中的确放了一片干瘪的柠檬，一定还掺上了几茶匙开水。克鲁采弗尔斯基拿起了这杯酒，想乘主人不留意的时候把四分之三泼到敞开着的窗外，混过去算了。不料没有这样好的机会，因为梅杜津本来坐在桌旁打"波斯顿"②，

---

① 这种葡萄酒产在高加索的基滋略尔地方，故名。
② 一种纸牌游戏。

现在却把位子让了别人，自己就坐守在克鲁采弗尔斯基的身边。

"呃，德米特里·亚科夫列维奇，我说实在话，今晚上真得谢谢您，您来了真好，实在够朋友。您这几年总是躲在家里不肯出来，当然啦，这是因为您家里有年轻的太太，没有法子，不过有时候，也必须看看别的世界。那么，算是今晚上的敬意，我要和您亲一个吻，德米特里·亚科夫列维奇。"于是不等德米特里的允许，也不管满身发着像酒店门口发出来的气味，在德米特里的脸上，十分显明地印上了自己厚嘴唇的痕迹。然后是卡菲尔纳姆斯基，一句话也不说，抱住了德米特里·亚科夫列维奇，他的脸上流着瀑布一样的汗水。克鲁采弗尔斯基想揩干沾湿的脸，但从小教养惯，不愿使友人当面害羞，独自悄悄退到角落里，拿出了手帕。他的身后正站着那位孤独的鳏夫法文教员和一位叫古司塔夫·伊凡诺维奇的德文教员。古司塔夫·伊凡诺维奇在喝啤酒，这时候已经喝得连指尖都红透了，正在用一只装饰着羽毛的烟斗抽烟。两个人在小声说话没有留意到克鲁采弗尔斯基。当然克鲁采弗尔斯基做梦也没想去偷听他们说什么话，但是听到自己的名字和别里托夫的名字在一起比较响亮地说出来时，不禁全身一怔，本能地窃听起来。

"这是从古以来就有的事情。"法文教员说，他把俄国话说得没有音节，没有重音，"亚当没有戴绿帽子，因为他是伊甸园中唯一的男子。"

"对啦！"古司塔夫·伊凡诺维奇答道，"对啦！这别里托夫好比唐璜。"过了约一分钟时间，他哈哈大笑起来。在这一分钟内，他依照德国人的习惯，仔仔细细钻研过法文教员所说亚当的意思，最后明白过来了，于是古司塔夫·伊凡诺维奇大声地笑了。以后又从烟斗上拔下那支用德国人式的牙齿咬得遍体鳞伤的羽毛，十分得意地补充了一句："我明白其中的深意了，好极啦！"

但是这句话，比起说话的本人古司塔夫·伊凡诺维奇来，对于另外一个几乎没有听见的人，即对于克鲁采弗尔斯基，倒发生了更大的作用。把这两个名字并在一起说，到底是什么意思呢？为什么他们要这样说？难道这个自己几乎没有怀疑的可怕的秘密，这个自己无论如何不想承认的可怕的秘密，已经变成街谈巷议的资料了吗？

他们的确是在说这件事吧？不错，他们果然在说这件事。那两人还立在原处，古司塔夫·伊凡诺维奇还张开大口笑个不住……克鲁采弗尔斯基忽然觉得胸中有一件东西破裂开来，热血充满了胸头。这热血渐渐升上来，快要从口里喷出来了……他的头发晕，眼前跳动着小火星。他害怕遇到别人的目光，害怕自己跌倒在地板上，于是他用手扶着墙壁……突然，一只重重的手抓住了他的袖子，他全身打了个寒战。"又是什么事呀？"他心里想。

"啊哟，亲爱的德米特里·亚科夫列维奇，诚实的人是不能够这样做的。"伊凡·阿法纳西耶维奇一手抓住克鲁采弗尔斯基的袖子，一手拿着一杯果子酒说："不行，老朋友，您躲到一边儿，自己难道认为对吗？到了我家，有我家的法律，不管您服从不服从，拿来了这杯酒，您就得喝干！"

克鲁采弗尔斯基跟刚才古司塔夫·伊凡诺维奇深思法文教师那句话的时候一样，瞪着眼，竖着耳，想了半晌，好容易才模模糊糊懂得了是这么一回事。他接过杯来，一口气喝下去，哈哈地高声大笑了。

"所以我喜欢您，漂亮，漂亮！实在了不起！怎么，您还说不会喝，好狡猾！喂，德米特里·亚科夫列维奇，不不，米佳，再来一杯……彼勒盖雅！"梅杜津用自己亲切的手指从克鲁采弗尔斯基的杯子里撮出那片柠檬，再加上一句："再来一杯果子酒，要浓一点儿……您喝吧？"

"好，来吧。"

"好极啦，好极啦！"

这时候，梅杜津没有跟克鲁采弗尔斯基再亲吻，因为他的嘴里塞满了那片柠檬。他连皮带核地嚼着，而且做出说明"精神好的时候，酸东西吃起来味道也好"的脸色。

果子酒又拿来了，克鲁采弗尔斯基跟喝水一般，又是一大口喝干了。谁也没有去注意他的脸变得蜡一样苍白，失血的嘴唇突突地跳动。大概客人们都以为整个的地球都在跳动。

当大家赌牌赌得起劲的时候，不知疲劳的彼勒盖雅，又用盘子托着酒瓶和高脚杯送到小桌上来，以后又拿来一大盘葱烤鲱鱼。这鲱鱼虽已横切成几段，却因没有除去脊骨和肋骨，显得特别尖，样子很有趣。一天到晚离不开"波斯顿"的朋友们，经过一顿大吵大闹后，略有一点儿输赢就告终了。梅杜津赢了钱，当然兴致特别好。

"啊，够了，够了！"他大声叫喊，"好，现在到那边去，大大地喝一顿康塔弗莱思吧。"

梅杜津总是把果子酒叫作康塔弗莱思，我不知道他根据什么典故，但推想起来，一定有充分可靠的拉丁文语源。

客人们又围住了餐桌。

"德米特里·亚科夫列维奇！好，这一回，您总不会谢绝康塔弗莱思了吧？"

"好，就来一些康塔弗莱思吧！"克鲁采弗尔斯基答着，把一大杯浸过各种草药的强烈的酒一饮而尽。这种浸过草药的酒有一股难受的味道，但盲目轻信的人却以为它对胃有益。

客人们的欢乐在这儿是写不尽的，况且彼勒盖雅又端来用鱼干做馅子的好似神话中出现的油炸大包……

我们很知道梅杜津这场庆祝自己命名日的酒宴，颇有古代巴比伦巴尔泰萨王酒宴的性质，所以只要诸位明白这场酒宴跟巴比伦宫廷中的酒宴在同一基础上，以完全同一的情调进行下去，就完全没有必要再把那情形——详述了。

第二天，克鲁采弗尔斯基跟柳波芙·亚历克桑特洛芙娜做了长时间的谈话。她在他的眼里，又显出以前一样的高贵，高贵到不能攀附。他能够了解她、尊敬她了……但两人之中，好像缺少了一点儿什么。于是一个可怕的思想——"大家会谈论这件事"，又使他感到非常痛苦。但关于这点，他一句也没对她说。他和妻子说话感到痛苦，于是，急忙跑到学校里去。到了学校，他站在休息室的窗口，直等到别的教员下课。自己从这个窗口那么平静地眺望外景，已是那么遥远的事了吗？为了享受人生至高无上的幸福，急急忙忙地回家去，已是那么遥远的事了吗？突然间一切都变了。他宁愿从家里逃出来了……可是一方面，他却被妻子的威严和力量压倒了。他知道妻子也跟自己一样的痛苦，而且知道她为了对自己的爱，隐藏了这个痛苦……"为了对我的爱！可是，难道她会爱我，难道她会爱阻在幸福之路上的障碍物吗……我又为什么不隐藏自己所知道的事呢？如果我更小心些，也许不会使她痛苦了。总之，为了她的幸福，我什么都愿意做。但是现在到底怎么办才好呢？逃吗？那么，到底逃到哪里去呢……"

阿涅波季斯特·卡菲尔纳姆斯基叫住了他。卡菲尔纳姆斯基好像昨夜的宿酒没有全消，眼睛红红的，周围肿胀——好像寒冬的夜月，脸上和鼻上带有许多青癜。

"啊哟，老兄！"卡菲尔纳姆斯基揩着脸上的汗说，"嘴里喃喃地在念些什么？"

克鲁采弗尔斯基没有作声。

> 我活着只不过是一个名义：
> 你见过那沉舟的碎片吗？
> 见过呀，这便怎么样？
> 这真是我今日的身世……

"梅杜津真是一个大浑蛋！这老狗，昨晚上吵得多凶！不过，德米特里·亚科夫列维奇，您精神已经完全恢复了吗？这正是所谓以毒攻毒啊……"

"您呢，怎么样，也恢复了吗？"

"嘿，您瞧，我就是这样棒。不过，您显然还不是老手。走，到我家去吧，我就在附近住。请到寒舍去吧，喝一点儿甜酒和亚拉克。"

克鲁采弗尔斯基便到卡菲尔纳姆斯基家里去了。为什么呢？连他自己也不知道。卡菲尔纳姆斯基拿出药草酒和黄瓜，代替甜酒和亚拉克酒请他喝。克鲁采弗尔斯基喝了一杯，奇怪得很，果然心头轻松起来了。他发现当无可奈何的悲哀啃住他的时候，这正是无上的良药。

十点多钟的时候，谢缅·伊凡诺维奇·克鲁波夫出现在凯雷斯堡旅馆的小客厅里，满脸怒容地走来走去。约过了五分钟光景，别里托夫的房门打开来，执事格里戈里手拿着板刷，臂上搭着外套走出来：

"怎么，还睡着吗?"

"已经醒来了。"格里戈里回答。

"你告诉他说我来了，有一点儿事要和他谈谈。"

"克鲁波夫先生!"别里托夫喊道，"克鲁波夫先生，对不起了。"说着，他从门口走出来。

"我有几句话跟您说，半个钟头可以吗?"他问。

"一整天也没有关系!"别里托夫回答。

"我怕打扰您呢。您不是每天上午要研究政治经济学吗?"

老医师这样问，显然带着几分讽刺的口气。

"啊哟，先生今天好像不大高兴，大概今天起得太早了。"别里托夫很和蔼地对待这个吹毛求疵的老人的责难。

"高兴不高兴，是我的自由。"

"那么，请吧。"别里托夫指着门说。

克鲁波夫默默地走进屋子里。

"符拉基米尔·彼得洛维奇!"克鲁波夫开始说道。他极力想保持冷静镇定的态度，却不可能。"我特地和您来谈谈。这绝不是冒冒失失来的，我经过仔细的考虑。对您说这种痛苦的实话，在我也觉得不快。我听到这话的时候，实在觉得难受。我到了这么大的年纪，还上了人家的当。我完全把人看错了，就是见了十五六岁的孩子，脸也要红的。"

别里托夫愣然地望着老人。

"我只要开口，就要像马其顿的军队一般，不管三七二十一，什么话都说出来。至于对方如何，那与我无关。我老了，可是没有人说我是懦夫，就算我是个胆小鬼，我也决不说不正当的行为是正当的。"

"啊哟，克鲁波夫先生，我相信您不是懦夫，同时我更相信您也不会当我是懦夫。不过要对您这位我衷心敬爱的人，特地做这样的证明，我实在觉得非常遗憾。我看到您是生气了，但是，无论如何，您也用不着说些粗鲁的话。这种话对我发生奇怪的作用，它们使我忘掉自卑到谩骂程度的人的一切优点。用吵架的方法不解决问题，我警告你，还是谈正事吧。"

"好吧。先生，我就客气一些，特别客气一些吧。符拉基米尔·彼得洛维奇，请容我斗胆问您一句话。您可知道，我这四年来顶爱往来的一个家庭，我一向当作自己的家庭的，现在完全被您毁坏了幸福？您把这家庭破坏了，一下子葬送了四个人的幸福。我同情您一个人孤寂，所以把您带到那家去的呀。在那儿，像家人一样接待您，对您多和善。您拿什么东西做了报答？您好好听着吧：丈夫不久就会上吊，或者投河，或者喝酒喝得醉死；女的会害肺病——这点我可以保证；孩子会变成孤儿，留在陌生人的手里。于是最后，全城的人将庆祝您的胜利！那时候，我自然也要贺贺您。"

和蔼的老医师说到最后一句话时，愤怒得周身发抖了。

"站在最高点上来看，对于您也许不算一回事。"医师噤了一下

248

口，又补充了一句。

别里托夫从沙发上站起来，很快地在屋子里走来走去，后来，他突然停住在老医师的面前：

"那么，现在我也要问您一句话，到底谁给您这种权利，这样一点儿不客气地干涉我个人生活的神圣的秘密？您怎么知道，我比别人更不幸呢？但是，我不管您的态度如何，我还是要说给您听。您到底要从我这儿知道什么？您问我爱不爱这个女人吗？那我可以对您说：我爱她！是的，确实爱她！我可以对您说一千次：我用我全身心的力量爱这个女人！我爱她，您明白了没有？"

"那么，您为什么毁灭她呢？假使您还有人心，您跨第一步时就应该打住，绝不会向她表白自己的爱。您为什么不让他们夫妻平平安安在自己的家里过活，为什么呢？"

"您这样说，您还是简单问我一句：我为什么要活着？老实说，我自己也不明白！也许我活着，就为了破坏这个家庭，毁坏我所遇到的那位最出众的女人吧。您很容易这样问我，也容易下这样的判断。好像您的心，从年轻时代起，从来没有兴奋过一次似的，要不然，至少在您的回忆中会留下一些东西的。让我来回答您的问题吧。是的，到了现在，我还有什么辩明的必要呢？况且我不打算叫别人来裁判我自己所做的事，所以，我一切都可以说的。此外，我也不希望您再对我说什么话。我很明白您的意思，您只不过拿一句同样的话尽量来羞辱我罢了。结果会使双方冒火。我当然不打算同您决斗，而且，您对于这位女人也是绝对需要的。"

"好，您说吧，我听着！"

"我到这儿来的时候，在我的一生中是最暗淡的时期。这以前我跟外国的朋友颇有一点儿交际，但是在国内，却没有一个亲近的人。在莫斯科我拜访了几个朋友，什么也没有得到，因此更加增强了到这 NN 城来的决定。到了这儿以后，我的情况怎样，我的日子过得愉快与否，这个您是明白的。这时候，我意外地遇到了这个女人，您也是爱护她尊敬她的，但是您完全不了解她，好像您不了解我一样。您只是重视她的家庭的幸福，对于丈夫和孩子的爱。但是您不要生气，世界上有时候也不能专谈使人惬意的事情……不能以为仅仅外表的接近、岁月的久远，可以将一个人的心和别个人的心结合起来，完全没有这样的事。人们常常一起过活了二十年，一走进坟墓，就变成陌生人。不错，他们有时也相爱，但完全不互相了解。而友爱的共鸣，却能在一刹那几十倍地展开。而且，根据您的惯常的说教，常常以一个医师的目光从上而下地去看她。但我却惊奇这女人的不平凡的力量，在她眼前拜倒了。她实在是一个惊奇的人物！怎么能有这样的人呢？我牺牲了半生的岁月，费了极大的努力辛辛苦苦才得到的在我以为全新的、很贵重很完整的东西，在她看来却是很简单的、早就知道的真理。她把这个看得很平常。我已经遇见过不知多少的人，但每个人都迟早会到达一定的界限，到达不能再逾越的鸿沟，可是我看不到她有这种界限。我们每天晚上在她家里长谈的时候，我真是度过了幸福的时间……好容易我逃出了一生经历的冷酷生活，开始觉得松了一口气。一个人，第一次知道什么是爱，什么是幸福，可是您却问：他为什么不在那儿停止？我是不明白这个理由的，如果这样，那才是可笑的事呢。到了后来，这也是完全没有必要的。等到我自己完全明白的时候，已经太迟了。"

"好，我最后问您一句话：您到底打算怎么样？您究竟是什么目的?"

"我从来没有想过这点，所以现在也无法对您说。"

"那么，在您的眼前已经摆着这种不假思索的结果了。"

"先生，您以为我漠不关心地看着这个结果吗？先生，您以为我要等您来说吗？在您来说以前，我早懂得，我的幸福已经消失了，狂欢喜悦的时代已经过去了，大家要对这个女人猛烈地攻击……因为她比大家站在惊人的高处。克鲁采弗尔斯基是一位出色的人物，他跟发疯一般爱她，但他的爱有一点儿病态。他将因这个爱而葬送自己，可是，这又有什么办法呢……最糟糕的是，他也将因此而葬送了她。"

"照您这样说，克鲁采弗尔斯基看见自己的太太爱了别的男人了，应该不放在心上吗？"

"不，我没有这样说，我想他也许正做了自己应该做的事情。人总是最信任自己的性格的，特别在批判的时候，更其信任自己。您知道他不应该做的是什么事呢？那就是他跟像她那样具有非凡力量的女人的结合。"

"可惜，这句话，在他结婚以前我就早对他说过了。但现在再说这样的话已经来不及了。这您大概也同意吧。同时您大概也承认，在您到来以前，她也很好地过了些幸福的日子。"

"克鲁波夫先生，不过这种幸福是不会永久维持下去的。这种缺乏考虑的事，迟早总会在表面上显现出来的。所以您的话是极不彻底的！"

"这确实是很困难的问题！对啦，我常常说家庭生活是危险的，绝不是没有理由。但是我的传道，就跟约翰在旷野里说教一样，谁也没有听我。就是您，也只是从同情心出发……"

"究竟您要我怎么样呢，我真是一点儿也不知道。从她害病以后，我才留意到她的忧愁和克鲁采弗尔斯基藏在心底的毫无出路的绝望状态。所以从此我差不多不到他们家里去，这个您大概也知道。我心里明白我在这方面忍受了多么大的痛苦。我有二十多次想写信给她，但是怕使她的情形更加恶化，终于没有写。有时我到他们家里去，也总是默默地什么也不说。但您还要责备我什么地方不对呢？究竟您要我怎么样呢？您总不见得特地为了要骂我一顿，才跑到我这儿来的吧？"

"别里托夫，请您证实您是一个坚强的人吧。我也看出来，这对您是很痛苦的事情，不过，无论如何要您牺牲，要您做一个重大的牺牲……这样，我们也许还可以救那个女人。符拉基米尔·彼得洛维奇，您离开这儿吧……"

刚才那紧张的冷酷神情，变成了一种温和的口吻……老医师的声音战栗了。他爱上了别里托夫。

别里托夫打开文件夹，从文件中取出一封还没有写完的信，给克鲁波夫。

"请您看！"他说。

这是一封给母亲的信，他告诉她决心再到外国去，而且打算马上动身。

"您明白吗，我要走了。您一定觉得可以救她了吧，克鲁波夫先生？"他摇着头，忧郁地问。

"此外还有别的法子吗？"克鲁波夫带着一种绝望的神情问道。

"嗯，我不知道。"别里托夫回答，"先生，我等会儿写一封信给

252

她，您可以亲手替我转交吗？"

"好的，我带去。"克鲁波夫回答。

别里托夫把满脸愁容、心情紊乱的克鲁波夫送到门口。

然后，他回到自己的小桌前，完全瘫痪无力地倒在沙发上。克鲁波夫的话显然给了他一个可怕的打击。他显然已经没有勇气，给自己补充战胜这个打击，再作种种考虑的力量。他衔着已经熄了火的雪茄，整整躺了两个钟头。然后站起来拿了一张便笺，写起信来。写好了，加上封，换过服装，拿了信跑到克鲁波夫那儿去。

"这封信托您转去。"别里托夫说，"此外，克鲁波夫先生，还有一件事请求您。可不可以跟您一起，再见她一次，只要两三分钟就行？"

"为什么？"

"您不必细问，绝不会因为这个而坏事。如果您对我还有一点儿同情心，无论如何请您办到。"

"您什么时候动身？"

"明天早晨。"

"那么，今天晚上八点钟到公园里来。"

别里托夫握一握医师的手。

"我今天看见她很可怜的样子。"

"不要说这话，克鲁波夫先生，我求您。"

瘦怯，苍白，两眼红肿的不幸的柳波芙·亚历克桑特洛芙娜，由克鲁波夫医师扶着走出来了。她像有点儿发烧，眼中的表情是可怕的。她知道往哪儿去，也知道是为什么去。他们走到约定的椅子上坐下了。她哭着，手里拿着那封信。克鲁波夫甚至连他那套道德

253

经也背不出来了，只不住地擦着眼泪。

别里托夫来了。他脸上那种明朗的神采完全消失了，每一线条，都显出难受的痛苦。他握了她的手，他完全跟死人一般。

"别了！"他用勉强听得出的声音对她说，"我又要踏上流浪的旅途。但我将永远不会忘记与您的相遇，您的形象将永远留在我的心头……它将使我得到安慰，一直到死为止。"

"从此一去不回了吗？"她问。

别里托夫没有作声。

"天哪！"她说，嗫了一下口。"别了，伏尔捷马尔！"她又喃喃地说了一句。之后，好像一下子力量倍增，忽然站起来，紧紧握了他的手，又清楚又响亮地说："伏尔捷马尔，请您记着，我是无限地爱您……无限地爱您，伏尔捷马尔！"

她走了，他没有拦阻她。她充满勇气，跳着更坚实的步子。

他望着她的后影，一直到白色的头巾在白桦树间消失不见。她没有掉转身去的力量。别里托夫独自留下来。"我必须永远离开她吗？"他想。他抱着头，闭着眼，垂头丧气地整整在那儿坐了半个钟头。忽然有人叫他的名字。他抬起头来，勉强认出了顾问官那张具有一般顾问官特征的脸。别里托夫冷淡地屈了屈身。

"啊哟，符拉基米尔·彼得洛维奇，原来您正在这儿想心思。"

"嗯，是的，所以我喜欢独自在这儿。"

"不错，像您这样有教育的人，最感到愉快的也许是孤独了。"顾问官在长椅上坐下来说，"不过会会朋友有时候比独自一人也不会坏。我刚刚碰见克鲁波夫，他还带着一个蛮漂亮的小娘儿。"

别里托夫在顾问官坐下时立刻站起身来，预备走了。不过，最后的一句话将他留住。顾问官这副似笑非笑的脸，明白表示他为什么要说这句话。他确实是受了那位玛丽亚·斯捷潘诺芙娜的私下委托，特地到这公园里来的。

"我认识那位刚才跟克鲁波夫先生一起走的夫人。"别里托夫怒得喘不过气来地说。

"对啦，我想您一定认识的，哈哈！"轻浮的顾问官说，"你们年轻人，凡是漂亮的女子，没有不认识的。"

"您是发疯，还是装傻？我可没工夫对付您。"别里托夫这样说着，向林荫路走去。

"您怎么敢这样出言不逊！"顾问官的脸红得像芍药花一样，从长椅上跳起来喊道。

别里托夫停下来。

"您要我怎么样？"他问顾问官，"打算决斗吗？来，不管什么坏蛋，我全可以对付！如果没有这个意思，就请您原谅。我有一个坏脾气，就是在散步的时候如果有什么东西来阻碍我，我便用手杖把它赶走。"

"用手杖赶走？"顾问官反问，"你是什么人，敢用手杖吓人？"

假如在别的时候，别里托夫对于这可爱的顾问官的话只不过一笑置之，但是在这个时候，就是顾问官不来，他已经大光其火，记不清自己做什么事情，所以对顾问官表示得非常强硬。顾问官大吃一惊，别里托夫转身走掉了。

第二天早上，执事格里戈里正忙着收拾行装，别里托夫在屋子里走来走去。他的脑际和胸头都感到空虚，好像自己半个生命、半个身子都沉到水底里了。一想到再不能看见她，便感到可怕而痛苦，感到全身战栗。于是，眼泪便掉下来。格里戈里跑到他身边来问了十来次，每次他都回答了一声："随便好了。"实际上这时候的他，不单穿什么外套出门都没有关系，就是目的地到巴黎或是到托波里斯克，也都随随便便的了。克鲁波夫医生走进来，跟昨天完全换了一个人，他的眼看得出曾经哭过。他轻轻地走进来，用袖子拍拍帽子上的灰尘，站在窗边，望着格里戈里工作。格里戈里因为不能打好装在马车里的行装，带着很不高兴的样子。

"我使您满意了吧，克鲁波夫先生？"别里托夫说，脸上带着又不像哭又不像笑的样子。

"昨天对您说得太粗鲁了。可是没有别的办法，只好请您原谅……如果您马上动身……"

说到这儿，老医师的话突然打住了。

"好啦，好啦，克鲁波夫先生，说这些干什么？"

别里托夫这样说着，两手向他伸过去。

"还有一点儿事，这是我送给您做临别纪念的，您收下吧。我的确很喜欢您，请您把这个……"他这样说着，把一个相当大的摩洛哥皮做的公文皮包递给别里托夫，"我把这看得非常宝贵，现在送给您。"

别里托夫打开皮包看了一看，再望望老人的脸，突然抱住他的脖子。老人号啕大哭着说："我活到这么老，自己想想也有点儿滑稽，会做出这样傻的事情。年纪一大，动不动要流眼泪。"

别里托夫落到了椅子里，紧紧地抱住那只皮包……这是柳波芙·亚历克桑特洛芙娜的水彩画像。

克鲁波夫站在他的面前，要别里托夫完全相信他已经没有什么

256

伤感，他偷偷地拭去眼泪，做了这样的说明：

"大概两年以前，有一位英国画家到这个城里来，他的画画得很好，作了许多大幅的油画像。喏，挂在省长私室里的省长太太的画像也是这画家画的。到时，我说服了柳波芙·亚历克桑特洛芙娜坐着画一个像。她来了三次，就画成了这幅像……那时候她也不会想到今天有这个用途吧……"

别里托夫根本没有听克鲁波夫说的话，因此当旅馆老板跑进来，打断了克鲁波夫的话，事情倒并不十分糟糕。老板气喘吁吁地告诉他，警察局长来了。

"他来做什么？"别里托夫问。

"他说有一点儿事跟您谈谈。"老板答道。

"告诉他，我在这儿。"

警察局长走进来，身上挂的指挥刀碰得直响，通过敞开着的门，可以看到肥胖的警长，和两手战战兢兢指着警察局长外套的旅馆侍役。

别里托夫站起来，现出惊疑的神情，没有特别说明的必要，这神情，正表示"警察找我有什么事？"这个问题。

"对不起得很，符拉基米尔·彼得洛维奇，我还得稍微耽搁您几分钟，看样子，您打算离开本市啦？"

"是的。"

"将军要请您去一趟，说是顾问官斐尔斯·彼得洛维奇·叶尔加纳维奇用一封私函控告阁下损害了他的名誉。我实在很对不起您，不过您知道，这是公事，没有办法。执行上司的命令是我的职务。"

"您来得真不巧。请问一声，需得花不少时间吗？"

"这要看您自己怎样了。叶尔加纳维奇先生是一位好说话的人，只要您仔细解释一下，事情也不至于拖长的。"

"那么，我要怎么样解释呢？"

"啊，符拉基米尔·彼得洛维奇，这事情交给我办好吗？您好像还不大明白呢。"克鲁波夫医生说，"我来同局长两人做和事佬，只要十五分钟就可以谈妥的，你说好不好？"

"这好极了，谢谢您。"

"那么，我也帮一下忙。"警察局长说，"这是我们的神圣义务。而且能够用这样和平手段，使双方满意，更其是愉快的义务。"

于是事情就这样的结束了。

……约过了两星期，有一天，在那条路上，那就是曾经有一辆驾着四匹骏马的马车，驶过磨坊，从"白田"向公路伸去的路上，有一辆大型旅行马车驶过去了。格里戈里坐在驭手座上抽着烟斗。驭手叫马儿跑得匀调一点儿，喊着马儿也懂得的"噢，噢……呜，呜……哎，哎……"等极简单的话。河的这一边，站着一位戴白头巾、穿白外套的老妇人，由婢女扶着，对从马车上越出身子来的人挥着那条浸透眼泪、显得湿淋淋沉甸甸的手帕，马车上的人也在挥着手帕。马车略略靠着右边驶去。等到拐过弯去，只能隐约望得见它的后影，而且立刻吹起一阵尘埃，笼罩住马车，当尘埃消散的时候，除了道路，什么也看不见了。但老妇人还是站着，踮起脚，向远方凝视。

老妇人住在"白田"，渐渐地感到寂寞空虚起来。但是一星期总有一次两次，觉得伏尔捷马尔要回来了。于是她像习惯了似的，听见了远处还在小山那边的马车的铃声，走到阳台上去迎接了。就是在这阳台上，她曾经等待过晒得黝黑、满面愉快的还是一个少年的别里托夫。后来，她惦念起 NN 城来。那儿住着一个自己儿子热爱着的女子，而且因为对他的爱牺牲了自己的幸福。

到了那年的冬天，老妇人真的搬到 NN 城去住了。她在那里遇到久病垂危、已经没有恢复希望的柳波芙·亚历克桑特洛芙娜。克鲁波夫医师比以前变得更不高兴了，当人家向他打听柳波芙的情形时，他只是默默地摇头。克鲁采弗尔斯基日夜悲伤，精神异常沮丧，现在他只是祈祷着神明，发狂地喝酒。苏菲亚·亚历克谢耶芙娜得到允许来看护病人，每天坐在病人的枕边过日子。柳波芙·亚历克桑特洛芙娜把头枕在瘦弱的手臂上，半张着嘴，眼含着泪，静静地倾听老母亲滔滔不断地谈着自己的儿子，那个现在远离开她们两人的伏尔捷马尔。在这位迟暮美人的垂死的美貌中，在这位双颊深陷、明眸张大、头发蓬松散落肩头的憔悴的女人的面容上，有一种高贵的诗意的东西。

1841—1846 年

译后记

赫尔岑，1812 年出生于俄国莫斯科的贵族地主家庭。他随学于俄、德、法籍的家庭教师。在他父亲的书房里收藏着许多哲学著作，他在这儿得益不少，尤其法国 18 世纪百科全书派的哲学，对他有很深的影响。

1829 年秋，他入莫斯科大学物理数学系学习。在大学时代即与学友诗人奥加略夫等结社研究政治社会问题，反对沙皇的反动统治。1834 年赫尔岑被捕，1835 年被放逐到彼尔姆，不久调往维亚特卡，后来又转到弗拉基米尔。1840 年他从流放地回来，但立刻又被逮捕，放逐到诺夫哥罗德。赫尔岑曾埋头于黑格尔的研究。

赫尔岑于 1847 年出国，漫游巴黎、意大利、瑞士等处，1852 年定居伦敦，1855 年创办俄文刊物《北极星》。他的名著《往事与随想》，就是在这个刊物上发表的。后来又和奥加略夫创办了著名的《钟声》报。列宁认为：赫尔岑在国外创办了自由的俄文刊物，这是他的伟大功绩。《北极星》发扬了十二月党人的传统。《钟声》极力鼓吹农民解放，奴隶的沉默被打破了。

赫尔岑从此一直在国外活动，迄未归国，1870 年在巴黎病故。

列宁于 1912 年赫尔岑诞生百周年时，写了《纪念赫尔岑》这篇光辉的著作，对他做了全面的评价：

"我们纪念赫尔岑时，清楚地看到先后在俄国革命中活动的三代人物、三个阶段。起初是贵族和地主，十二月党人和赫尔岑。这些革命者的圈子是狭小的。他们同人民的距离非常远。但是，他们的事业没有落空。十二月党人唤醒了赫尔岑，赫尔岑展开了革命鼓动。"列宁认为无产阶级"一定会给自己开拓一条与全世界社会主义工人自由联合的道路，打死沙皇帝制这个蠹贼，而赫尔岑就是通过自由的俄罗斯言论向群众号召、举起伟大的斗争旗帜来反对这个蠹贼的第一人"，是"在俄国革命的准备时期起了伟大作用的作家"。

《谁之罪？》是他在文学方面的代表作，他还有别的几篇小说，《谁之罪？》是最重要的一部。1845 年最初在《祖国纪事》刊物上发表，署名为伊斯康大，因他不尊重从来的文体，用了一种新型的语法，攻击他的批评家，便称他这种新奇的文体为"伊斯康大派"。1859 年，经过作者的修订，在伦敦出版。

《谁之罪？》的出现，在当时俄罗斯文坛是一件新事。在此以前，赫尔岑已写过许多哲学与社会问题的著作，不但赫尔岑写文学作品是一件新事，而且这作品在当时的文坛也是一种新异的出现。

赫尔岑的友人，当时俄国文坛权威的批评家别林斯基，在读了他发表的作品之后，于 1846 年 4 月 6 日写了一封非常感动的信给赫尔岑：

我深信你是我们俄国文学中的一位伟大作家。你不是半瓶醋，不是打游击的，更不是游手好闲的骑手。当然，你不是诗人，但这样说明是没有意义的。伏尔泰也不是诗人……但伏尔泰的《老实人》却和其他伟大作品并肩共存，遗留后世。

……有艺术家气质的人，其理智往往埋没于他的艺术天资和创作幻想之中。所以这种人作为诗人固然贤智而博识，但作为普通人，却往往视野狭窄而近于愚痴（例如普希金与果戈理）。但你有的是思想家的性格，故恰恰相反，是天资与幻想埋没于理智之中——这理智是生气蓬勃的……是你天性里所固有的那人道主义倾向所温暖、融化了的。你有惊人的博识，真使人怀疑一个人怎能有这样丰富的知识。而且你又富于艺术天资与想象力。但这种天资并非那种自行成长的、把理智认为比自己低级的附属品而加以利用的那种纯粹的独立的天资。你的天资，对你的性格来说，是一种私生子或继子——正如理智之对于艺术性格一般。我不能将它恰当地表达出来，但我相信你应该比我知道得更清楚……我只等待你用自己的嘴，向我明白说明使我赞叹的言语。

……你与我不同，单就一点就可以明白了——你可以全不在意地读康德的著作、黑格尔的现象学和伦理学，而我则一读你的哲学论著就会头痛，但我却有理解你的艺术天资，而予以评价和敬爱的才能……假如你用这样的风格在今后十年内再写三四部这样结实完整的作品，你必将成为我国文坛上的著名人物，你的名字不仅将载入俄国文学史，而且将载入俄国史。

……你的一切都是独创的，是的，甚至缺点也是独创的。因此，缺点在你的作品中，有许多也转为优点，例如随时随地说俏皮话，是你做人的一个缺点，但在你的小说中，却产生了惊人的效果……

别林斯基在这封信中，指出了赫尔岑的作家的特征。他又在《1845年的俄国文学》一文中，这样说明了赫尔岑的作为作家的基本特征：

……《谁之罪？》的作者，把理智提高到诗的境界，把思想转化为活的人物，又把自己观察的成果具体化为富有戏剧性的情节。在这点上，他显出了奇迹似的成功……如果这不是作者在文学这个新领域中的偶然的尝试、侥幸的成功，而是意味着今后这类作品将陆续产生，则我们是可以预祝有完全新型艺术天资的杰出作家之出现的。

别林斯基又在《1847年俄国文学一瞥》一文中说：

　　对于伊斯康大（赫尔岑），思想常是先行的，他预知写什么和为什么写。他以惊人的正确，写现实的某一场面，而这只是他要对这件事说出自己的意见，下定自己的判断。

这是一种所谓问题文学，而《谁之罪？》是俄国最早期的问题文学之一。

批评家佛绥洛夫斯基说："《谁之罪？》是第一部提出妇女问题的重要作品。在赫尔岑以前的俄国小说中，完全没有接触过这个问题。"

当然这儿所提到的不仅是妇女问题，也提出了农奴问题、教育问题、知识分子问题。但我们不能一一予以分析，总之，作者是把这些问题结合在一起，用这个悲剧《谁之罪？》的方式，提出了问题。

当时有一位批评家回答作者所提的问题，说这是"运命的罪过"，这与不回答并无什么区别，我们当然不能满意这样笼统的答案。别林斯基却是这样评论这部小说的："我们不应该在别里托夫和克鲁采弗尔斯基悲剧之爱的描绘里面寻求伊斯康大小说的优点……""他所刻画的人物，不是坏人，甚至大部分都是好人，他们折磨、迫害自己和旁人，常常并不抱有坏的企图，而是抱有好的企图，不是由于恶毒，而是由于无知。甚至那些因为感情猥琐、行为下流而令人反感的人物，作者也不是作为恶的天性的牺牲，而是作为他们自身无知以及他们的生活环境的牺牲来描写的。"这样的看法，对我们是有启发性的。

赫尔岑通过三个主人公的生活悲剧，引导读者得出这样的结论："罪魁祸首"就是整个俄国封建农奴专制制度及其畸形的、不合理的社会生活方式。

有人说：别里托夫是俄罗斯的维特，但我们的兴趣，不在于别里托夫有多少近于《少年维特之烦恼》。《谁之罪？》所写的主题，在别国文学中也曾一再地提出过，但写同一主题，德国或法国的作家绝不是这样写法的。这种写法不仅属于赫尔岑一人，而是在更大范围的俄国文学的特征。

这个译本，是在抗日战争上海沦陷时期（约1943年）幽居中的产物，1947年由上海大用图书公司刊行。原译是根据日译的，解放后对原文做了比较细致的修订，由上海新文艺出版社出版，那时将初版中的一篇《译记》删去，并加上了作者自己的原序。现在上海译文出版社准备重印这本书，要我另外写一篇介绍原作的前言，我将解放前旧版的《译记》略作修补，重新附在重印本的卷末，虽然内容仅是引用了一些前人的评语，对于本书的读者，仍望能有所帮助。

译者

1978 年 11 月

图书在版编目（CIP）数据

谁之罪／（俄罗斯）赫尔岑著；楼适夷译. — 北京：
中国文史出版社，2021.1

（楼适夷译文集）

ISBN 978 - 7 - 5205 - 1569 - 6

Ⅰ．①谁… Ⅱ．①赫… ②楼… Ⅲ．①长篇小说 - 俄
罗斯 - 近代 Ⅳ．①I512.44

中国版本图书馆 CIP 数据核字（2019）第 250476 号

责任编辑：薛媛媛

出版发行：**中国文史出版社**

社　　址：北京市海淀区西八里庄路 69 号院　邮编：100142

电　　话：010 - 81136606　81136602　81136603（发行部）

传　　真：010 - 81136655

印　　装：北京新华印刷有限公司

经　　销：全国新华书店

开　　本：720×1020　1/16

印　　张：17.5　　　　字数：185 千字

版　　次：2021 年 1 月第 1 版

印　　次：2021 年 1 月第 1 次印刷

定　　价：59.70 元